超自然現象研究会の会誌〈エリア51〉臨時増刊号が特集した「市立《いちりつ》七不思議」が何者かに影響を与えたのだろうか？　突如休み時間に流された，七不思議の一つ「カシマレイコ」を呼び出す放送。そんな女子生徒は，もちろん存在しない。さらにその日の放課後に，四ヶ所で発見された「口裂け女」を模した悪戯《いたずら》，さらにさらに翌日には「一階トイレの花子さん」まで用務員室に出現。なぜ七不思議のうち，この三つが現れたのだろう？　かつては七不思議ではなく，「市立三怪」だったということを突き止めた葉山君，そして伊神さんは，その背後にある悪意に気づくが……。好評シリーズ最新長編。

昨日まで不思議の校舎

似　鳥　鶏

創元推理文庫

RELEASE MY SCHOOL DAYS !

by

Kei Nitadori

2013

昨日まで不思議の校舎

プロローグ

真っ暗な個室の隅で、少女が必死に息を殺している。

……動いてはだめ。音をさせてはだめ。もっと静かに、そっと息をしないと。

彼女はそれだけを考えていた。このトイレは静かすぎて、大きく息をしたら、廊下まで音が響いてしまうような気がした。追ってくるあれに聞かれたら、ここに隠れたのがばれてしまう。あれが今、自分を捜して廊下をうろついているのに。

だから静かに。……静かにしなきゃ！

いくらそう念じても、ずっと全力で走り続けてようやくここに辿り着いた彼女の呼吸はいっこうに落ち着いてくれない。少しでも音が漏れないように、と思って頭を仕切り板にくっつけ、持っていた人形を抱きしめて小さくうずくまる。シャツの背が濡れていて気持ち悪い。吐いた息の湿り気が股のあたりに溜まるのも気持ち悪い。吸う空気も臭い。

呼吸のたびに思いきり吸い込むことになるトイレの臭気に耐えがたくなり、彼女は抱きしめた人形のごわごわした髪に鼻と口をうずめる。そうした方が息をする音も漏れないかもしれない、と思ったのに、どうしようもなく荒くなる呼吸の音は個室の中に響きわたり、女子トイレ全体に反響しているように感じられた。どうして息が静かにならないの、と焦る彼女は、自分の心臓が異常な速さで鼓動していることと、自分の体が小刻みに震え続けていることに気付いていない。

ぎっ……、ぎっ……、ぎっ……

廊下の彼方で床の鳴る音がかすかに響いていて、それは彼女の耳にも届いていた。人の歩く音。ひどく間隔が開いていて、のんびりしているように聞こえる。でも確実にこちらに向かってきている。

ぎっ……、ぎっ……、ぎっ……

音が近づいてきた。彼女は、こんなのおかしい、と思った。何か、ひどいずるをされているような気がした。どうしてここにまっすぐ来るんだろう。他にたくさん教室があるのに。私がここにいるのをどうして知っているんだろう。

……どうして、こんなことになっちゃったんだろう。

最初は川で遊んでいたのだ。夕暮れ時にみっちゃんとちいちゃんが帰って、自分はもう少しいいや、と思って一人で遊んでいた。夕陽の色がきれいだったので、それが林のむこうに隠れて空が紫色になるまで、つい見ていてしまった。よく考えたら、あれはもうその時から土手の上にいて、私をじっと見ていた気がする。

帰ろうと思って靴を履いていたら声をかけられた。何て話しかけられたのかはもう思い出せない。最初は答えたけど、何か嫌な感じがしたし、怖かったから、離れようと思って早足で土手に上がった。

なのに、あれはずっと後をついてきた。私の後ろ頭に向かって、かすれた声で何か話しかけながらずっとついてきた。こっちが小走りになるとむこうは早歩きになった。走り出すと、むこうは小走りになった。

家と反対の方に向かって走ってしまっているのは分かっていた。でも、後ろからはあれがついてきていたから、家の方には行けなかった。振り向くのすら怖くてできなかった。走っているうちにまわりは真っ暗になってしまって、自分がどこにいるのか分からなくなって泣きそうになった。

どこかに逃げ込まないといけない、と思ったのだ。誰か大人のいるところに行って、助けてもらおうと思った。だからここに来た。学校だし、明かりがついていたから、ここの先生がいてくれるはずだと思った。

先生はいなかった。玄関は開いていて、明かりがついている部屋があって、入ると灰皿からたばこの煙が出ていた。それなのに誰もいなかった。どうして、と思って窓の外を見た。

窓の外にあれがいて、こちらを見た。あれは、私がここにいるのを知っているみたいだった。

走って部屋から逃げた。玄関から誰かが入ってくるのが、後ろのほうで聞こえた。どこかに隠れなければいけない、と思って女子トイレに入って、さらに奥の個室に隠れた。ここなら大丈夫。ここなら来ない。……そう思ったのに、どうして。

ぎっ……、ぎっ……、ぎっ……

音は少しも迷わずに近づいてくる。どうしてこんなことになったんだろう。みっちゃんたちと一緒に帰らなかったから？　子供は日が暮れたら家に帰らないといけない。お母さんからいつも言われていたのに、守らなかったから？　暗くなると人さらいが来るぞ、って、おばあちゃんも言っていたのに。どうして早く帰らなかったんだろう。

ぎっ……、ぎ……、ぎし……

音が、トイレの前で止まった。途中の教室でなく、隣の男子トイレでもなく、どうしてここで止まるんだろう。

ドアの開く音が、ぎ、ぎ、ぎ……と響いた。一番奥の個室でうずくまっていても、足音が中に入ってきたのが分かった。ドアの動く音がまた聞こえて、がちゃり、と閉まる音が続いた。息が苦しくなる。でも強く息をしたら聞こえてしまう。

しばらく音がやんだ。……私を、捜している。

きっとあれはお化けなんだ、と思った。自分がこれから殺されることが、なぜかはっきりと分かった。だからあれは、私がどこに隠れているのか、絶対に見つけるんだ。

とん、とん……と、ノックの音がした。ノックされているのは一番手前の個室だ。

少しして、ぎし……、と足音が聞こえた。とん、とん……と、今度は隣の個室がノックされている。そこにも誰もいないのだ。だから次はもう、ここに来てしまう。

どうしてこんな目に遭わなきゃいけないの、と思うと、もう大声で泣いてしまいたくなった。大声で泣けば誰か見つけて、助けにきてくれるだろうか。誰でもいい。助けて。お母さん。おばあちゃん。もう暗くなるまで遊んだりしません。言うことを聞いていい子になります。お手伝いも笑顔でします。和子《かずこ》の面倒もちゃんと見ます。だから助けて。お父さん。勝《まさる》兄さん。進《すすむ》兄ちゃん。誰か助けて！

とん、とん、とん……

私のすぐそばで、ゆっくりと三回、ノックの音がした。私は息を止めた。いません。ここには誰もいません。だからあっちに行って。

突然、ドアが激しく揺すられた。それまではのんびりした音だったのに、いきなり荒っぽく、苛《いら》ついたようなやり方で。私は頭を抱えた。閂《かんぬき》はかけた。入れっこない。絶対に！

ばあん、と激しい音がして、背中の後ろに冷たい空気が当たった。ドアが壊されて、まわりが少し明るくなったのが分かる。視界の隅に、少しも頼りにならなかった閂がかちゃりと落ちて音をたてた。

見つかった。

背中のむこうから、くすくすくす、という笑いが聞こえてきた。

ドアを壊したあれがかすれて甲高い声で、歌うように言った。

「はぁなこ、さん。あ、そびぃ、ましょお――」

1

自分がよく知っているものほど個性的だと感じるものである。周囲の友人たちを見回して「自分の友人は変なやつばかりだ」と苦笑いする人は多いが、実際にはそんなに高確率で「友人が変人ばかりの人」がいるはずがないのだ。猫好きの人は、猫という動物が個体ごとに全く違った性格をしており、顔つきにしろ体型にしろ一匹一匹に随分と個性があることを知っているだろう。書店で働いていれば、同じ本でも印刷や裁断がそれぞれ異なっていることに気付くだろう。同じだと思われているものでもプロフィールをどんどん詳細にしていけばどこかの段階で必ず「個性的な」情報が現れるわけで、よく知っているものほど個性的だと感じるのはつまりそのせいである。心理学には「内集団びいき」とか「外集団均質化効果」といった言葉もあるが、この場合はむしろ数学の話というべきだろう。

僕はこれまで、そういうことだと思っていた。僕の通う某市立《いちりつ》高校が「変わった学校」に見えるのは、自分が毎日通っていてよく知っているからに過ぎない、と。市街地を見下ろす丘の上に建つ、築数十年でいいかげん耐用年数が過ぎているコンクリートの校舎。やや地味でのんびりしている他は、特に有名人がいるでもない普通の生徒たち。ほどほどの進学校で、常に無名で、部活動ではたまに全国大会に行く人が出ると大騒ぎになる。それだけの学校のはずだった。

が、他校の友人・知人から話を聞いてみると、そうでもないようなのである。うちの学校は、どうやら本当に変わっている。

もともと、変なことが起こりやすい学校ではあった。高校の、しかも公立のところには珍しく、「芸術棟」なる建物が存在するのだが、今年の一月、ここの壁から首なし死体が出てきて大騒ぎになった。その後も別館の開かずの間に突如鉄道模型が出現したり、放送室に保管してあったＶＨＳテープが発送後に別のものにすり替わったり、楕円形の変な生物が描かれた謎の貼り紙が学校中に出現したりした。きっと高校というのはどこでもこんなものなのだ、と半ば無理矢理に思い込もうとしたこともあったのだが、話を聞いた他校の友人には真顔で否定されてしまった。うちの学校ではそんな話は聞いたことがない。そもそも校内に開かずの間だの用途不明の場所だのといったものがない、と。お前の学校はおかしい、と言われた。

そして今年の九月、友人の誘いで他校の文化祭に行った時に、もう一つのことを理解した。市立《ウチ》の校舎は、普通の高校と比べるとだいぶ不気味である。

訪ねたのは同じ市内の県立高校だったが、その学校の校舎は、僕にはすごく機能的で爽やかに感じられた。市立《ウチ》の校舎と築年数も掃除の程度も大差ないのに明るくて見通しがよく、合理的で無駄のない建物に見えた。そのことを言うと友人は、「お前んとこの校舎、なんか妙に空気が淀んでて怖いよな」と言った。彼の友人も言っていたことらしいが、他校の生徒から見ると市立《ウチ》の校舎は何か陰鬱で、常緑樹の生い茂る山奥の道のような印象を与える、とのことである。確かに斜面に無理矢理建て増ししているせいで建て込んでいるし、日陰や吹き溜まりが多い建物だとは思うのだが、それとはまた別に、校舎内に漂う空気そのものに何か、光を吸い取るような働きをする何物かが混ざっているようだ。そのことは僕も、前から感じていた。

高校二年の秋、僕はその「何物か」の正体を知ることになる。それは某市立高校に隠れ棲んでいた怪異の最古にして最後の一つであり、また間違いなく最大の存在だった。

その日は、途中までは普通の日だった。二時間目終了のチャイムが鳴って現代国語の草加《くさか》教諭が「この鷗外《おうがい》先生ともう一人、昔千円札にはりついてた夏目漱石《なつめそうせき》先生だけはこの時代でも別格とされていて、例えば他のおっと時間だ今日はここまで」とあまりといえば唐突なタイミングで授業を終わらせてから、三分くらいは過ぎただろうか。次の三時間目は数学だから教室移動がない。クラスの皆の喋る声と女子グループの笑い声。椅子を引くがたがたぎいという音と日直が使う黒板消しクリーナーのたてるジェット機のごとき轟音《ごうおん》。平凡な休み時間の教室はいつもの通り賑やかで、僕はその喧噪のなか、やることもなくただ机に頰杖をついていた。前回の席替えでミノや内田《うちだ》とは席が離れてしまったし、後ろの席の小菅《こすげ》はトイレに立ってしまったので、友達のトイレについていく習慣のない僕は、現代国語の教科書・ノートを机にしまって数学のそれを出してしまうと、もうやることがなかった。眠気も特にないし、今から教室の反対側まで歩いていってミノに話しかけるほどでもない。前の席の国枝《くにえだ》君とはあまり親しくないし隣の緑川《みどりかわ》さんは尚更だ。退屈である。

学校生活で一番難しいのは、実は何もしなくていいはずの「休み時間」だったりする。いつも話をする友達がクラスにいればいいのだ。だがそうでない場合、十分余りのこの時間をどうやって潰せばいいかは、生活上の悩みのベスト3に入る大問題になる。授業が一時間終わるたび、誰とも話をせずに十分間を過ごすのは辛い。ただぼけっとして十分過ごせばいいのではない。話す相手がいて友達と楽しそうに盛り上がっている他の人たちに四方を囲まれながら、自分だけが一人ぼっちで十分間を過ごさなくてはならないのだ。そんなにいつもいつもトイレに行きたくはならないし、机に突っ伏しても眠くならない。本を持ってきて読むなり携帯でゲームをするなりすればいいのかもしれないが、同時にこれは周囲に対して「人と話をすることを完全に拒絶している」というアピールをすることになってしまう。一度やり始めたら最後、周囲からは「孤高の人」という認定をされてしまい、誰も話しかけてくれなくなる可能性があるのだ。中学時代、入学直後の友達グループ形成時に身の処し方を間違った僕はしばらくそういう状態で、友人ミノこと三野小次郎《みのこじろう》が声をかけてくれるまでは、惑星形成時にくっつき損ねた小惑星のようにクラスの輪と輪の間を周回していた。

机に頬杖をついたまま、なんとなくその時の気分を思い出していた。今の僕はクラスに話をする人がいないというわけではないが、よくよく考えるとあの時とそれほど差がない。中学時代からの縁であるミノこと三野小次郎に、一年の時同じクラスだった内田や小菅。そういった面々とはいつも話をしているが、それだけなのだ。僕は美術部だがミノは演劇部だし、そもそも美術部の部員は僕一人なので「部活の友達」は存在しない。他の文化部の手伝いなどをした時に話をしたことのある人はあちこちにいるし、最近話すようになった人もいるが、休み時間にわざわざその席まで出向いていって話すほどでもない。映研（映像研究会）の辻《つじ》さんや吹奏楽部の秋野《あきの》麻衣《まい》ともそれなりに親しいが、何か用でもない限り女子の集団に割り込んでいく度胸はない。「用もないのに話しかけられる相手」というのは、なかなか貴重なのである。何か事件でも起これば捜査という名目でどこにでも行けるし誰にでも話しかけられるのだが、普段の僕は目立たず臭わずでこんなものである。クラスの男子を動物に喩《たと》えて「肉食系」とか「草食系」とかいった具合に分類するのはわりと的を射ていると思うが、実は往々にしてその二つのグループの狭間に、誰とも相争わずにひっそりと存在する「土とかフンとか食べてる動物」（分解者）という位置付けになる人間も何人か発生する。僕はたぶんそれに該当する。地味である。

などということを考えていたらなんとなく酸っぱい気分になったので、「吹奏楽部で何か起こったりしてませんか―？」と心の中で問いかけつつ入口近くの席にいる秋野麻衣を見たりしてみる。秋野はこちらの視線には気付かず、友達と肩を寄せあって携帯の画面を見ている。特に何か起こった様子はない。

いよいよ暇になった僕は机の中に手をつっこみ、指に当たった冊子を出して開いた。

〈エリア51〉第34号（臨時増刊号）

緊急特集　市立七不思議を追う！

タイトルを見ればだいたい分かるわけだが、市立にあるマイナーな同好会の中でも最も得体が知れない団体のうちの一つに入る「超自然現象研究会」の会誌である。通常は年二回、春休みに作って新一年生の机に置いて回るものと、夏休みに作って九月の文化祭で売るものを出しているようで、森羅万象《しんらばんしょう》すべてをオカルトチックな視点で語るのが面白いため僕の周囲にも一人二人の読者がいる。これより一号前の「第33号」に「市立七不思議」の記事を載せようとしたのだが、七不思議のうち最新の話である〈天使事件〉は文化祭直前に展開されたため記事作りが間に合わず、仕方なく一ヶ月後の今、増刊号という形で各教室に配って回った、ということらしい。

これが市立七不思議だ！

その①「カシマレイコさん」

三十年以上昔から確認されている噂。暗くなった校舎に一人でいると、脚のないカシマレイコという先生が現れ、「脚はどこ？」と質問してくる。正しい答えをしないと脚を引き抜かれて殺される。正しい答えは「椿森《つばきもり》公園の池」である。

その②「立ち女」
今年の春頃に確認された噂。木曜日の夕方四時頃になると、何も持っていない女が正門の前に立って学校内をじっと見ている。女の視界に入ったら決してそちらを見てはならず、もし目があってしまうとすごい速さで走って追いかけてきて、殺される。

その③「一階トイレの花子さん」
本館一階女子トイレに出る怪異。おかっぱ頭で赤いスカートをはいた小学生の女の子で、手に人形を持っている。手前から三番目（つまり一番奥）の個室のドアを三回ノックし、「花子さん、遊びましょ」と呼ぶと、時々「花子さんはいません」という返事が返ってくる。返事が返ってきた場合は「そうですか。さようなら」と言わなければならず、「いるんでしょ？」と訊き返すと天井から血まみれの少女が降ってきて、嚙み殺される。なお、本館一階には生徒用と職員用、二つのトイレがあるが、花子さんが出るトイレがどちらなのかは不明。

その④「フルートを吹く幽霊」
芸術棟に出るという幽霊。別館に出る、という説もあり。壁男（後述）に殺された吹奏楽部の女子生徒で、自分が殺されたことを知らずにフルートの練習をしている。夜、学校に残っていると時々その音が聞こえてくるが、かなりうまいらしい。

その⑤「口裂け女」

約三十年前から学校周辺に出現しているという怪異。ロングコートを着た髪の長い女で、マスクをしている。生徒が通ると振り返り、「わたし　きれい？」と訊いてくる。「いいえ」と答えると手に持った鎌で首を刈り取られて殺される。「はい」と答えると、「これでも？」と言ってマスクを取るが、マスクの下の口は耳まで裂けている。極めて足が速く、走って逃げるのは不可能だが、ポマードをぶつけるか、「ポマード」と唱えると逃げていくという。

その⑥「〈天使〉の貼り紙」

今年の文化祭で出現したばかりの、最新の怪異。楕円形の奇妙な生物がケーキを差し出している絵を御記憶の人は多いと思う。この貼り紙については、建物が手抜き建築であることを示す暗号であり、貼られた建物は震度六の地震が起きると崩壊する、という噂が流れている。

その⑦「壁男」

現在封鎖中の芸術棟に出ると言われている怪異。殺されて首を切られ、壁に塗り込められた男子生徒で、自分を殺した人間を捜すため、夜になると壁から出て周囲を徘徊する。しかし首がないため人の区別がつかず、手当たり次第に見つけた人を襲って壁の中に引き込もうとする。襲われた人はすごい力で壁に押しつけられ、潰れて死ぬ。

※この話は現実のものとなった。今年一月、芸術棟から本当に男子生徒の首なし死体が出てきたことは記憶に新しい。死体の頭部はまだ発見されていないし、彼を殺した犯人も未だ捕まっていない。

何度読んでも唸ってしまう。恐怖とか疑問とかそういったものではなく、制作した超自然現象研究会の間違えぶりと、無料とはいえこんなものを堂々と頒布してよいのか、という不安に基づく唸りである。なにしろ僕は、七不思議のうち四つまでに「関係者」として関わり、実際に「怪異」御本人に会ったものもあるのである。例えば②の「立ち女」は唐沢《からさわ》さんという女性であり、れっきとした本校の関係者である。④の「フルートを吹く幽霊」も生徒がある理由により意図的に流した噂であり、正体は立花《たちばな》さんという吹奏楽部のOGだ。文化祭の時には⑥「〈天使〉の貼り紙」を貼った犯人にも会ったし、⑦の「壁男」に至っては、記事に書かれている「首なし死体」を発見したのは僕なのだ。あとで警察の人に聞いたところによれば、「壁男」である首なし死体は、頭部は見つからなかったもののすぐに身元が判明し、二十五年前に失踪していた仙崎宗一《せんざきそういち》さんという二年生だと分かっている。実在の人を怪異扱いして、しかも人殺しであるかのように書いてしまうなどという失礼がはたして、高校生の同好会活動だからといって許されるのだろうか。

が、僕の心配をよそに、昨日配られたこの冊子は、少なくとも超自然現象研究会のいつもの会誌よりは好評で、配られた日は皆がわいわい言いながら読んでいた。事件がすぐ身近に実在している、というまさにそのことが、皆の興味を引いたのだろう。七不思議の実情を知っている僕としては微妙な気分だったし、僕同様に壁男事件その他に関与したミノや秋野も、どうしたらいいんだろう、という顔で盛り上がる友人たちを見ていた。

学校の印刷機で刷られたらしい〈エリア51〉のページをぱらぱらめくりながら考える。作った方はそう深く考えてはいないのだろう。七不思議の概要が載っている最初の見開きの後には各不思議に関する超自然現象研究会の考察がえんえん書いてあるだけである。おそらくは、文化祭の時に発生した⑥「〈天使〉の貼り紙」のおかげで不思議が七つ揃ったから、七不思議としてまとめてしまおう、と考えたのだろう。残りの①③⑤がいずれも有名な都市伝説のバリエーションであることからもそれは窺える。この三つに関してはこれまで聞いたこともなかったから、要するに数合わせなのだろう。

その時はそう思っていたのだ。だがこの「市立高校七不思議」は、僕が考えていた以上に市立の生徒の脳内に刷り込まれていたらしい。

それが流れたのは、このわずか一、二分後だった。

教室の喧騒を叩き伏せるかのような音量で、天井のスピーカーからチャイムが流れた。時刻を告げるいつものウェストミンスター・チャイムでなく、校内放送の前に鳴るやつの方だ。

頭上から大きな音をかぶせられると人間は問答無用で黙るもののようで、教室にいた全員が会話をやめ、一瞬、沈黙した。そのタイミングを待っていたかのように、スピーカーからはかすれた声が流れた。

生徒の呼び出しをいたします。二年四組のカシマレイコさん。右脚がお待ちです。至急、椿森公園までお越しください。

スピーカーは静かになった。教室の全員が、動きを止めたまま沈黙していた。

――今のは何だ？

普段の校内放送と違って、皆、何秒間も沈黙したまま動かなかった。放送で言っていることが理解できなかったからだが、聞き間違いだろうか、という疑問も、おそらくほぼ全員にあっただろう。説明が欲しいし、とにかく何を言ったのか確認したい。おそらくはそういう気持ちで皆、スピーカーを見たまま静止している。

繰り返します。生徒の呼び出しをいたします。二年四組のカシマレイコさん。右脚がお待ちです。至急、椿森公園までお越しください。

同じことがもう一度繰り返されても、皆の表情は変わらなかった。僕も冊子を閉じた手つきのまま、一ミリも動かなかったと思う。

（1）「キーンコーンカーンコーン」という例のあれ。ロンドンにあるウェストミンスター宮殿に付属する時計塔が奏でるメロディが元ネタ。

廊下からも音が消えたまま静止した数秒が過ぎ、自分一人では判断がつかない、と感じた人が近くの友達に答えを求めようとしてきょろきょろし始めた時、またスピーカーから声が聞こえた。

生徒の呼び出しをいたします。二年四組のカシマレイコさん。左脚がお待ちです。至急、椿森公園までお越しください。

また流れた。いや、今度は左脚と言った。

教室がざわつき始めた。「何これ」「脚って言ったよね？」

廊下側の方でがたん、と大きな音がして、数人がそちらを見た。放送委員である辻さんとミノが立ち上がっていた。

それを見て、僕も立ち上がった。こちらを見ていたミノと目配せをしあい、何かの役に立つかも、と思って冊子を持ったまま、人をかわしながら廊下側に進んだ。

繰り返します。生徒の呼び出しをいたします。二年四組のカシマレイコさん。左脚がお待ちです。至急、椿森公園までお越しください。

四度目の音声が流れる頃には、ざわめく級友たちはすでに最初の静止状態から一歩進み、

「誰がやった」「何のために」ということを囁《ささや》きあっていた。ミノと連れだって廊下に出る。背後で辻さんが、大きな声で友達に「ごめんあたし三時間目ちょっと遅刻する」と言っているのが聞こえた。

「放送室だよな?」ミノはすでに、今の放送が誰かの悪戯《いたずら》であり、その犯人が放送室にいるかも捕まえないといけない、というあたりまで考えているようだった。「あれは何だ」といった、問うても無駄なレベルの疑問は口にしなかった。さっきの奇妙な放送が何であるかは流した人間に訊けば分かるし、訊かないと分からない。

「葉山《はやま》、今の声、男か女子か分かったか?」

「いや、分かんない」首を振り、再びざわめき始めた廊下を足早に歩く。

「作り声かボイスチェンジャーか知らんけど」ミノの方は小走りになって、僕より先に階段を上った。「だとすると、ノリでやったんじゃなくてけっこうマジな悪戯だな」

僕は階段を上りながら、手の中の冊子を見た。「……これの影響だよね」

「ねえ、今の何?」後ろから辻さんが追いかけてきた。こちらはミノほど落ち着いていないらしい。「今、カシマレイコって言ってたよね?」

僕は振り返って無言で頷くことだけをして、ミノの後を追った。放送室は本館四階、中央階段のすぐ脇だ。脚をめいっぱい伸ばし階段を二段飛ばしで上っていたミノが、若干息を切らしながら「放送室」とプレートのついた引き戸に手をかける。

だが、引き戸は開かなかった。「おっ、開かねえ」

「鍵かかってる？」僕は後ろからミノに手を貸す。やはり開かなかった。

ミノは鍵がかかっていて開かないのか、他の原因があるのかを確かめようと戸を揺すったり、足元の溝を観察したりしていたが、「ドアに異状はない。鍵だな」と呟くと、さっさと階段に向かってしまった。「事務室で鍵、借りてくるわ」

「分かった。ここにいる」僕はミノの後頭部に言う。一応、放送室の鍵を借りてよいのは放送委員か映研部員だけ、という決まりになっているが、事務の先生はそこまでチェックしているわけでないし、事情を話せばそれ以外の生徒でも借りられるだろう。

それから周囲を見回し、数メートル離れたところにたむろしてこちらをなんとなく見ていた三年生の男子三人に話しかける。「すいません。さっきこの部屋から誰か、出てきたとこ見ませんでしたか？」

こういう時なら、僕は知らない人にも遠慮なく話しかけることにしているのだが、むこうは知らない二年生にいきなり質問されて驚いたようだ。まん中にいた、寝癖をつけた人が少しうろたえ気味に「いや、見てない」と首を振り、助けを求めるように左右の二人を順々に見る。左右の二人も首を振った。

「そうですか。さっき、放送が流れる前からそこにいました？」

寝癖の人はなぜかまた、了解をとるように左右の二人を見てから、こちらに視線を戻して首を振った。「いたけど、誰も出てこなかったよ」

「ありがとうございます」

頭を下げて礼を言いながらも、内心では首をかしげていた。さっきの放送は放送室のマイクからされたもののはずだ。僕は放送委員ではないが、よその部をいろいろ手伝っているおかげで、生徒が校内放送をするには放送室のマイクで直接喋るしかない、ということは知っている。放送をした人間は、少なくとも放送が流れている間は放送室内にいたはずなのだ。

だが今、放送室の戸には鍵がかかっている。そして、出ていった人間はいないという。これはどういうことだろう。放送室の中は明かりがついていなかったが、犯人はまだ中に潜んでいるのだろうか？

頭上を見上げる。放送室と廊下を隔てる壁には天井付近に窓がついていたが、閉まっていた。もっともこの窓は全開にしても三十度ほど倒せるだけで、壁をよじのぼってもせいぜい腕が入るかどうかという程度の隙間にしかならない。

戸の周囲に視線を走らせる。放送室の出入口はこの戸か、あとは入って正面になる窓しかないが、窓からの出入りは実質的に不可能だ。とっかかりが何もないから忍者か何かでない限り素手では下りられないし、ロープでも使って下りようとしたらしたで必ず誰かに見咎《みとが》められる。放送よりそちらの方が大問題になってしまうだろう。

戸に手をかけて揺すっていた辻さんが振り返った。「鍵、かかってるね」

「うん」今頃その段階か。

「あっ、じゃああたし、事務室で鍵借りてくる」

「いや、ミノがもう借りにいってる」

「えっ、仕事早いね。凄い」

僕とミノの横にいて話を聞いていたはずなのに、と思うが、まあ彼女はいつもこんな感じでずれている。

下からミノが駆け上ってきた。「葉山、誰か出ていったやつとか、いないよな?」

「いない。あっちの人に訊いたけど、放送が流れる前からいないって」振り返ると、ミノの後ろには同じ二年生で、映研部員兼放送委員の塚原《つかはら》君と青砥《あおと》さんもいた。「ミノ、なんか増えてるけど」

「俺が増えたんじゃねえ。俺みたいなのぽんぽん増えたら日本経済のお先真っ暗だろ」ミノは言わなくてもいい自虐ネタを付け加え、後ろの二人を指さす。「途中で会った。今日の放送当番だってよ」

「絶対、放送委員全員があとで怒られるんだよな。こういうの」塚原君は暗い顔をしている。

「学校ってなんでこう連帯責任とか、理不尽なことやるんだろうな。軍隊かよ」

「企業で闘う兵隊を育ててるからでしょ」青砥さんはばっさりと言い、「放送室」のタグのついた鍵を鍵穴に挿した。「それより、ここに鍵がかかってたっていうことの方が不思議だよね」

「えっ、開けるの? 大丈夫?」さっきまで自分でも「鍵を借りてくる」と言っていたはずの辻さんが焦った声を出し、青砥さんの袖を摑んだ。「誰かいたら怖くない?」

「いない方が怖いって」青砥さんは落ち着いた様子で辻さんの肩をぽん、と叩く。何度か話したことがあるが、同学年とは思えない大人びた人であり、この不思議な状況もたいして怖がっていないらしい。

戸は何の抵抗もなくがらりと開いた。

だが、現れたのは薄暗く静まり返った無人の放送室だった。僕は青砥さんの肩越しに背伸びをし、中を窺う。人の気配はなく動く何かもなく、入って左側にある操作卓の、電源ランプだけが緑色に光っている。

青砥さんに続いて中に入った。机、ロッカー、メタルラック。放送室は四方の壁際すべてが収納された備品に圧迫されており、人の隠れる場所などない。

青砥さんが無言で操作卓の主電源を切り、続いて校内一斉放送のスイッチをオフにした。僕は彼女の横をすり抜け、壁際のロッカーに近づいて扉を思いきり引き開けた。中にはケーブルがぶら下げられファイルが積み上げられ、人間の入れるスペースはなかった。

後ろで誰かが明かりをつけたらしく、薄暗くぼやけていた室内が白くはっきりとする。

「葉山、ロッカーに何かいないよな?」

「いない。人は入れないし」僕は隣のもう一つのロッカーも開け、崩れてくるファイルを両手で戻して扉を閉めた。「窓は?」

「鍵がかかってるよ」ミノは窓を開けたり閉めたりしている。

「おい、ちょっと待った」塚原君が慌てたように言った。「事務室で聞いたけど、さっき鍵、借りてたやつなんていなかったって。……じゃあ、さっきの流したやつはどこに行ったんだよ」

僕もミノも答えなかったので、一瞬、放送室内が静かになった。廊下のざわめきが開かれた戸から入ってくる。全員が同じことを想像していたはずだ。

……消えた？

見ると、塚原君は誰か返事してくれ、という顔で皆に順番に視線を送っている。その横で辻さんが呟いた。「まさか……」

彼女の言った「まさか」に答える人がいないまま沈黙が続き、不意に鳴りだしたチャイムになんとなく全員がぎくりとする。

「ああ、三時間目か」ミノが廊下を振り返り、それから、チャイムの音で正気に戻された、といった様子で放送室を見回した。「とりあえず、何か捜すか」

『何か』？」どうやらこの中で一番混乱しているらしい塚原君が、無駄だろう、と言いたげな調子で訊き返す。「だって、鍵かけてあったんだろ。流したやつは消えたのか？」

「何か方法があったんだろ」ミノの方は、塚原君のようには混乱していないらしい。操作卓の周囲を観察し、マイクの向きなどを見ている。

それから僕を振り返った。「葉山、何かやり方思いつくか？」

「ん。……操作卓は、直接スイッチ押さないと動かないよね」

「だよな」ミノが主電源のスイッチをつけて、消した。「っていうことは、犯人は最後に出る時、ここをつけっぱなしにしておいたんだな。あとは、どこかから音声を……」

「うん。録音して、何か……小型のスピーカーか何かで鳴らせば、放送室に入らなくてもああいう放送、できると思う」

周囲を見回す。廊下には人がいるから、外から音を鳴らすことはできない。犯人はマイクの前に小型のスピーカーを設置したはずだ。

「でも、放送を流した後、スピーカーはどうやって回収したんだろう？　犯人が廊下にいたとしても、手で引っぱって回収してたら絶対ばれるよね」

「そうすると、自動か遠隔操作でスピーカーを引っぱる何かが必要だな。遠隔操作できるものっつうと……」

ミノは顎を撫でながらうろうろし、しゃがんで机の下を見たりし始めた。塚原君たちは邪魔にならないよう、本棚にはりついたり隅に逃げたりしている。

「……あったぞ」

しゃがんで隅の事務机の下に潜り込んでいたミノが、がたがた、と周囲にぶつけながら、何かコードの巻きついた機械を出してきた。機械からは二本のコードが伸びていて、よく見ると二本とも、事務机の上に載っている旧式のデスクトップにつながっていた。

「そうか。パソコンだ」僕は事務机に寄り、デスクトップのエンターキーを押した。からからから、というハードディスクの回る音がして、画面にいくつかのウインドウが表示された。

「……リモート操作ソフト、か」

携帯電話などからパソコンを遠隔操作できるようにするソフトは、無料で手に入る。

「ああ、なるほどな」ミノが僕の横に並び、事務机にさっき引っぱり出した機械をどん、と置いた。「ファンは外してあるけど、これ、パソコンデスク用の卓上扇風機だな。ＵＳＢケーブルでつないでパソコンで操作できる」

ミノが置いた扇風機にはコードが巻きついていたが、その先には土台にくくりつけられた小型のスピーカーがつながっていた。

「えっ、何？　何それ？」

反応した辻さんに、ミノは卓上扇風機を掲げてみせる。

「操作卓のマイクの前に小型のスピーカーを設置しておくんだ。で、そいつのケーブルはこのパソコンにつなぐ。パソコンにはもう一つ、USB電源で動く卓上扇風機もつないでおく」ミノは扇風機にからまった紐をほどき、スピーカーを扇風機から外してみせた。「で、スピーカーにはもう一本紐をつけておいて、扇風機が回ると紐が絡まってスピーカーを引っぱるようになってるんだ。その扇風機を事務机の下に隠しておけば、紐で引っぱられたスピーカーも事務机の下に隠れるってわけだ。簡単だな」

僕が続けた。「パソコンにリモート操作用のソフトが入ってた。スピーカーと扇風機はパソコンに接続して、パソコンを外から、携帯で操作したみたいだね」

説明が通じたのかどうかは分からないが、とにかく何か細工があった、ということは伝わったらしい。ミノから受け取ったスピーカーをためつすがめつしている辻さんと、入口のところに突っ立っていた塚原君はぽかんと口を開け、それぞれに「おお……」と感嘆の声を漏らした。

手が込んではいるが、見破ってみればストレートな細工だ。僕とミノが頷きあい、なんとなく拳をぶつけあっていると、塚原君は呆気にとられた様子で言った。

「……お前ら、なんでそんなすぐ分かるの？」

妙なことではあるが、経験上、僕はこういう妙な事件に対処するのは慣れているのである。ミノも同様であり、現場にもろに痕跡が残るこの程度の細工で騙されたりはしない。

が、青砥さんが困ったように言った。「……そこまでは、いいんだけど」

全員が彼女に注目する。青砥さんは眉をひそめて操作卓を指さした。

「そういう細工をしたっていうことは、犯人は放送室に入っていろいろセッティングしなきゃいけないよね？　スイッチ入れっぱなしで帰るんだから、最後まで放送室に残ってた人がやった、ってことになるけど……」

塚原君も、あれ、という声をあげた。

青砥さんは困り顔で、小さく手を挙げた。「昨日って……」「昨日、放送室の鍵をかけて帰ったの、私なんだけど。……塚原もその時、いたよね？」

「うん。……あれ？」塚原君が頭を掻く。

二人の様子に不安を覚え、僕は塚原君に訊いた。「どういうこと？」

「いや、昨日……最後までいたの、俺と青砥さんと一年の伊藤《いとう》なんだけど」塚原君は首をかしげた。「三人とも一緒に出て鍵かけたけど、その時、こんなセッティングなかったぞ」

「えっ」

ミノと同時にそう言い、お互いに顔を見合わせる。この細工は最後まで残っていないと不可能なはずなのだが、どういうことだろう。

が、塚原君に訊き返そうとした僕の声は、入口から飛び込んできた別の声に遮《さえぎ》られた。

「おい、こらお前ら」

明らかに「怒声」といってよい調子であり、僕たち五人は身を縮めた。

物理の田川《たがわ》先生が顔をのぞかせていた。「三時間目始まってるぞ。それに、さっきの放送は何だ。お前ら……」

「あっ、すいません。俺、通りすがりなんで」塚原君が驚くべき素早さでそう言い、田川先生の脇を抜けて出ていった。「失礼しました」

「あっ、塚原逃げた」辻さんが非難の目を向ける。

「お前ら、放送委員か。さっきのはお前らの仕業《しわざ》か?」

田川先生が残った四人を睨みまわし、僕たちはお互いを横目で見あって肩をすくめた。

俯《うつむ》く僕を見て、隣のミノが言った。「ていうか俺たち、なんでここにいるんだろうな」

よく考えたら、放送委員でも何でもない僕やミノが辻さんと一緒に立ち上がってここに来る必要は全くなかったのだ。放送が流れた時は、反射的に立ち上がってしまったのだが。

田川先生は腰に手を当てた。「お前ら、昼休みに理科教官室まで来い。どういうことなのか詳しく聞かせてもらうからな」

私たち無実なんですけど、と大急ぎで抗弁する辻さんを無視し、田川先生は放送室の鍵だけ受け取り、僕たち四人をさっさと追い出した。

やれやれ、と溜め息が出る。田川先生に呼び出されると説教が長い、というのを友人から聞いたことがあるし、昼休みには委員会の仕事も入っているから昼飯を食べている時間がないかもしれない。弁当持ちなら三時間目の後に早弁できるが、僕は購買でパンを買っているのでそれはできないし、教室移動があるから買いにいっている暇もない。なんとなく不安になったので、僕は教室に帰る皆と別れて一階に下りることにした。

ミノが振り返った。「葉山、どこ行く?」

「ちょっと抜ける。今のうち昼飯買っとくから、腹痛とか適当に言っといて」

「えっ、葉山君ってそういうこと、する人なんだ」辻さんが真っ正直に驚いた。「なんか毎晩、明日の予習終わらせてから九時には寝るとか、そういう感じの人かと思ってた」

「いないよそんな高校生」

辻さんの後ろでミノが笑っている。

どうも僕は、やたらと真面目なイメージでとらえられてしまうことが多くて困る。実際は夜の校舎に忍び込んだりしているし、酒まで飲んだことがあるのだが。

笑いながらああ任しとけ、と言ってくれるミノに手を振り、一人、階段を下りる。とっくに授業が始まっているので、どの階も廊下は静かだった。ポケットの財布を確かめ、昇降口からさっさと抜けて、坂の上のコンビニでおにぎりでも買ってこよう、と思って一階を歩く。職員室や保健室などが並んでいる一階の廊下はひと気がなく静かで、節電ということで蛍光灯もつけていないため、薄暗くダークグレーに沈んでいる。廊下の端の方は薄闇で見えにくいほどだ。

それを見て、なんとなく立ち止まった。何か妙な、胸騒ぎのようなものを覚えた。

くすんだ床のタイル。掲示板に刺さった画鋲。消火栓の赤いランプ。何の変哲もない、いつもの廊下の光景のはずだった。だが、何かが気になった。まわりには誰もいないのに、妙に落ち着かない感覚。まるで周囲の天井や壁や柱がみんな、こっそり僕を観察している——とでもいうような。

これまでも、一人になった瞬間に時折、こうした気分になることがあった。入学した時はあまり感じなかったが、一年次が過ぎ、二年目の生活に慣れるにつれ、自覚することが多くなっていった気がする。

だが、よく考えてみたらそれはおかしい。普通なら、入学直後の方が落ち着かず、時間が経つにつれて慣れていくものではないだろうか。うちの学校はその逆だ。

妙な考えが浮かんだ。いつもと同じなのに、何かがおかしい。ということは、この学校は僕が気付いていなかっただけで、いつもおかしかったのではないか。

僕はそう考えついたまま、廊下に立っていた。

昇降口の戸ががたがたと鳴った。見ると、ガラスにぽつぽつと滴が当たっている。朝からずっと黒雲が広がっていたが、どうやら雨が降ってきたらしい。

僕は一つ溜め息をついて、自分の埒もない考えを追い払った。曇り空のせいで外の風景がなんとなく灰色に見える。そこに来てあの意味不明な悪戯だ。そのせいで、知らないうちに神経が過敏になっているのだろう。こういう時はさっさと教室に、他の人のいるところに戻った方がいい。

そう決めて買い物を諦め、また階段を上り始めたが、頭の中には、放送室を出てからずっと気になっていることが浮かんでいた。

青砥さんと塚原君は、昨日、帰る時には放送室に異状はなかった、と言っていた。なら、犯人はいつあのスピーカーをセットしたのだろう。

そしてそれ以上に、犯人は何の目的であんな放送を流したのだろう。ただの悪戯なのだろうか。それにしては随分と手間がかかっている。皆をぎょっとさせたいだけなら、他にもっと簡単な方法があるのではないか。

……なぜ、「カシマレイコ」なのだろう。

窓の外ではぱたぱたと雨が降りだしている。頭の隅にいくつかの疑問をこびりつかせたまま、僕は明るい教室に戻る。

2

お腹が減っている。

僕は帰りのHRが終わるまでの間ずっと、ううむしくじった、と心の中で唸っていた。野放図に自己主張をする空きっ腹の咆哮《ほうこう》が前後左右の席の人に聞こえないよう体を丸めて耐えていると、なんだか自分が巣から落ちたスズメのヒナか何かになったような、悲しい気分になってくる。

結局、昼休みにはごはんを食べる時間がなかった。理科教官室に呼び出されたものの、放送を聞いて様子を見にきただけ、ということは田川先生も理解してくれたらしく、素早く逃げおおせた塚原君を除いた僕たち四人は全員が首を振るだけで解放された。ただ、その後に委員会の仕事を済ませてようやく購買に辿り着いた時には、売れ残っているのはパックのお茶だけだった。五時間目の後も教室移動で時間がなかったため、結局今まで何も食べていない。僕は放課後、放送室を訪ねて話を聞いてみようと思ったが、それより前にとりあえず、コンビニに走って食料を手に入れなければならなかった。腹が減っては戦《いくさ》はできぬと言うが、実際にはお腹が減っていたら、戦どころか何もできない。

だが、この日の放課後はその余裕すらなかった。

僕の腹の虫に前の席の国枝君が振り返り隣の緑川さんが噴き出したところでHRが終わり、ようやく食べ物を買いにいけると思ったら内田に英語の訳を見せてくれと頼まれ、なんとか表情を変えずにそれをやり通したところで、廊下から入ってきた女子の存在に気付いた。間違えようもない、こちらに来るのは演劇部の元部長で元放送委員長、三年の柳瀬沙織《やなせさおり》さんである。

「やあ」柳瀬さんはちらちら手を振りつつ、二年生の教室に平然と入ってきた。彼女は演劇部の校内公演やお昼の放送で全校的に有名なので、まわりの人は振り返ったりしているのだが、慣れているのかそのことを気にする様子も見せない。「あれ？　葉山くん、なんか辛そうな顔してるね。満員電車の中でおなか壊してトイレに行きたいのに乗ってる電車が駅の間で停まって『停止信号です』ってアナウンスが流れるの聞いた時の人みたいだよ」

「そんなにですか」想像するだけでぞっとする。「どうしました？」

「どうって、最近、葉山くんといちゃいちゃしてないなあ、って思ったから」

「ちょっ、何を堂々と」

よく通る声で恥ずかしげもなくおっしゃるのでこちらが焦る。どうもこの人は日常的にこういうことを吹聴しているようで、そのせいで僕は周囲の人に柳瀬の愛妾《あいしょう》だのペットだのと認識されているようだ。現に今も、隣の緑川さんは明らかに「なんか私いま、面白いもの見てる」という顔をしている。

「たまにはケーキの一つもおごってもらってあげようかな、って思ったんだけど」

変な日本語だ。「つい先週、『月一回の解禁日だから』とか言って駅前で三色モンブラン全色おごらされたばかりですけど」

「受験生は頭使うから糖分が必要なのだよ。そこ配慮してくれなきゃ」

「演劇学科しか受けないから楽勝、とか言ってませんでしたか」第一志望は劇団だとも聞いた。

「まあ、それはついででいいから」柳瀬さんはさっさと僕の袖を摑んだ。「葉山くん、今ヒマだね？　ちょっと面白いもの見つかったから来て」

「面白いもの？」

この人が言う「面白いもの」が厄介でなかったためしがないので嫌な予感がしたのだが、引っぱられている以上、行かないわけにもいかない。これ以上お腹が減ると身長が縮みかねないから早く表のコンビニに行きたかったのだが、僕はおとなしく柳瀬さんの後に従った。悪目立ちしているなあ、と思ったら、後ろから国枝君と緑川さんの声が聞こえてきた。「おおっ、葉山君がさらわれていく」「面白い。犬みたい」

　だいたい予感というのは、悪い時ほど的中するものである。柳瀬さんに引っぱられていって着いたのは別館最上階の廊下で、演劇部の本拠地である視聴覚室の前である。廊下の突きあたりには演劇部の衣装や小道具や大道具の部品が積み上げられており、消防署の人に見られたら消火ホースで首を絞められそうな感じ②で非常口のドアを塞いでいる。それはいつも通りだった。が、それらガラクタ、もとい舞台装置の前にミノが立っていて、僕たちに気付いて無表情で振り返った。「……葉山か」

「ミノ、どうした……」言いかけて、ミノが見ていた物が視界に入ってやめた。

　積まれた道具の山の中に一ヶ所だけ、明らかに「いつも通り」でないものがあった。

　大道具である手作りの郵便ポストに背を預けて、等身大のマネキン人形が脚を投げ出して座っていた。人形には頭部がなく、切断された首の断面は赤インクらしきもので塗られていた。頭部は投げ出された手の上に載せられており、腹には小道具のサーベルが突き立てられている。

「うわ……」

「……何だよ、これ」

　僕とミノは並んでそれを見下ろし、別々に声をあげた。

　この人形は知っている。部員たちから「ジェシカ」と呼ばれている小道具のマネキンだ。演劇部を手伝った時、舞台上でわりと荒っぽく扱われているところは見ていたが、ここまでひどいことをされるとさすがに正視しにくいものがある。落ちた首に貫かれた腹。惨殺死体だ。

「さっき見たらこうなってたの。昨日の時点では何もなかったんだけど」柳瀬さんがこちらを振り返り、腕を組んでミノを見る。「三野、心当たりは？」

「いえ、俺は……」ミノは弱々しく首を振る。

僕は手を伸ばし、ジェシカの腹に突き刺さっているサーベルを触ってみた。ジェシカは腰の関節が可動するようになっていて、サーベルはそこに刺し込まれているだけなのだが、外見上は腹を貫かれているようにしか見えない。

「このサーベルって、本物じゃないですよね？」

「まさか。小道具だよ」

柳瀬さんが傍《かたわ》らのハンガースタンドを指す。スタンドには全身タイツやナース服に交じって銃士隊の服とマントがかかっている。そういえば文化祭の時、柳瀬さんはこの服とサーベルで仮装していた。

「おい、これって……」ミノがジェシカの頭部を指さす。ジェシカの頭部には白いマスクがつけられていて、よく見るとそのマスクには、赤いペンで文字が書いてある。

わたし　きれい？

（2）消防署の職員は、そんなことはしない。

僕の腹が鳴った。

「あ、いえ」慌てて腹を押さえ、バッグを探って昼間、見ていた〈エリア51〉を出す。「それより、これ……『口裂け女』ですよね」

「だよな。これも」ミノが答え、ジェシカの兄元に転がっていた草刈り鎌を取る。きちんとプラスチックのケースに入っていたから小道具かと思って見落としていたが、そういえば鎌は口裂け女のキーアイテムだった。

『『口裂け女』の噂には、腹に何かを刺す、なんて話はなかったと思うけど」柳瀬さんは僕から受け取った冊子のページを繰りながらミノに訊いた。「演劇部内で何かあったの？　それとも、他の部と何かもめたとか」

「いえ……そういうのは、ないっす」ミノは首を振った。

「まあ、私はもう引退したから、口出しする気はないんだけど」それでも元部長としては気になるのだろう。柳瀬さんは消化不良の顔をしている。

「いえ、部内に何かあったとか、そういうのじゃないっすよ」

ミノはそう言うのが精一杯のようだ。柳瀬さんは追及する気はないようで、ふうん、と言ってジェシカの前にしゃがんだ。「そしたら、部員の誰かに個人的な恨みでもあるのかなあ。……はっ！　もしかして私に？」

まさか心当たりがあるのか、と一瞬気になったが、柳瀬さんはぱっと立ち上がり、自分の体を抱くようにして語り始めた。「……ありうるわ。私自身がどれだけ清く正しく美しく生活していようと……いえ、むしろそれゆえにこそ、嫉妬の対象になるのかもしれないわ！　何に嫉妬したのかしら。私のこの美貌に？　人望に？　光り輝く洋々たる前途に？」

「……幸せなんですね」

僕がつっこむと、柳瀬さんはこちらを見た。「それとも、葉山くんとの愛にあふれた夫婦生活に？」

「いやいやいや」

「まあねえ。葉山くん、こんなんなのに意外ともてるからね」柳瀬さんは元の声に戻って頷いた。「他の女から見たら、確かに葉山くんを身も心も虜《とりこ》にして毎日貢がせて愛の言葉を囁《ささや》かせて性奴隷にしてる私は、嫉妬の対象になってもおかしくないかも」

「何を言ってるんですか」願望を言っているのかただ単に僕をからかっているだけなのか分からないので、どう対応すればいいのか全く分からない。「個人的な恨みつらみで置いていったなら、宛名ぐらい書くでしょう。それもないっていうことは、午前中、放送室であったのと似たような悪戯《いたずら》だと思いますけど」

「ああ。……あれは『カシマレイコさん』だったね」

柳瀬さんは元放送委員長でもある。真面目な顔に戻って反応した彼女に、僕は放送室でのことを話した。

話を聞いた柳瀬さんは、ふうん、と言って考え始めた。「ここのと、同じ犯人？」

「分かりません。放送室のもこっちのも、全部一人でやるっていうのはちょっと大変すぎる気がします」

タイミングは重なっているが、〈エリア51〉が配布されたばかりだ。あれが話題になっているのを見て悪戯を思いついた人間が二人いたとしても、そう不思議ではない。

隣を見ると、ミノは両手でジェシカの頭を掴んで唸っていた。「……不憫《ふびん》だな、ジェシカ」

僕は周囲を見回した。中間テストの一週間前であり、昨日から部活動禁止期間に入っているから別館四階まで来る人はおらず、ひと気はない。昨日の放課後も同じ状況だったはずであり、ジェシカの首を外して赤インクを垂らし、サーベルを拝借して腰に突き立てた上、鎌を置いて逃げる――ぐらいのことは誰にでもできただろう。犯人は絞れない。

だが、そもそも誰が一体何のためにこんなことをしたのだ。放送室の件と同一犯なのかどうかも分からないし、どちらも目的がさっぱり分からない。首のないジェシカの胴体。本物の惨殺死体のように投げ出されている手足を見ると、面白半分の悪戯にしては随分とひどい、という気がする。犯人だって、もしジェシカを「殺している」ところを誰かに見られたら非常に困るだろうに、そんなリスクを冒してするだけの価値が、この意味不明な悪戯にあるのだろうか。

ミノや柳瀬さんと一緒に黙って考えていたが、最初に音をあげたのは僕だった。というより、僕の腹が主人に向かって「ごはんはー?」と訴えた。

「……葉山くん。淑女の前でそういう音は」

「すいません。昼抜きなんで」腹を押さえてバッグをかけ直す。「とりあえず僕、先に何か食べるもの買ってきます。頭が全然回りません」

「坂の上のコンビニ？　しょうがないなあ。仕方ないから私も、新発売のドゥーブルフロマージュ[3]の試食、つきあってあげるか」

　頼んだ覚えはないのだが。

が、先に階段を下りていった柳瀬さんが、なぜか引き返してまた上ってきた。隣にはミス研（推理小説研究会）の元会長である愛甲《あいこう》先輩を伴っている。

「おお、葉山」僕より先に愛甲先輩が口を開いた。「今ちょっと聞いたけど、何？　演劇部と放送室でも変な事件があったって？」

「え？」

　僕の背中にさっと緊張が走った。「変な事件」。演劇部と放送室「でも」。愛甲先輩は確かにそう言った。

「まさか、ミス研でも……」

「どうも、その『まさか』らしいんだよな」

　愛甲先輩はするすると階段を上って僕の脇を抜けた。続いて上がってきた柳瀬さんが言った。

「ミス研の部室にも出たんだって。口裂け女」

「げ」

（3）　マスカルポーネチーズとクリームチーズで作られたふわふわしたチーズケーキ。ＬｅＴＡＯ（本社：北海道千歳市）のものが有名。おいしい。

カエルのような声が漏れたまま言葉が続かない。横のミノが「勘弁してくれ」というような顔をしているのが、ちらりと視界に入った。演劇部と放送室だけではないのか。

「俺もさっき聞いて見にきただけだから、詳しい状況は知らないんだけどな」

愛甲先輩は言いながら視聴覚室の反対側、「推理小説研究会」とマジックで書かれた貼り紙のある戸を開ける。「よう。どんな状況?」

僕は柳瀬さんに続いて部室の入口に立ち、中を覗いた。もともとは同好会室であったこの部屋はかなり狭く、両方の壁際に銀色のラックと本棚、まん中に長机が二つ向かい合わせてあるだけでもう一杯である。中には愛甲先輩の他、一年生の男子が二人座っているだけだったが、それで定員一杯という感じだった。

一年生二人はそれぞれに腕を組んで壁の一点を見ていた。そこには頭を掻いている刑事コロンボのバストショットが写っているポスターが貼ってあったが、犯人の手により無粋な装飾がされていた。コロンボの胸のあたりにサバイバルナイフがつんと突き立ててあり、首のところがすっぱりと切り裂かれている。そして口には白いマスクがセロテープで貼りつけられていて、マスクにはやはり「わたし　きれい?」の文字があった。

「……ひどいね、これ」

そう言うしかない。ジェシカのように立体でないのでそれほど残酷には見えないが、切り裂かれ、マスクを貼りつけられ、胸にサバイバルナイフを生やした刑事コロンボは出来の悪い現代アート作品のようで、なんだか「忌むべきもの」という雰囲気を出している。

「このナイフ、本物ですか？」お邪魔します、と言って入り、壁に突き立てられているサバイバルナイフの刃を触ってみる。硬質で冷たい刃の感触があった。「……どこからこんなものを」

「ミス研の備品だよ。凶器の資料ぐらい部で持ってないとな」愛甲先輩は得意げに言った。

「あと青酸カリと火かき棒と、それからバールのようなものが欲しいんだけど、火かき棒ってちゃんとしたやつは結構するんだよな」

物騒な。だが見回してみると、ミス研の部室には本やデスクトップパソコンに交じってシルクハットだのシャーロック・ホームズの頭部だのといった妙なものが並んでいる。

「それと、こっちは遺留品だ」愛甲先輩は僕の前に、プラスチックのケースに入った草刈り鎌をごとりと置いた。別に指紋を気にする必要などないのだから素手で触っていいはずなのに、なぜかハンカチで包んで持っていることにつっこむべきかと少し悩んだが、やめておいた。それよりも、訊くべきは。

「部室に誰か侵入したっていうことは、なくなっているものとかないですか？」

僕が訊くと愛甲先輩は座っている一年生二人を見た。二人は首を振った。「ないみたいです」

「あのポスターって、貴重なやつだったりします？」

「いや、ネットオークションで千円くらいだと思うよ」愛甲先輩は顎を撫でながらポスターを見ている。「むしろ、ナイフが刺さった壁の傷の方が痛い」

だとすると、ミス研に何か恨みがあって破壊活動をした、ということではないようだ。ここのコロンボにもメッセージのようなものは添えられていないから、やはり目的が分からない。

「まったく。名優ピーター・フォークになんてことすんの」柳瀬さんは頬を膨らませてコロンボに刺さったナイフを抜いたり刺し直したりしている。「壁、ただの板だからよく刺さるね」「いや柳瀬さん、やめましょうよ。コロンボが痛がってます」手と口でやることが違う。「愛甲先輩、ここの戸締りってどうしてました？　けっこう物騒なもの置いてますけど……」

「いや、鍵は最近かけてない。……碓氷《うすい》、ここの鍵見つかったか？」

「いえ、なくしたままです」碓氷、と呼ばれた幅の狭い方の一年生は首を振り、それから眼鏡をぎらりと光らせて舌打ちをした。「惜しいですよね。もし鍵かけといたらリアル密室になってたかもしれないのに。ミス研会員としての心がけができていませんでしたね。忸怩《じくじ》たるものがあります」

どういう考え方をしているのだ。だが愛甲先輩は「だよな」と頷いている。

「まあ、でもリアル事件ですから、それで満足しなきゃいけませんよね。それも『コロンボ殺人事件』。インパクトはなかなかのものです」碓氷君は妙な納得の仕方をし、隣に座る、幅の広い方のもう一人を指さした。「今、こいつと二人で推理してました。これ、『市立《いちりつ》七不思議』の『口裂け女』に見立てた、見立て殺人ですよね。午前中には『カシマレイコ』に見立てた謎の放送もあった。っていうことは、他の噂に見立てた殺人が続く可能性が大きいですよね」

不吉なことを言う。しかし碓氷君は拳を握り、眼鏡を直しつつこちらを見た。「これはミス研への挑戦でしょう。なんとしても犯人を挙げてみせますよ。……で、愛甲先輩。そちらの三人は目撃者ですか依頼人ですか。もしかして犯人？」

その三種類以外の人間など存在しないと言わんばかりの碓氷君に対し、愛甲先輩は僕たち三人を紹介した。僕が放送室と演劇部の事件のことを話すと、碓氷君は目を輝かせ、隣のもう一人と顔を見合わせた。「連続殺人だ」「おお」

愛甲先輩が微笑《ほほえ》んで言う。「よかったな。高校でリアル事件に挑戦できるチャンスなんてめったにないぞ」

「はい。ミス研の実力を見せてやりますよ」碓氷君は拳を握って頷く。隣の人も地味に同じことをしていた。

いろいろとつっこみたいところがあるし、実は僕はこれまでの高校生活で密室だの人間消失だのにさんざん出くわしているのだが、それはまあいい。

「とりあえず、ここと演劇部の犯人は一緒っぽいよね」柳瀬さんはなぜかシャーロック・ホームズの頭部を抱いて撫でている。「口裂け女は何人も殺《や》ってるだろうから、他にもやられてるとこ、あるかもね」

柳瀬さんまで不吉なことを言う。そう言われると確かに、他の部室でも何か起こっていないかを見て回った方がよい気がするのだが、とりあえずは。

僕は息を止めて、腹の虫が鳴こうとするのを押さえ込んだ。「……ちょっと僕、ここで失礼します。他の部屋で何か起こってるの見つけたら連絡するんで、そちらも何か分かったら教えてくれると嬉しいです」

「ほほう。ということは、あなたも捜査に参加しますか」碓氷君は眼鏡を直し、ふふ、と微笑んだ。「では、推理合戦ということになりますね」

「いや、ならないと思うけど」

「グッド！　受けて立ちましょう。もちろん、フェアに」碓氷君は人差し指を立てた。「お互いが足で得た捜査情報はすべて公開する、ということで御納得いただけますな？」

ならないと言っているのに。「……いや、まあ、ありがたいけど」

「楽しそうだねー」柳瀬さんはシャーロック・ホームズの頭部を撫でながら、完全に他人事《ひとごと》、という調子で言った。僕とミノは顔を見合わせてやれやれと言うだけである。

　碓氷君たちと連絡先を交換し、シャーロック・ホームズの顎を撫でていた柳瀬さんを連れて部室を出る。別館を回ってみたいし、放送室の方も話を聞きにいってみたいが、それより何よりお腹が減りすぎていて辛い。さっさとコンビニに行って、食べるものを手に入れたい。コンビニについてきてくれるらしいミノと柳瀬さんに先んじて階段を下りる僕は、知らずに早足になっていた。

　が、そういう時に限ってなぜか妙な注意力が働いてしまうものである。

　二階まで下りたところで、吹奏楽部でコントラバスを弾いている友人の小林《こばやし》君が上がってきたのに行きあった。一年の時に吹奏楽部のコンサートを手伝った関係で親しかったから、普段通りの挨拶を交わしたのだが、小林君は僕の声にああ、と反応するまで、少しだけ時間がかかった。

　どうもそれが、何か問題を抱えている人の表情に見えた。そのせいで、僕はつい声をかけてしまっていた。「どうしたの？　何かあった？」

「いや、それは……」

小林君はちらりと階段の下を振り返って、何か迷うように視線を泳がせている。その間に後ろにミノが来て、僕の背中をどやしながら「おう小林どうした？」と重ねて訊いた。

「ん……ちょっと」

「……下に何かあるの？」

小林君が僕の問いに答えるかわりにまた階段の下を振り返ったので、僕は彼の横を抜けて階段を下りた。彼の視線の先では音楽室の戸が開いており、中にいる人と目が合った。同じクラスの秋野麻衣だ。

その途端、秋野は「あ」と反応し、何かいいものでも見つけたかのような顔になって出てきた。「葉山くん」

また嫌な予感がした。これまでのことを振り返るに、彼女がこういう顔で話しかけてくる時というのは、よからぬことの始まりが多い。

が、続いて下りてきたミノは、あまりそういうことを気にしていないらしい。むしろお気に入りの秋野に話しかけられてラッキー、とでもいうような気軽さで彼女に声をかけた。「おーす麻衣ちゃん、どうしたの？」

「三野くん」気軽に下の名前で呼ばれてもあまり気にする様子のない秋野は、説明的に音楽室を振り返り、それからおずおずと切りだした。「あのね、音楽室に、ちょっと……」

「音楽室?」

大股で戸の前に行き、僕よりさらにひと回り小さい秋野の頭越しに中を覗くと、彼女がもじもじしている理由が分かった。

入ってすぐのところに、白いチェロのケースがでん、と置かれていた。そして、ケースには赤いインクで「わたし　きれい?」と書かれている。

「おいおい……」僕の後ろでミノが声をあげる。

秋野が助けを求める顔で横にどくのでとにかく音楽室に入ったが、僕はそこで立ち止まった。大きさが僕の胸のあたりまであるチェロケース。その下部から、赤い液体が漏れ出ていた。ぽたぽたと滴《したた》る液体はすでに床に小さな水溜まりを作っている。

横に来た小林君を見る。「小林君、これ……」

小林君は、できればこのまま見なかったことにして帰りたいんだけど、とでも言いたげな顔で僕とチェロケースを見比べた。「……どうすればいいと思う?」

「どうするって……」

どうするって、どうすればいいのだ。あの、垂れている赤いものは何だ。だが秋野が僕の後ろに隠れるようにするので、位置関係上、僕が判断しなければいけないような雰囲気になってしまっている。

あの中身は何だろう。垂れている液体は。チェロケースは人が入れるような大きさではないが、例えば子供なら、押し込めば入るだろう。あるいは、大人でも解体して詰め込めばたぶん。

そんな余計なことを考えてしまったらますます動けなくなったが、たぶんミノも秋野も小林君も、同じようなことを考えているから動けないのだろう。とにかく、遠巻きにただ見ていても始まらない。それに、ぐずぐずしていることで何かが「手遅れ」になるかもしれないのだ。僕はおそるおそる、チェロケースに向かって半歩を踏み出した。

その横からするりと柳瀬さんが出てきて、チェロケースを抱いてごとりと寝かせた。「よいしょっと」

「うわ。何してるんですか」

「寝かせないとなんか、開けた時にびちゃっていきそうじゃない?」柳瀬さんは平然と言い、しゃがみこんで赤い液溜まりに顔を近づけ、においを嗅いだ。「何だろ。インクかな? 血とかじゃないみたい」

つまり血かもしれないのに嗅いでみた、ということか。そういえばこの人は毛むくじゃらの心臓の持ち主だったな、と思い出し、少し安心した僕はケースを開けるのを手伝った。なんとなく息は止めていたが、蓋を開けても特に変な臭いはしなかった。

入っていたのはアコースティックギターである。おそらくはインクであろう赤いものでボディに大きな染みができており、垂れたその液体がケースの底に少し溜まっている。ネックには白いマスクが引っかけてあり、ホールの部分にはフルートが突き立ててあった。

「ギター……」

柳瀬さんがネックを摑むと、弦をだらりと伸ばしてネックだけが出てきた。鋸《のこぎり》のようなもので根元から切断されているのだ。ギターの下にはやはり、プラスチックのケースに入った草刈り鎌も入れてあった。

「なんだ、ギターかよ」ミノが急に元気な声になって言った。「そんなもんだろうと思ってたけど」

今更何を、と思うが、僕だって怖かった。「口裂け女に首《ネック》を切られた、っていうことみたいだね。で、腹《ボディ》に突き刺してあるのはフルート」

インクで汚れないよう袖を押さえながらケースの中に手をつっこんだ柳瀬さんが、「㊫No.4」と書かれたケースを引っぱり出した。「これ、㊫って書いてあるけど?」

「あ……部のフルート、っていう意味です」ようやく不安が収まったらしい秋野が、それでもまだ不気味そうに口を押さえながらおそるおそる近づき、ケースを覗き込んだ。「ギターも、たぶん」

「あーあ。もったいないなあ」柳瀬さんは取れたネックをぶらぶら揺らした。「ライヴでやるもんでしょ、こういうのは」

「いや、それ、もともと壊れてて、粗大ごみ置き場に置いておいたやつです」小林君もようやく寄ってきた。「チェロケースの方は見たことないな。誰のだろ」

柳瀬さんがケースの中に手をつっこみ、鎌を出す。「これは?」

「それも知らないっすよ。新品っぽいし、どっかから買って……」小林君は鎌を受け取ると、なぜか遠慮がちに言った。「……東急ハンズ(4)のテープが貼ってあるっすけど」

おそらくその単語がよかったのだろう。おどろおどろしく張りつめていた周囲の空気がぷしゅっと抜けたような感覚があった。当たり前のことだが、犯人は人間で、どこからかこれらを調達したのだ。

だとすれば、このチェロケースは誰のものだろう。そして、これを置いていった犯人は誰だ。しゃがんだ柳瀬さんが小林君を見上げる。「小林ちゃん、これ、いつ見つけたの?」

「なんで『ちゃん』なんすか。……俺はさっき来たんすけど、秋野さんが来た時もう置いてあったって」小林君は秋野を指す。

秋野が頷いた。第一発見者の彼女はさぞかし気味悪い思いをしただろう。

「昨日の帰りは?」

僕が訊くと、小林君は首を振った。「昨日どころか今日の六時間目、音楽でこの部屋使ったぞ。その時も何もなかった」

このチェロケースを見つけたのは三時五十分頃だという。クリスマスコンサートの進行について各パートリーダーに配る資料があって、音楽室に取りに集まることになっていたそうだ。最初に来た秋野がこれを発見したのが三時五十分頃。コンビニで資料をコピーしていたという小林君が戻ってきたのがそのすぐ後。その後僕が来るまでの間に数人のパートリーダーが来たが、皆、変なメッセージの書かれたチェロケースには心当たりがなく、その時はまだ液体も垂れてはいなかったので、何だろうね、と首をかしげる程度で帰っていったとのことである。

(4)「ツタンカーメン形のお面」や「筋肉柄のシャツ」等、平素から珍妙なものを取扱っている店である。

僕は音楽を選択していないが、そういえば音楽室はつい数十分前まで、授業で使っていたのである。したがって、犯行時刻はその後――掃除が終わって放課後になる三時二十分頃から、第一発見者の秋野が訪ねてくるまでの間、ということになる。

つまり、犯行時刻はついさっきなのだ。僕はなんとなく、犯人がまだそこらへんにいるのではないかと思って周囲を見回してしまう。

「フルートかあ。まあ、こうしとけば刺さってるように見えるね」柳瀬さんはホールに突き立てられたフルートを無遠慮に抜き、チェロケースの中に入っていたフルートのケースも出した。「麻衣ちゃん、部楽器って普段どこに置いてあったっけ？」

「上の楽器室……です」

柳瀬さんは、これは壊れてないね、と言いながら吹く仕草をした。

吹奏楽部は今年、学校であった事件のせいで講堂が封鎖されてしまって以来、特定の部室を持たない「難民部」の一つになってしまっている。いつも活動場所に困っていて、練習やミーティングはこの音楽室で、同じく部室を持たない合唱部と譲りあいながら――もとい、奪いあいながらやっている。音楽準備室には授業で使うものも置いてあるのでスペースがなく、吹奏楽部は大部分の楽器を上の階の別の部屋に詰め込み、階段を上り下りして取りにいっているのだ。楽器を取ってくる途中でつい吹く人やパート練習をする場所がなくて廊下やベランダで吹く人もいて、毎日いささか賑やかなのだが、境遇には同情する。

「手口が同じだし、これまでのと同一犯ですね」突っ立って見ていてもしょうがないので、僕はケースの蓋を起こし、書かれた「わたし　きれい？」の文字を見た。「演劇部、それにミス研のと同じ字みたいです。使ったペンも同じっぽいし、そういえば他のとこに置いてあった鎌も、東急ハンズのテープ、ついてた気がします」

「他のとこ、って……？」秋野が遠慮がちな上目遣いで訊いてくる。

「演劇部とミス研でも似たようなものが出たんだ。演劇部のはマネキンにサーベルが刺さってたし、ミス研のはポスターにサバイバルナイフが刺さってた」

「えっ……」

「げ……」

秋野と小林君がそれぞれにぎょっとした表情を見せた。これが正常な反応だろう。ミス研はおかしい。

それだけしか答えないといかにも不気味になるので、僕は付け加えた。「なんでそうしているのか分からないけど、ここだけじゃないんだ。少なくとも口裂け女の仕業《しわざ》じゃない。『口裂け女』の噂に便乗した、誰かの悪戯だと思う」

だが、誰に宛てたのかも分からないし、何らかのメッセージが添えられているわけでもない。一体、犯人は何がやりたくてマネキンやらギターやらの惨殺死体を置くのだろう。

柳瀬さんも腕を組む。「……演劇部《ウチ》とミス研と吹奏楽部って、何か関係あったっけ？」

別館で活動する文化系クラブ、というだけなら、他に無数の部と同好会がある。柳瀬さんを始めミノも、秋野と小林君も何も答えないところを見ると、特にこの三つの部につながりがあならそういうところは共通してますね。特に」そう言わざるを得ない。「ただ、誰でも入れた、っていうところは共通してますね」

「じゃ、手当たり次第に開いてるとこ入って、適当なもの刺して首切った、ってことか？」小林君は納得がいかない、という顔をしている。「でも、それなら吹奏楽部《ウチ》だけなんでわざわざフルート取ってきてまで……」

小林君はそこまで言って黙り、言わなきゃよかった、という顔で口を閉じた。

もちろん、ここまで言ってしまってから黙っても遅い。秋野の表情が曇り、ミノと柳瀬さんは腕を組んで唸った。

そう。演劇部やミス研は現場に誰でも入れたから、それだけだったらまだ「犯人は手当たり次第に開いているところに入り、適当な物の首を切って手近な物を刺した」で済むのである。だが、この音楽室の場合は違う。吹奏楽部の楽器はここではなく、大部分、上の階の楽器室に置いてあるのだ。つまり、ここに関してだけ、犯人はわざわざ楽器室からフルートを取ってきて刺した、ということになる。ギターにしたって、持ち歩いていたら目立つ。チェロケースの方はあらかじめ窓の外にでも隠しておいたのかもしれないが、それでも学校に持ってくる時は人に見られないよう、神経を使うだろう。つまり、犯人は吹奏楽部の事件にだけ手間をかけているのだ。それはとりもなおさず、吹奏楽部が犯人に、明確にターゲットにされていることを示す。

それまで黙っていたミノが口を開いた。「小林、音楽室って鍵かかってたっけ」

「いや、準備室の方にかかるから、ここは開いてる」

それを聞いたミノは、困り顔で頭を掻いた。「とすると、フルートを使ったのは……」

ミノが言いたいことは僕にも分かった。犯人がわざわざギターを持ってきたりフルートを刺したりしたのは、吹奏楽部がターゲットだということを、第一発見者たちに示したかったのではないか。音楽室は合唱部も使うから、そこらへんにあったものを置いただけでは、吹奏楽部と合唱部のどちらに宛てたのか分からない。

だが、そうだとするとやはり吹奏楽部が本命だったということになってしまう。

柳瀬さんが弦をぴん、と指で弾いた。「小林ちゃん、何かこういうことやりそうな奴に心当たりは？」

「だからなんで『ちゃん』なんすか。……いないっすよ」小林君はとっさにそう答えてからもう一度きちんと検討してみたらしく、ちょっと視線を外して黙ったが、結局また首を振った。

「……いや、マジでいないっす」

「じゃ、このチェロケースを見たパートリーダーの中で、やたらびっくりした人とかいなかった？」

「いや、それは……分かんないっす。特にいなかったと思うけど……」そう言って秋野を見る。

秋野も首を振った。

つまり現時点では、犯人はこのチェロケースを特定の誰かに見せようとした、と考える根拠はないわけだ。吹奏楽部員なら誰でもよかったのだろうか。

僕は小林君を見た。「さっき言ってた、パートリーダーに資料を配るっていうの、いつみんなに言った？」

「先週の月曜、ミーティングで」答えた小林君は、自分の答えた内容にまた顔をしかめた。「……てことはやっぱり、その場にいた吹奏楽部《ウチ》の部員が犯人なのかな、これ」

今は部活動禁止期間中だから、パートリーダーが集まる、という用事がなければ、このチェロケースは誰にも見つけられず、明日あたり、音楽の先生が見つけて処分してしまっていただろう。にもかかわらず犯人が音楽室にこれを置いていったということは、犯人は今日、この部屋に吹奏楽部のパートリーダーが集まることを知っていた人間ではないか、と考えられる。

「まあ……部員以外でも、どこかで話、聞いた人がいるかもしれないけど」

そうは言ってみたが、それはどうにも可能性が薄いと言わざるを得ない。

「やっぱり、うちで何か……」

秋野が消え入りそうな声で言い、全員なんとなく目をそらしながら沈黙した。なにしろ吹奏楽部は市立で最も部員の多い部活だ。校内の有名人も多いし、ヘンな人も多い。部員でも、内部で何が起こっているかは把握していないところがあるだろう。

「まあ、うち変なやつも多いし、誰かの洒落みたいな感じなんだろうけど……」

小林君が強引な気休めを言うと、下を向いて何か迷っていたらしい秋野が顔を上げた。

「……私、明日ちょっとみんなに心当たりとか、訊いてみる」

おっ、と思って彼女に注目する。おとなしくて基本的に誰かの後ろに隠れている彼女が、こういう積極的なことを言うところは初めて見た。

「それはいいけど、大丈夫かな……」

僕はつい言ってしまった。訊いて回る、といっても、吹奏楽部員は何十人もいる。それに、下手に嗅ぎ回ることで、犯人から邪魔に思われたりはしないか。今のところ侵入や器物損壊しかしていない犯人だが、危ない人間でないという保証はない。嗅ぎ回って邪魔に思われたら、何かされるかもしれないのだ。

「……だって、放っておけないし」秋野は下を向いたまま言う。「それに……これって、誰かが誰かを脅してる、っていうことかもしれないし……」

確かに、明るいジョークには到底見えない。

「そうだとしたら、吹奏楽部に誰か、脅されてる人がいるのかもしれないし」秋野は拳をきゅっと握った。

怖がり人見知り引っ込み思案、と三拍子揃っている秋野だが、事なかれ主義者ではない。今年はパートリーダーになったというから、その責任感もあるのかもしれない。

それまで低音で唸っていたミノが、よっしゃ、と言って決然と顔を上げた。

「うし。それなら俺も手伝うぜ。心配すんな麻衣ちゃん。犯人、すぐに見つかるって」

ミノは、うーし、と言って出走前の競走馬のように体を揺すり、さっきまでの暗い顔はどこへやら、にやりと笑って親指を立てた。ミノとしては秋野にいいところを見せるチャンスなのだろう。「よっしゃ、そしたらまずは聞き込みだな。わざわざフルート刺してあるってことは、フルートパートの奴が何か心当たりあるかもしんねえよな」

「そうだね。今日はもうみんな帰っちゃっただろうから、明日、手分けして……」

そこでまた僕の腹が鳴った。

今度は完璧に全員に聞かれた。恥ずかしさで俯《うつむ》き、僕は早口で言い訳を言う。「あの、僕、今日、昼抜きで。……今もごはん買ってこようと思ってたとこで」

柳瀬さんが噴き出した。「……悩む前にちょっとコンビニ行ってこようか。可哀想な子が一人いるし」

「また戻ってきてくれる？」秋野が訊いてきた。「それなら、待ってるけど……」

「ん」どのくらいで戻れるかな、と考え、そういえば放送室にも行ってみるつもりだったな、と思い出す。

が、秋野は黙ってこちらを見て、答えを待っている。表情からすると、もしかして事件のことに関して心当たりがあるのだろうか。例えばそれが、小林君の前では話しにくいことだとか、そういう可能性もある。

それに、犯人が置いていった草刈り鎌に関しては、気になる点があるのだ。秋野に訊いてみなければならない。

「分かった。すぐ戻るから」僕はミノを見た。「ミノはここにいる？」

ミノが「おう」と頷く。秋野もミノを見て、小さく頷いた。

が、ようやく買い物に行ける身になって喜んだのも束の間、僕の携帯がメールの着信で震えた。誰だろう、と思って出してみると、塚原君からである。

メールを表示させると、塚原君が変なことを書いてきた。

〈まだ学校にいる？　いるならすぐ放送室に来てくれ。助けて〉

3

秋野には「ちょっと待ってて。しばらくしたら戻る」と曖昧《あいまい》なことを言って出るしかなかった。「ちょっと」がどのくらいなのか自分でも見当がつかなかったが、とにかく「ちょっと」である。そういえば子供の頃、よく親に「ちょっと待ってなさい」と言われて長々待たされたなあ、などと思い出した。言う側はいつも、こんな感じだったのだろう。僕の様子を訝《いぶか》ったミノに携帯を見せると、ミノも行くと言ってくれた。

一体何があってどう「助けて」なのか分からないので、本館の放送室に向かいながら電話をかけたのだが、塚原君は出なかった。僕は駆け足で階段を上がった。胃が締めつけられる感覚があって辛いが、助けてと言われて後回しにするわけにもいかない。

が、ぜいぜい言いながら本館の四階まで上がってみると、放送室の戸のむこうから何やら声が聞こえてきた。

戸に手をかけようとしていた僕は、それを聞いて手を引っ込めた。なんだか喧嘩腰の声だ。

「なんか、もめてない？」柳瀬さんは興味を引かれたらしい。どことなく声に楽しげな調子が混じっているように思えるのは、気のせいだろうか。

また中から強い声が聞こえてきた。やはり、何やらもめているようだ。

柳瀬さんが僕とミノを押しのけ、獲物を窺う猫のようにそっと動くと、放送室のドアを細く開けて顔を近づけた。聞こえる声が大きくなる。

——だって、それじゃ他に誰ができたって言うんですか。

——知らない。知らないけど、辻がやってないって言うんだから。

柳瀬さんと顔を見合わせる。何やら言い争っているのは女子二人。片方は青砥さんのようだ。中を覗いていた柳瀬さんがぱっと戸から離れて僕の後ろに回ったと思ったら、戸がすごいスピードで開いてばん、と音をたてた。一年生の女子が仁王立ちしていた。いま青砥さんと言い争っていたのはこの子のようだ。表情に険があって怖い。

「……何してるんですか」

「ほら三野。よしなさいっつったじゃん」柳瀬さんがミノの腕をつつく。

「ええっ？　俺っすか？」

「ああ、柳瀬先輩……三野先輩」ようやく一年生の反応が柔らかくなる。だが品定めするような半眼でこちらを見るのは変わらなかった。「御用は」

柳瀬さんがかわって答えた。「円城寺《えんじようじ》さん、塚原は生きてる？」

「塚原先輩ですか」円城寺さんというらしい一年生はそう言いながらも振り返って中を見た。ということは塚原君は、ここにいることはいるし、怪我や病気をしているわけではないらしい。「何の御用ですか?」

「いや、ちょっと」じろりと見られ、僕は何も悪いことをしていないはずなのに口ごもってしまう。

「塚原先輩。お客様です」円城寺さんは険のある口調のまま言い、中に戻った。

とにかく、彼女にくっついて放送室に入る。放送室の中には辻さんと青砥さん、それに塚原君がいるだけだった。他の人はもう帰ってしまったらしい。

柳瀬さんは僕に続いて放送室に入るなり、皆を見回してまともに訊いた。「ねえ、今もめてたのはなんで?」

「別に、ただ……」円城寺さんが困り顔になり、操作卓の前に立って同じく困り顔をしている辻さんを見た。「今日の昼の放送当番は私と塚原先輩と青砥先輩です。なのになんで辻先輩が今朝、放送室の鍵を借りたのか訊いてただけです」

隣にいた青砥さんが、うんざりした様子で答えた。「だから、すぐどこに忘れたのか思い出した、って、辻がさっきから言ってるでしょう」

「だから鍵だけ借りて放送室には入らなかった、っていうんですか? 不自然すぎますよ」円城寺さんが言い返す。「それに事務室の貸出記録、他に何も残ってなかったんですよ。理屈からいって辻先輩しかいないじゃないですか」

「辻が犯人なわけないって。それじゃ、自分がやりましたって言ってるようなものでしょう」

放送室の隅、ラックとロッカーの間の空間で縮こまっていた塚原君が、入ってきた僕たちを見るとほっとしたように胸をなでおろし、眉毛を弱々しく八の字にして円城寺さんを指さしてみせた。女子二人が言い争うのをどうにもできず、さっきからずっとこうして縮こまっていたようだ。

どうやら「助けて」と言っていたのはそういうことらしい。溜め息が出たし空腹を思い出してしんどくなったが、僕はとにかく、ちょっと立ち位置をずらして、円城寺さんの前に出た。

「あの、ちょっと。……一応、よく分からない僕たちに説明してくれると嬉しいんだけど、休み時間の悪戯《いたずら》の話だよね？　なんで犯人が辻さんしかいないってことになるの？」

円城寺さんはなんで私が、というふうに眉をひそめたが、周囲にいる誰も喋ろうとしないのを見てとると、渋々という顔で説明してくれた。

「放送室の鍵は事務室から借りないといけないから、使った記録が全部残るんです。さっき事務の先生に頼んで見せてもらったら、ちゃんと昨日は返却されてました。その後、あの放送が流れるまでの間に鍵借りたの、辻先輩だけなんです」

横目で辻さんを見ると、辻さんは泣きそうな顔で目を伏せている。

「でも辻先輩がこう言うんですよ。『一時間目が終わってすぐ鍵は借りたけど、放送室は開けずにすぐ戻った。放送室に携帯を忘れた気がしたから鍵を借りたけど、別のとこにあるのを思い出してすぐ返した』って。『だから鍵は借りたけど放送室は開けてない』だそうです。……

こんなの信じられますか？」円城寺さんは僕たちに訴えた後、辻さんをじろりと見る。「合い鍵なんかないし、最後に鍵、借りた人が犯人じゃなきゃおかしいじゃないですか。理屈からいって辻先輩しかいません」

「だから、違うってば。辻はそんなことするような性格じゃないでしょう」青砥さんが口をはさむ。普段と違い、今は少々声が荒い。「円城寺さん、あなたも六ヶ月つきあいがあったら、辻のキャラぐらい分かってるでしょう。辻が市立七不思議で怖がるならともかく、あんなに手の込んだ悪戯をしてまで人を怖がらせようとすると思う？」

円城寺さんは辻さんの方をちらりと見て一瞬黙ったが、すぐに言い返した。「でも、辻先輩がたまたま今日の朝、携帯を置き忘れて放送室の鍵を借りた、っていうのが偶然なんですか？」

「だから」

「人の本性なんて分かりませんよ？　学校で作ってるキャラなんて、どうせ……」

「円城寺さん」青砥さんが厳しい声を出した。「言いすぎ」

円城寺さんの方もさすがに言いすぎたと思ったらしく目をそらしたが、口元ではまだ「でも……」と呟いていた。

僕はこっそり他の人の表情を窺った。毛むくじゃらの心臓を持つ柳瀬さんは目の前で言いあっている人たちを見ても平然としているが、辻さんは泣きべそをかいているし、塚原君はラックとロッカーの間に小さくなって収まったままだ。

「あの……ちょっと」僕は小さく手を挙げた。途端に円城寺さんの視線に射抜かれる。

なんだかここで発言するのはおっかないが、このまま不毛な言いあいをさせておくのも嫌だし、辻さんは泣きそうな顔をしている。僕は言うことにした。

「辻さんが犯人だとすると、分からないところがあるんだけど」

うわあ見られてるなあ、と視線を感じながらも、辻さんと円城寺さんの両方を視界に入れて話す。

「辻さんが犯人なら、どうしてこの部屋を閉めきっていたのかな？　放送室に入った時、この部屋の出入口は戸も窓も全部閉まってたんだ。僕が犯人だったら、そんなことはしないと思う。第一発見者になるにしてもならないにしても、戸の鍵を開けてさえおけば『昨日の人が鍵をちゃんと閉めていなかったところにどこかの誰かが入った』で済むのに、犯人がわざわざ鍵を閉めたのはなんでかな？」

ここのところは僕にも分からないのだ。言いながら、辻さんと青砥さん、それに塚原君も窺ってみる。皆、こちらを見ているだけで、特に変な反応を見せる様子はない。

「まあ、それにそもそも」ミノも口を開いた。「辻さんが鍵借りたのは一時間目の後なんだろ？　犯人なら、どうして朝一番にしなかったんだ？　一時間目の後じゃ廊下に人がいっぱいいて見られるし、いつ誰かが入ってこないとも限らねえし、無駄にリスクでかいだろ」

柳瀬さんが、今も誰かが外にいるかのように戸を見た。戸の上部のガラス窓にはポスターが貼ってあるから中は見えないが、天井付近の窓から明かりは漏れる。円城寺さんも戸を振り返り、口をへの字にして沈黙した。

僕は沈黙が重くなる前に言うことにした。

「実は、放送委員の人たちには心当たりを聞きたいと思ってたんだ」

また視線が集まってくる。隅に収まった塚原君は、俺も？　と怪訝《けげん》な顔をしている。

僕は塚原君にも頷いておいて続けた。「だって、あんな悪戯をすれば、まず疑われて困るのは放送委員の人でしょ？　放送委員の人を困らせたくてやったっていう可能性もあるし」

「私たちですか？」

「私も？」

「俺は困らなかったけど」

「……塚原君は逃げたけど、残った僕らは昼休みに呼び出されたよ」その結果昼飯が食べられないでいる、と思い出し、また胃が苦しくなった。

塚原君が、ラックとロッカーの間に収まったまま腕を組む。「……俺、人に恨まれる覚えないけどなあ」そこまで断言できる人も珍しい。

「……心当たり、って言われても困るかな」青砥さんも首をかしげている。

円城寺さんは困ったような顔になった。「私を嫌ってる人の心当たりなんて……」

「ないかもしれない。一方的な逆恨み、とかもあるし」

「……ありすぎて絞れませんよ」

「……ああ、そう」そんな馬鹿な、と思うが黙っていた。一体この子はどれだけ戦闘的な毎日を送っているのだ。「まあ、いいや。何か気にかかることがあったら教えて。調べてみる」

「調べてみる、って……」円城寺さんが眉をひそめた。「放送委員じゃないですよね？　何か心当たりがあるんですか？」

「いや、ないけど」隣で柳瀬さんも首を振っている。「口裂け女」の件について吹聴する気はなかったので、僕は黙っていた。「ただ、ちょっと気になるし。それに……慣れてるし。こういうの」

「あ！　そう！」

泣きべそをかいていたはずの辻さんがいきなり大きな声で言ったので、全員がぎょっとした。だが辻さんはお構いなしで僕を指さす。「葉山君って凄いんだよ。前、映研のビデオテープが変になってた事件とか、完璧に解いちゃったことあったし」

「いや、あれは」あの事件を解決したのはOBの伊神《いがみ》さんである。僕はあの人を手伝って雑用をしただけなのだが。

「ああ、それ俺も聞いたけど」塚原君がようやく隙間から出てきた。「そういえば葉山凄えな」

辻さんはいつも通りの元気さになり、興奮気味に僕を指さす。「あと、あとね！　一年の時、開かずの間になんか出た事件でも何かして、なんかなったって聞いた！」

随分とアバウトな記憶だ。「いや、あれも伊神さんが」

「へえ。凄えな」塚原君が素直すぎる顔で感心している。「じゃ、任せて安心だな。よかったよかった」

「ええ？　いや、僕は」助け船を求めて隣を見たが、ミノは苦笑しているし、柳瀬さんは肩を震わせて笑いをこらえているだけである。

「いや、よかったよかった。身近にこんな名探偵がいたなんてな」塚原君が笑顔を作って手を叩く。「じゃ、俺たちは日常業務に戻れるな。事件については、各々ができる限り名探偵葉山に情報提供するって形で。うん」

「ええと……」

「よし解決。いやあよかったよかった。じゃ、俺テスト勉強があるから」塚原君はぽん、と手を打つと、わざとらしい笑顔でうんうんと頷きながら出ていってしまった。女子二人が言いあっている間ずっといたたまれなかったのだろう、と想像はできるが、それにしてもすごい逃げ足だった。


それ以上、新しい情報は何もなかったので、僕は後日また話を聞きにいくことだけ約束して放送室を出た。

とはいえ、犯人は見当もつかないし、そもそもなぜ「カシマレイコ」になぞらえた悪戯をしたのかも分からない。あれだけの準備をした犯人はお金も労力もかけ、リスクもそれなりに背負っているはずだ。だとすれば当然、それに見合うだけの利益とか、そうすべき必要性がなければならないはずなのだが。

そしてそれは、演劇部とミス研と、吹奏楽部の犯人にしても同じだった。一体、この連中は何が目的なのだろう。

廊下に出て、音楽室に戻るから、というミノについて階段口へ向かう。僕は早いところ食べ物を調達しないとガス欠でへたばってしまう。演劇部の現場はまだよく見ていないし、ミス研の愛甲先輩たちにも話を聞いてみたかったが、いいかげん外に買い物に行きたかった。だが秋野が何か話したそうにしていたから、ささっとパンでも買って音楽室に駆け戻ることになりそうだ。僕はミノに、表のコンビニに寄ってから音楽室に行く、と宣言した。うーし、と言って腕を回し、ミノが先にたって下りていった。

が、階段を下り始めたところで、後ろから早足で誰かが追ってきた。

振り返ると、早足で追ってきたのは青砥さんだった。「葉山君」

僕は足を止めて、下りかけた階段をまた上った。柳瀬さんも立ち止まって首をかしげた。

「青砥さん、どうしたの?」青砥さんの雰囲気が少し硬いことに気付いた。何か秘密の話かもしれないので、体をそちらに向けて聞く態勢を作った。

「ん」あるいは僕の目つきが変わっていたのか、青砥さんは少し慌てた様子で両の掌《てのひら》を見せた。「そういうのじゃ、ないんだけど。ただ……」

言葉を促すつもりで小さく頷くと、青砥さんは少し恥ずかしそうに視線を外した。

「……ありがとう。私が言うのも変なんだけど」

「ん?」何の話だか分からない。僕は青砥さんに何かしただろうか。

「辻のこと」僕が理解していないのを見てとったらしく、青砥さんはすぐに補足してくれた。

「葉山君と三野君が言ってくれなかったら、どんどん険悪になってただけだと思うから」

「ああ……。いや、通りすがりなのに口出してごめん」

「ううん、ありがとう」青砥さんは静かに首を振った。「円城寺さんも、悪い子じゃないの。真面目だし、手は抜かないし。……ただ、時々そのせいで、こうなっちゃうことがあるだけだから」

青砥さんは両手を目の横に当てて視界を狭める仕草をした。

「うん。そうだと思う」本人はいつも喧嘩しているかのように言っていたが、実際はそうでもないのだろう。「たぶん、集中したら凄いタイプなんだろうね。美術部に入ったらどんなの作るかな」

「取っちゃ駄目だよ。映研の誇る職人記録係《スクリプター》でもあるから。塚原君が泣いちゃう」青砥さんは微笑《ほほえ》んだ。

「残念」美術部は部員が僕一人しかいないので、来年誰も入らなかったら廃部になってしまうのだが、とりあえずそれはあとで考えることにする。今は忙しいのだ。「じゃ、僕は買い物行くから」

青砥さんはうん、と頷いて戻っていった。なんとなくそのまま見ていると、放送室から辻さんが出てきて、青砥さんに頭を撫でられたりしていた。あの二人はいつも一緒にいるが、同級生というより姉妹といったほうがしっくりくる。

「青砥さんって、同じ二年とは思えませんね」

正直な感想を言った。さっきあれだけやりあっていたのに、後輩とはいえ円城寺さんのことまで気遣うのはなかなかできない。自分だったらできるかな、と思う。

が、隣の柳瀬さんはそう感心するふうでもなく、放送室の閉まった戸を見ていた。

「……柳瀬さん？」

何だろう、と思って彼女を見るが、柳瀬さんは僕の視線に気付くといつもの顔に戻った。

「ん？　どしたの？　私に見とれてた？」

「はい」

こうしてからかわれるのはいいかげんに慣れてきたのでそう答えたのだが、柳瀬さんは途端に笑顔になって叩いてきた。「えー、ちょっと何この子。やだもう最近の若い子って平気なのね、そういうの」おばちゃんみたいである。

下から「葉山何やってんだ？」とミノの声がした。ミノの方は青砥さんに気付かず、だいぶ下の方まで下りてしまった様子である。

柳瀬さんはいつもの口調で答えた。「三野ごめん。一人で先、行っててていいよ。私たちちょっと、いちゃいちゃしてから行く」

「……柳瀬さん、反響してます」

響きわたっています。廊下に。

4

　柳瀬さんの返事を真に受けたのか、ミノは先に音楽室に行ってしまったらしく、姿も足音もなかった。テスト前でひと気がない本館の校舎は放送室に行った時より薄暗くなっていた。日が傾いたからなのか、雲が厚くなったからなのか、おそらくはその両方だろう。秋雨前線もそろそろいなくなるはずなのに、ここ数日は曇りと雨が多く、ずっと妙な雰囲気だった。

　今も、三時間目あたりからぱらつき始めた雨が本降りになってきたところである。昇降口のガラス戸を少し開けて頭上を窺った僕は手を出して確かめるまでもなく顔を引っ込め、傘立てから自分の傘を抜いた。

「雨、けっこう降ってる?」靴に履き替えた柳瀬さんがやってきた。

「降ってます。走っていくのもちょっと無理……って、何してるんですか」

　柳瀬さんは僕が傘を出したのを見ると、持っていた自分の傘をふん！　と言って手近な傘立てに投げ入れた。「葉山くん私、傘忘れた!」

「今、持ってたじゃないですかバーバリーっぽいの」

「あれ傘じゃないもん。えーと……ストロボマシンだもん」

「バーバリーのですか」

「どうせあれ、お母さんが買ってきた偽ブランドだもん。あの人偽ブランド大好きで、見つけると大喜びで買ってきて『ほら沙織、これどう見てもアナスイでしょ？　面白くない？』って見せびらかすから困るんだよね。しかも、自分じゃ使わなくて私に押しつけるし」

「変わったお母様ですね。……いや、自分のさしていきましょうよ。せっかく持ってきたのに」

口を尖らせられても困る。仕方なく僕は傘を開いた。

「あのですね。別にそれ自体が嫌とか、そういうのではないんですけど……」

柳瀬さんがぱっと笑顔になった。いや、喜んでいただけるのは嬉しいのだが。しかし。

「今日は天気予報で『雨になるでしょう』ってはっきり言われてるんです。だからみんな傘、持ってて当然なわけでして」空いた左手で戸の隙間を広げ、外に出て傘をさす。「そういう状況でその、相合傘なんかして歩いてると、ですね」

言っている途中に柳瀬さんはもう、よし獲った、という顔で僕の傘に入り、腕を取ってくる。

「……はたから見ると完全に馬鹿なカップルに見えますよ。特に女性の方が」後ろ手で昇降口の戸を閉める。「人に見られたら『あれ馬鹿じゃない？　女の方、絶対傘持ってるだろ。自分の出せよ』っていう目で見られますけど。……いいんですか？」

「持ってないもん。間違えてストロボマシン持ってきちゃっただけだもん」

「なんでそんなもんが家にあるんですか」

柳瀬さんは素知らぬ顔で、なぜか僕の腕の匂いを嗅いでいる。

正直なところ、こんなにぎゅっとくっつかれるとこちらだってどきどきするのだ。制服越しだから鼓動が速くなっているのはばれないだろうが、歩きにくいことこの上ない。右腕にくっつかれているのでバッグは左肩に移したが、腕が動かせないので傘がいい位置にさせない。もともとそんなに大きな傘ではないのだ。バッグと左肩はもう濡れるものとして捨てたが、柳瀬さんの右肩を濡らさないようにすると僕は頭まで濡れてしまう。何をやっているのやら、という気がしないでもない。

試験前なので大抵の人がもう下校しており、衆人環視という状況ではないのは幸いだった。だが、馬鹿なカップルと見られる、という以前に、どう見てもカップルです、という状態をさらしながら校内を歩くというだけでもう決定的に恥ずかしいのだ。どこで知り合いに出くわさないとも限らないのに、柳瀬さんは平気なのだろうか。歩きながら右隣の彼女の表情を窺うが、彼女は鼻歌でも歌いそうな笑顔である。

今度はもうすぐ食べ物が手に入ることの歓喜を歌ったつもりなのか、僕の腹がまた盛大に鳴った。

柳瀬さんが苦笑する。「葉山くん、今日は飢えてるね」

「三時間目からずっと、食べ物を手に入れるのを事件に阻止されまくってますから」

僕は首をすぼめたが、正直なところ、微妙な後ろめたさがあった。今日の放送室の事件が起こる直前、僕は確かに「何か事件でも起こればいいのに」と考えていたのだ。

ただでさえ僕は昔から、変な事件に巻き込まれることが多かった。ＯＢの伊神さんや親戚のお兄さんには「事件を呼ぶ体質」だなどと言われたことすらある。何もしなくてもそんな有様なのに、自ら「事件でも起こればいいのに」などと考えるとは、あまりに無思慮だった。事件が起こるということは、どこかの誰かが困る、ということでもあるのに。

「確かになんか今日、すごいよね。あっちでもこっちでも」柳瀬さんは考え込む顔になった。「超研（超自然現象研究会）の会誌がばら撒かれてからだよね。みんな、けっこう市立《いちりつ》七不思議のこと気にしてたのかな」

あるいは、僕と同じように大部分の生徒が無意識のうち、この学校の「何かおかしな雰囲気」を感じていたのだろうか。超自然現象研究会の会誌が人気なのもそのためか。

「『壁男』とかはともかく、『カシマレイコ』や『口裂け女』の市立版については、みんなどれくらい知ってるんでしょうね。僕は、詳しいことは初めて知ったんですけど」

「私もだなあ。犯人は詳しかったのかな」

「どうでしょう。何十年も前ですからね。……誰か、当時のこと知ってる人がいるといいんですけど」

柳瀬さんは顎に人差し指を当てて考える。「先生の中に卒業生、いるよね。例えば……あ！」

なぜか柳瀬さんはぱっと僕の傘から出て、さっき出た校門の方に戻っていった。御隠居、と呼んでいる。

僕は傘を持って後を追った。柳瀬さんは正門の外で、雨合羽《あまがっぱ》を着てフェンスの修理をしていたらしき白髪の男性を呼んだ。振り返った顔を見て思い出した。この人は生徒から「御隠居」と呼ばれている用務員さんだ。たしか本名は徳武《とくたけ》さんといった。

「御隠居すいません。ちょっと訊いてみたいことがあるんですけど」本人を直接そう呼んでいいのだろうか。

徳武さんは雨合羽のフードをとり、何事か、という顔であぁ、と頷いた。用務員という立場にしては生徒に親しまれている人だが、そうだとしても仕事中にいきなり駆けてこられることはあまりないのだろう。「……どうしたね」

「すいません御隠居って何年前から市立《ここ》にいます?」柳瀬さんは相手が工具を置くのも待たずに訊いた。

僕は納得して柳瀬さんの後ろについた。教員は基本的に数年で転任してしまうが、用務員はそうではないかもしれない。現にあの人は、六十五を過ぎても嘱託でここに勤め続けているのではなかったか。

ゆっくりと体をこちらに向けた徳武さんは、ちょっと眉を上げ、柳瀬さんを見た。「……私、かい?」

「そうです。……昔からいますよね?」

徳武さんはいきなりの話題に面食らったようだったが、生徒から話しかけられることには慣れているらしく、ゆっくりと答えた。

「……いるよ。昔から。君が生まれる前からいる」

柳瀬さんは「しゃっ」と言って拳を握った。「御隠居、市立七不思議って知ってますか?」

僕はいきなり訊いてもどうだろう、と思ったのだが、やはりその通りで、徳武さんはなぜそんなことを訊かれるのか分からない様子である。「七不思議……」

「ええと、実は」僕は柳瀬さんの横に出て、自分の存在を示しながら言った。「生徒の間でちょっと、市立七不思議っていうのが流行《はや》ってるんです。一番古い『花子さん』とかは何十年も前からあるらしいんですけど……聞いたことありませんか?」

「『花子さん』……かい」

徳武さんは僕を見て、それから柳瀬さんを見た。二人とも自分を凝視しているからか、目のやり場に困るように斜め上を向く。

さすがにこれでは断片的すぎて伝わらないようだ。僕は市立七不思議のうち古い三つ、「花子さん」「カシマレイコ」「口裂け女」のことを、順を追って話した。徳武さんはぽかんとした顔で聞いていた。

「……『花子さん』、『口裂け女』。懐かしいな」

「この学校で流行った時のこと、ご存じですか?」

「……ここで、かい?」

徳武さんの言葉が疑問形になったので、どうやら望み薄、と思った。「花子さん」や「口裂け女」は当時、日本中で流行ったらしいから、この人の歳であれば特にこの学校と関係なく、一般常識として知っているだろう。

「……そういえば、ここでも流行ったな」徳武さんは意外な答えを返し、お、と反応する僕を見た。僕と目の高さが同じくらいだが、この人の年代からすればむしろ平均以上なのかもしれない。『口裂け女』に、『花子さん』……だね？」

「はい。あと、『カシマレイコ』とか」

「ああ。……そういえば、聞いたことがあるな。確かに何かあったような」

僕が期待して見ていると、徳武さんは白い髭がうっすらと生えた顎をじょりじょりなぞりつつ、しばらく斜め上を見ていた。

徳武さんは随分のんびりと思い出そうとしてくれているようで、時折、唸りながら長考した。見ているこちらは焦れなくもなかったが、なにしろ何十年も前の記憶である。ロードに時間がかかるのは仕方がない。

そして、はっきりと言った。「うん。確かに聞いたことがあるな」

話が進んでいない。「ええと……それで、どんな話が」

「それは、覚えてないが」徳武さんは自信ありげに頷いた。「聞いたことは、確かにある」

「具体的には」

「昔のことだから、そこまではなあ。聞いたことがあるのは覚えてるよ。この学校で何か、あったのかい。『花子さん』だの『口裂け女』だのにまつわる何か」

……それを聞きたいのだが。

「御隠居、具体的に何か覚えてませんか」柳瀬さんが落語を連想させる言い方で詰め寄る。

「具体的にお願いしたいんですけど」

「具体的に？」徳武さんは体を引きながら困った顔を見せた。「そこまではなあ。すぐには思い出せんよ。何十年も前だ」

駄目らしい。まあ、無理もない。

だが、よく考えてみれば全く収穫がないわけでもない。用務員のこの人ですら「何かあった」と覚えているのだ。それなら、当時の生徒間でも相応に話題になった何かがあったはずである。

柳瀬さんの顔に失望が浮かんだのを見てか、徳武さんはのんびり言ってくれた。

「まあ、うちに帰れば日記がまだ取ってあるだろうから、探してみよう。……明日、用務員室においで」

「うっす。お願いします」

柳瀬さんが丁寧にお辞儀をすると、徳武さんはにっこり笑って頷き、再び工具を取った。

僕もお辞儀をした。「ありがとうございます」

それから、腹が減っているのを思い出した。

胃がぐぎいいい、と不満の声をあげた。……僕は一体、いつになったら食べ物にありつけるのだ。

濡れた肩をハンカチで拭きながら音楽室に戻ると、ミノと秋野、それに小林君の三人はまだいて、話が尽きたのか三人が三人とも、それぞれ引っぱってきた椅子に座って携帯の画面を見ていた。

「おう、もう来ないで永久にいちゃいちゃしてるのかと思った」ミノが言う。

「いや、ちょっといろいろあってね」僕はようやく買えた菓子パンとミルクティーをコンビニの袋から出しつつ、手近な椅子に座った。柳瀬さんもいたからあまり品のないことはできなかったが、正直なところ、帰る途中で開けて食べたかったぐらいである。「用務員の徳武さんに会ったから、『口裂け女』とかについて何か知らないか訊いてみた。具体的には聞けなかったけど、何かはあったみたいだよ」

「何か、って何だよ」小林君が苦笑する。「『口裂け女』って流行ったの一九七九年くらいからしいけど、そういや御隠居、そのあたりからもう市立にいたかもな」

「小林君、詳しいね」

「今、携帯で調べてたんだ」小林君が携帯の画面を僕の方に突き出した。「『カシマレイコ』とか『口裂け女』とか、あと『花子さん』とか、どこでもローカル版の噂が作られてたらしいな」

ミノが携帯から顔を上げずに言う。「昔だからな。今ならネットでそのまま伝わるから、そんなに地域性とか出ねえんだろうけど」

「市立《ウチ》のって、ちょっと変わってるよね」柳瀬さんはピアノの椅子に座り、しっかり買ってきたドゥーブルフロマージュを出した。「だいたい『花子さん』って普通、小学校じゃない？あれ、小学生くらいの女の子じゃなかった？」

「高校生相手に『遊びましょ』はねえっすよね」ミノは指でくりくりと画面をスクロールさせている。「『口裂け女』とかも変わってるっすよ。首を切るとか、普通のヴァージョンじゃないみたいだし。それに『カシマレイコ』も、脚のある場所は『名神《めいしん》高速道路』とか、そういうのが普通みたいっすね」

「市立のは『椿森公園の池』だっけ？　すごい具体的だよね」

まあ、「名神高速道路」が答えでは、漠然としすぎていてカシマレイコさんも困るだろうが。

「……かえって現実味があって、怖いっすよね。カシマレイコ、その辺にいそうで」

ミノがそう言った途端に音楽室の戸が開いたので、柳瀬さん以外の四人は微妙にぎょっとしつつ振り返った。

見ると、男子が一人、入口から入ってきていた。「麻衣」

「守安《もりやす》くん」秋野が立ち上がる。

それを聞いて思い出した。全体に欧米人のような色素の薄さを感じさせるこの男子は、隣のクラスの守安君だ。体育の授業などで顔を見ていて、なんだか綺麗な顔の人がいるな、と思っていたが、近くで見たことはあまりない。

「麻衣、ここにいたんだ」守安君は屈託なく微笑《ほほえ》む。「メールしても反応ないから、ちょっと捜してみた。僕も帰り遅くなったから、一緒に帰れるかな、って」

「あ、ええと……」秋野は困ったように僕たちを見回し、守安君に駆け寄った。「ごめん。どうしよう。私……」

「ああ、ゆっくりでいいよ。じゃ、いつものとこで待ってようか」

秋野が頷く。

守安君は小林君にちょっと手を挙げてみせ、秋野の額に軽くキスすると、僕たちに対しては、失礼しました、と優雅に会釈した。小林君と「小林じゃあな」「おう」とだけやりとりをすると、もうするりと廊下に消えてしまう。

僕は口を開けたまま、守安君の出ていった入口を見ていた。

柳瀬さんが呟いた。「わあ、フランス人みたい」

具体的に何がどうフランスなのか分からないが、なんとなく分からないでもない。秋野は困ったように僕たちを見回していたが、小林君に「行ったら?」と言われ、ちょこんと頭を下げて出ていった。

ミノが低い声で言った。「……おい、小林。何だ今のは」

「え? 守安だけど」小林君は答えておいてから、ミノの視線に気付いたらしく慌てた。「おい三野、ちょっ、何だよその目」

ミノはゾンビのようにゆらりと小林君に詰め寄った。「説明しろ。なんで麻衣ちゃんに」

「いや、あいつに秋野さん紹介してって頼まれたから。秋野さんもだいぶ前、彼氏と別れたって言ってたし……」ミノのただならぬ雰囲気を感じとってか、小林君は立ち上がった。「で、あの二人、先月から……えっ? 何?」

ごと、と音がしてミノが床にうずくまった。ややあって、「うおおおう」という咆哮《ほうこう》が聞こえてきた。

「え? 何?」小林君は助けを求める顔で僕たちを見る。「何かまずいの?」

僕は答えようがない。隣の柳瀬さんはというと、必死で笑いをこらえ、口を押さえて肩を震わせていた。「何て言ったっけこういうの。ゾンビに油揚げ」
「トンビっすよ！」ミノが叫んだ。

音楽室は沈黙が支配していた。出現した直後はそれほどでもなかったはずなのに、皆が黙っているうちにどんどん重くなってきてしまった沈黙である。

その中心にいるミノは、椅子の背を抱いてまたがった状態のまま窓の外を向いていて、時々溜め息をついた。僕は突っ立ったままその背中を見ていたが、どう声をかけていいか分からなかった。

さっきからもじもじし始めていた小林君が、勢いよく立ち上がった。「俺、帰るわ。テスト前だし」

小林君はミノを見たが、やはりどう声をかけるべきか分からない様子である。謝るのも変なのだ。結局、そのまま出ていった。

「ま、続きは明日だね」いつの間にかドゥーブルフロマージュをしっかり平らげていた柳瀬さんも立ち上がった。「三野、あんまり気を落とさないで他の探しなよ。あんな競争率高い子じゃなくてさ」

ミノが答えないので、柳瀬さんははあ、と溜め息を吐いて僕を見た。僕は一緒に帰ろうかどうか悩んだが、ここでそそくさと出ていってしまうのはなんだか逃げることのように思えたので、柳瀬さんに会釈してそのまま立っていた。柳瀬さんは「じゃ、また明日」と言って出ていった。音楽室には僕とミノと、部屋の片隅に鎮座するチェロケースが残された。

ミノはまだむこうを向いて座っている。僕は黙っていた。うなだれているミノの横で菓子パンをむしゃむしゃやるわけにはいかず、お預け状態の胃をまだ持て余している。

さっきから風が強くなってきていて、窓ががたがた揺れる。室内も寒くなってきている。

ミノが窓の外を見たまま呟いた。

「……報われねえなあ」

「……ミノの方が、ずっと前から秋野のこと、好きだったのにね」

「まったくだ。世の中おかしい」ミノは椅子の背にごつ、と顎を当てた。「なんで俺じゃなくてあんなフランスゾンビなんだ」

「だよね」

失恋した時、誰でも思うことだ。

確かに、守安君は綺麗な顔をしているし、見たところ何やら恋愛慣れしている。秋野は可愛いから、たぶん前から目をつけていて、彼氏と別れたと知ったらすぐ手を出したのだろうな、と思う。そういう人種がいることも知っている。

そういえば彼はこの音楽室に顔を出して、僕たちどころか赤いしみがついて壊れたギターすら完全に無視して秋野だけを見ていたのだ。ある意味、凄い。

が、このまま一緒に落ち込んでいても仕方がない。僕は音楽室の壁際に移されているチェロケースを叩いた。「どうする、これ？……僕は一人でも犯人、捜すけど」

ミノはむこうを向いていたが、ややあって、ふん、と息を吐くと、ずば、と立ち上がった。「やるに決まってんだろ」ミノは振り向き、椅子をどかしてこちらに来た。「犯人をとっ捕まえてみせれば、俺がいかに頼りになる男か麻衣ちゃんも知るはずだ。『三野君って頼りになるのね。素敵』ってな！　ふっふっふ」

カラ元気なのは目に見えているが、そのまま落ち込んでいるよりはいい。僕はミノの背中を叩いた。「手伝う。手柄は持っていっていい」

「すまねえな」ミノは低い声を作って言い、腕をぐるりと回した。「うし、じゃあまずは明日、吹奏楽部のパートリーダーに聞き込みだな。最近揉め事とかなかったかどうか」

「うん。それともう一つあるんだ」僕はケースの中に戻されていた鎌を取った。「この鎌、ちょっと気にならない？」

「ああ、そういえば、それもだな。チェロケースからインク垂らすとか、他はけっこう演出してるのに……」さすがに分かっているらしい。ミノは僕の出した鎌を受け取り、ケースについている東急ハンズのテープを指で示した。「……これはどうかと思うよな」

僕は頷いた。発見者が怪我をしないようにケースごと入れておいた、というのは分からないでもないが、その場合でも演出上、「東急ハンズ」のテープぐらいは剝がすものだろう。テープはちゃんと一方の端をループさせるように貼ってあり、簡単に剝がせるのだ。

「ケースもテープも、意図的にそのままで置いていったってことか？」ミノは鎌をためつすがめつしながら言う。「だとすると何だろうな。……同一犯であることを示すためか」

「たぶん。……だけどこれ、手がかりになるよ。犯人を絞る」

「ああ、そういや……」ミノは口を開けて天井を仰ぎ、頭の中で何やら検索し始めたようだ。

「……東急ハンズって、近所にないよな？」

「東京方面に行けばあるけど、市内にはないよね」

東急ハンズは扱う商品の性質上、人の多い大都市にしか店舗を出していない。近所どころか市内でも、一店舗もないのである。この鎌は買ったばかりの新品らしいが、だとすれば犯人はわざわざ市外にある東急ハンズまでこれを買いにいったということになる。

僕はミノに訊いてみた。「どうしてだと思う？　特殊な鎌でもないし、これくらいなら近所のホームセンターで買えるはずなのに」

「足がつくのを警戒した……ってことはねえよな。俺ら警察みたいにはやれねえし」ミノは手にした鎌を睨んでいる。「たまたま犯人の家の近所だったのか？　でも、市立は市内に住んでるやつしかいないよな。理数科以外」

「そうなんだよね」

理数科は各学年一クラスずつしかないが、中には東急ハンズのあるような大都市からわざわざ通っている人もいるかもしれない。

「……犯人がそのことを忘れてて、うっかり自分の近所の店で買ったのか？　あるいは、理数科のやつに容疑を向けようとして、わざと遠くで買ったか……」

「たぶん、後者だと思う。演劇部のにもミス研のにもテープが貼ってあったし」

ミノが説明を求める顔でこちらを見たので、僕はテープを指さした。

「犯人は一ヶ所でまとめて三つの鎌を買ったはずだよね。それなのに三つの鎌にそれぞれ店のテープがついてたってことは、犯人は店員さんがレジ袋に入れてくれようとするのを断って、わざわざテープを貼ることを選んだっていうことになる。鎌なんていう目立つものを買うのにわざわざそうしたこと自体も変だし、レジでそういうやりとりをしたのに、テープを剝がすことを忘れてたっていうのは、さすがにひどすぎると思う」

「言われてみりゃ、そうか。……つまり、テープはわざと貼ってもらったわけだ。どこで買ったのかを宣伝するために」

「だとすると、犯人は理数科の誰かに容疑を向けたい人間ってことになる。それにたぶん、昨日の放課後は、買い物にいくためにすぐに帰ってる。〈エリア51〉が配られたのは昨日だから、犯人には一日しか準備する時間がなかったはずなんだ」

「なるほどな。……じゃあ、そこらへんも訊くか」ミノはバッグを開け、鎌をしまった。「これは預かっとくわ。証拠物件だし」

「うん。こっちの方は、美術室にでも移しちゃおう」僕はチェロケースを指した。「何か手がかりがあるかもしれないのに、このまま置いとくと先生に処分されちゃうかもしれない」

「だな。……警察なら指紋とかから犯人絞れるのにな」

「こっちは素人探偵だからね」言いながらミノの表情を見る。とりあえず、動く気にはなったようだ。「とにかく、やれることからやっていこう」

でもその前に、パンを食べさせてもらおう。

が、その二分後、僕はますます迷宮に迷い込んでいた。

チェロケースをとりあえず、四階にある演劇部の物置スペースに置こう、と思って階段を上り始めたのだ。しかし二階に着いたところで僕は見つけた。美術室の戸が開いていて、室内にデッサン用のクロッキー人形がうつぶせに倒れているのを。

ここまでくるともう、何が起こっているのかは予想がついたので、不安や恐怖はなかった。早足で美術室に入り、ミノと二人で人形を挟んで立ち、僕はがっくりと脱力した。

「なんで、ここにまで……」

倒れている人形はやはり首が落ちていた。切られたのではなく、元から取り外せる頭部を外して横に転がしてあるだけだったが、のっぺらぼうの頭部にはやはりマスクがかけられ、赤いペンで「わたし　きれい？」と書かれていた。関節部になっている腰の隙間には五寸釘が挟み込まれているし、傍《かたわ》らにはやはり、プラスチックのケースに入った草刈り鎌も置いてあった。手口からして完全に、演劇部・ミス研・吹奏楽部の件と同一犯だ。

五寸釘を抜き頭部をはめ直すと人形は元通りになったが、僕は嫌な気分になった。のっぺらぼうとはいえ人体を正確にコピーした人形であるから、それが首を取られ、腹に釘を刺されて倒れているところを見ると、お前もこうなるぞ、とでも言われているような気がした。なにしろ美術部の部員は僕一人。犯人が美術部をターゲットにしたというなら、狙ったのは顧問の百《ど》目鬼《めき》先生を除けば僕以外にいないのだ。

「……とりあえず、これまであったことを整理してみよう」僕は力が抜けそうになるのを、机に手をついてこらえた。「このままじゃ、もう何からとりかかればいいのかも分からないよ」

腕時計を見るとすでに午後六時。下校時刻である。どこか外の喫茶店か何かで、と考えた僕は、内ポケットで携帯が震えているのに気付いた。

(from) 妹
(sub) 今日お母さん夜勤
買い物行った? 忘れてない? 夕飯食わせろよ?


「どうした?」

「いや。……ごめん、とりあえず帰る。夕飯の買い物しないといけなかった」

落ち着いて考えをまとめる時間すらない。

現状を整理すると、現場は全部で五ヶ所で、うち四つはまず間違いなく同一犯、ということになる。放送室のカシマレイコ事件と演劇部・ミス研・吹奏楽部・美術部の口裂け女事件。この二つには関連があるのだろうか。

発生は同じ日だったし、どちらも市立七不思議の一つに見立てたものである、という点を考えれば、同一犯だと考えるのが自然だろう。だが、超自然現象研究会の〈エリア51〉が全校生徒に配られた翌日、というタイミングを考えれば、二人の人間が同時に悪戯を企んだ、という可能性も捨てきれるものではなかった。はたして一人の人間が、ここまで手の込んだ事件を一日で起こせるだろうか、ということもある。

「お兄ちゃんソース取って」

「ん」

妹にソースの瓶を渡してまた考える。いずれにしても分からないのは、犯人の目的だ。「カシマレイコ」の放送をした犯人は、ただ単に皆をぎょっとさせたい、というだけで、スピーカーやら扇風機やら捨てるつもりで用意し、手の込んだ仕込みをしたのだろうか。円城寺さんや塚原君といった放送委員に何か含むところがあったのかもしれないが、それにしてもやり方が迂遠《うえん》すぎる気がするし、今のところ彼女らの周辺に何かがあったという話は聞いていない。口裂け女事件に関してはもっと難解で、そもそも、首を切られたあれこれを置いた理由自体がさっぱり分からないのだ。あれらのものを置くだけで伝わる何かがあるのだろうか？　だが美術部員の僕には心当たりがないし、演劇部のミノや柳瀬さんも、ミス研の愛甲先輩や碓氷君も、吹奏楽部の秋野や小林君も皆、心当たりがないという。

「お兄ちゃん、トンカツもらっていい？」

「ん」

箸が伸びてきて、僕の皿のトンカツを一切れさらっていった。

それに、どの事件にもおかしな点や、気になる点があるのだ。放送室の犯人はなぜ、わざわざ現場を密室にしていったのだ。口裂け女事件だって分からない。フルートを刺したのは吹奏楽部を狙ったことをはっきりさせるためだと解釈できるが、そもそも演劇部とミス研と吹奏楽部と美術部、の四ヶ所が狙われたのはなぜだろう。僕が記憶している限りでは、吹奏楽部の楽器室には鍵がかかっていることが多かったはずだから、単に「開いていたところを狙った」というのではないように思える。犯人はこの四つの部が目的だったのだ。だが、この四つに何か共通点でもあるのだろうか。

また箸が伸びてきて、トンカツをさらっていった。

では、さしあたって明日、やらねばならないことは何か。

放送室の件については、今日、当番だった円城寺さんや塚原君、それに加えて青砥さんにも、じっくり心当たりを聞いてみなければならないし、円城寺さんが言っていた鍵の貸出記録を確認しなければならない。昨日、最後に残っていた放送委員が帰った時には放送室に異変はなかったというし、その時には戸の鍵はちゃんとかけたというから、本当に今日の午前中、辻さん以外に借りた記録が全くないというなら、やはり放送室は密室だったということになる。

四ヶ所の口裂け女事件に関しては、吹奏楽部の件から調べるのがいいだろう。まず、楽器室の鍵がどういう形で管理されているのかを確認しなければならない。同時に理数科の人を確認し、チェロケースを見たパートリーダー全員にも心当たりを聞いてみなくてはならない。それから、過去のことを御隠居が思い出してくれたなら、とりわけ犯人の動機について、そこから有力な情報が得られるかもしれない。

横から何かで手をつつかれているようだが、無視して考える。——それに、二つの事件がいずれも「市立七不思議」に見立てられているということから考えれば、「市立七不思議」を流布した超研（超自然現象研究会）にも、話を聞いてみなければならない。超研には知り合いが全くいないので完全なる飛び込み捜査ということになるが、人見知りをしている場合でもないだろう。それにしても、やることが多い。しかも、急ぎだ。後になればなるほど関係者の記憶は薄れてしまうし、犯人が僕の知らないところで目的を達成してしまうかもしれない。その「目的」は誰かに対する脅迫や攻撃であるかもしれないのだ。

そこまで考えたところで、尖《とが》ったものが手の甲に刺さった。「いてっ」

手の甲を押さえながら前を見ると、向かいに座った妹が楊枝《ようじ》を構えてこちらを見ている。

「痛いよ。わざわざ楊枝でつつくな」

「反応ないんだもん」妹は箸に持ち替え、僕の皿からトンカツをさらっていった。「トンカツもらっていい？」

「うん」皿を見ると、端っこの一切れしか残っていない。「いやちょっと待った。お前いくつ取った」

「もらっていいって言った」

「全部取っていいとは言ってない」

「ごめん」妹は箸で摑んだ一切れを口に放り込んだ。お前、悪いと思ってないだろ。

気がつくと、妹はトンカツもキャベツも漬物も味噌汁もみんな綺麗に片付けている。早食いの大食いなのは知っているが、僕はどうやらかなりの間、箸を止めていたらしい。その証拠に皿に残ったキャベツの千切りがしなしなになっている。

やれやれ、溜め息をつき、視線を感じて顔を上げると、妹がトンカツを頬張ってリスのように膨らませた顔のまま、僕をじっとりと見ていた。

「何？」

「学校で何かあった時の顔してる」妹はトンカツをもぐもぐ噛みながら言った。「これ今度ヒレ肉にして。ヒレカツって食べてみたい」

「……分かった」

妹は時々この目になり、この目をしている間だけ読心術者並みの洞察力を発揮する。ごまかしても無駄なので、僕は味噌汁を一口すすり、答えた。「確かに、学校で変なことがあった」

「また？」妹はまだもぐもぐしながら、うんざりしたような顔になった。「お兄ちゃん、呪われてるんじゃないの」

「怖いこと言うな」

妹がなんとなく事情を知りたそうな顔で見ているので、僕は訊いてみた。「亜理紗《ありさ》。演劇部、推理小説研究会、吹奏楽部、美術部。……この四つの共通点って思いつく？」

妹は一、二秒だけ噛むのをやめると、箸でこちらを指した。

「……僕？」箸でものを指すな、といつも言っているのだが。

「お兄ちゃんが狙い」妹はまた食べ始めた。「お兄ちゃん、演劇部も吹奏楽部も友達いるじゃん」

一瞬、食卓の空気がひゅっと冷えた気がした。

僕は反射的に妹の言葉の意味と妥当性を考え、反論しようとしていた。「いや、推理小説研究会は違う」

ミス研とは特に親しくしているわけではない。元会長の愛甲先輩とは顔見知りだし、一学期に荷物運びを手伝ったことはあるが、それだけだ。

妹は答えず、すう、と目を細めてこちらの表情を観察している。僕は言った。

「心配しなくていい。僕が何かされたわけじゃない」

だが、僕の中では妹の言葉がすでに、棘《とげ》になって残っていた。なにしろ、美術部は部員が僕一人なのだ。

「……まさか、ね」

僕はこっそり呟き、一切れだけ残ったトンカツに箸を伸ばした。

5

翌日も朝からどんよりと曇っていた。十月という時季にふさわしい、暑くも寒くもなく存在感のない空気が灰色の空を背景にしてどんよりと静止している。夜が明けても最初からそんな状態なのでなんだか憂鬱になる。うつ病の中には日照時間が足りないと発症するものがあるが、なんだかそれが、すごく実感できるのだ。まあ、テスト前なのに勉強が進んでいない、というせいもあるのだが。

が、憂鬱に流されるままぐったりしていても始まらない。どうせ目の前の事件が解決するまでは、気になってテスト勉強どころではなくなるのが明らかなのだ。正直なところ、二つの事件が一日二日ですっぱりと解決して心おきなくテスト勉強に精を出せる、という気は全くしなかったが、僕はとにかく手をつけられるところからつけてみよう、と決め、ミノと一緒に昼休み、放送委員を捉まるだけ捉まえてカシマレイコ事件の心当たりを訊いてみた。だが一年生と二年生、合わせて六、七人に話を聞いても、特に最近トラブルがあったとか、「カシマレイコ」が話題になったという話は聞けなかった。テスト前で、生徒が皆すぐに帰ってしまうかもしれない、と考えれば聞き込みを優先させるべきであり、僕は放送室で今年の放送委員の活動報告を見せてもらい、残りの放送委員のクラスと名前をメモして、放課後に回ることにした。「カシマレイコ」に関してはこの他に、事務室で放送室の鍵の貸出記録を確認しなくてはならなかったが、同時に「口裂け女」に関して、吹奏楽部と演劇部とミス研の周囲に何か動機になるようなことがなかったかも訊かなくてはならない。聞き込みの対象は多く、時間はなかった。そういえば御隠居にも、今日再び訪ねる、ということを言っていたのだ。

が、帰りのHRが終わり、礼をしたまま突っ立って、頭の中で「さて何からとりかかるべきか」と思案していた僕は、そのどれにも手をつけないうちに秋野に声をかけられた。
「葉山くん、昨日のフルート、どこにあるか知ってる？」
「ああ、結局持って帰っちゃったけど、返そうと思って持ってきてる」僕は自分のスクールバッグを叩いた。

昨日、ギターのサウンドホールに突き立ててあったフルートはなんだかんだで返す暇がなかったから、結局ケースに入れて持って帰ってしまったのだ。今、僕のバッグは大きさがぎりぎりのフルートケースが無理矢理詰め込まれているせいで、ひまわりの種を頬張ったハムスターの顔みたいに膨らんでいる。

僕はつっかえてなかなか出てこないフルートケースを苦労して出した。「フルート吹いたことないから分からないけど、どこかがおかしくなってるってこともないみたい。楽器室に返しておいた方がいいよね」
「……うん。あとで、フルートの人に見てもらう」秋野は頷くと、彼女は上目遣いで窺うようにこちらを見た。背が小さいので男子と話す時は大抵こうなってしまうのだが、それでも一応、これは何か言いたいことがある時の顔である、と分かる。そういえば、秋野は昨日もそんな顔をしていた。どうも、口裂け女事件について何か知っているらしい。

ミノも一緒に、と思って教室を見回したが、彼の姿はもうない。携帯に電話をすると、演劇部の友人連に心当たりを聞いている、という答えが返ってきた。昨日の事件発生時、元部長の柳瀬さんから「今の演劇部にトラブルはないのか」と訊かれていたから、現役部員としては何がしかの責任を感じているのかもしれない。

電話のむこうのミノに「あとで僕も行く」と言い、自分は秋野にくっついて楽器室に向かう。予定が消化できるかどうかが不安になったので、廊下を歩きながら柳瀬さんにメールを送り、まだ会っていない放送委員を挙げて、この人たちに話を聞いてくれませんか、と頼んでみた。柳瀬さんは元とはいえ放送委員長であり演劇部部長であるので、彼女としても両方の事件は気になっていたらしく、快諾してくれた。あの人は押しが強いので、聞き込みに関しては僕よりよっぽどうまい。

楽器室は別館なので、教室から行こうとすると本館の階段を下りて渡り廊下を渡り、別館の階段をまた上がる、ということになる。部活動禁止期間中なので別館に行く人はおらず、明かりもついていない。外がどんより曇っていることも手伝って誰もいない二階渡り廊下は寒々としていて、ガラスドアのむこうに見える別館の廊下はなんだか死後の世界か何かのように見えてしまう。同様のことを感じたのか、本館の廊下では前を歩いていた秋野が微妙に不安そうな顔を見せて隣に来る。僕はそれを見て、彼女がもてる理由をなんとなく理解した。

「そういえば、楽器室って普段、鍵がかかってるよね?」

ガラスドアを押し開けながら秋野に訊くと、彼女はうん、と頷いた。「練習中は開いてるけど、テスト前はかけたまま」

「じゃ、音楽室の事件の犯人はどうやって楽器室に入ったんだろう」

秋野は首をかしげたが、何か気になることがあるらしく、浮かない顔をしている。

僕は開けたドアを押さえながら訊いた。

「……つまり、楽器室の鍵を持ってる人は限られてるんだね。秋野も持ってるよね」

秋野は頷いて、バッグをごそごそと探ると小さな鍵を出した。「パートリーダーが全員、持ってるの」

全然そんなイメージがないながらも、秋野はファゴットのパートリーダーなのである。ファゴットとかチューバのパートはそれぞれ二人くらいずつしかいないから、二年生になれば断りたくても断れないらしい。

「パートリーダー以外では？　引退した三年生とか」

「引退する時に、新しいパートリーダーに渡すから。……顧問の先生なら」

「それって、つまり……」秋野が浮かない顔だったのはそういうことらしい。「パートリーダーの誰かが犯人ってこと？」

秋野はやや伏し目がちになっただけで答えずに歩き、楽器室の前で立ち止まった。楽器室の戸には手書きで「楽器室」と書かれた貼り紙があり、文字のまわりにどうも複数の人が好き勝手に描き足したらしい楽器のイラストがついている。サキソフォンの絵など妙にうまいがなぜかパイプオルガンを描いている人もおり、必ずしも自分の楽器を描いたのではないらしい。

秋野が鍵で戸を開けると、室内に置かれた楽器たちが無言で来客を迎えた。別館にある有象《うぞう》無象《むぞう》の文化部直轄地はだいたいどこでもそうだが、この部屋も狭いので、楽器たちは「置かれた」というよりも「押し込まれた」と言った方が正しい状態になっている。戸の横にいきなり立てかけられている巨大なコントラバスに、窓際を占領するドラムセット。壁際に綺麗に並べられたサキソフォンのケース。兵器庫だなここは、と思う。

秋野は壁際に並ぶロッカーの一つに手をかけ、開けようとしている。固くて開かない様子なので後ろから手を貸し、ようやく開いた。ロッカーの中には僕の持ってきたものと同じフルートのケースが並んでいて、それぞれ1から3の番号が書いてあった。

僕はその隣に持ってきたNo.4を戻した。「部のフルートって、いつもこの中なの？」

秋野はロッカーの中を見ながら頷いた。「フルートのパートリーダーに訊いたんだけど、フルートの人は入学した時から全員マイ楽器だから、部楽器⑤はずっとここに入れたままだって」

普通の生徒はそんなことを知らないだろう。だとすれば、演劇部・ミス研・美術部と他に三つもの部活を巻き込んだ口裂け女事件の犯人は、やはり吹奏楽部員かその周辺、ということになる。ミノにもそう報告した方がいいだろう。

僕は楽器室の中を見回した。狭いこの部屋で外と通じているところといえば、廊下側の入口の戸とベランダ側の窓だけだ。ドラムセットをよけながら窓に寄り、観察してみるが、ガラスのくすんだ窓はクレセント錠がしっかり下りており、しかも古いクモの巣がからみついていた。試しに開けようとしてみたが、鍵が固くてなかなか動かない。指が痛くなったところでようやく鍵が回り、窓ガラスがきゅらきゅらと音をたてて開いた。

「秋野、こっちの窓は……」

秋野は首を振った。「涼しくなったら開けないの。……換気は換気扇でしてるから」

急激な温度変化や外気にさらされることは楽器にもよくないらしいから、まあ当然といえる。窓の上についている換気扇を見ると、確かにこちらはいつも使っているようで、紐を引くと問題なく回った。

紐をもう一度引いて換気扇を止め、窓際から楽器室を見渡す。開いた戸の外に廊下が見えるが、通る人はいない。

窓は開けた痕跡がない。換気扇からにゅるりと入り込んでフルートを盗めるような妖怪人間も、うちの学校にはいない。つまり、侵入路はあの戸ということになる。秋野もそのことは分かっているのだろう。だから浮かない顔をしているのだ。

「他にフルートを出し入れさせられる出入口はないね。やっぱり、犯人はパートリーダーのうちの誰か、ってことか」

「……やっぱり、そうなる?」

残念ながら、と言おうとしたが、言い方が軽いような気がしてやめた。吹奏楽部のパートリーダーが犯人だというなら、容疑者一人一人を知っている彼女は、僕よりずっと気が重いだろう。半信半疑のままでいたい部分もあっただろうが、放っておくわけにもいかない。僕をここに連れてきたのは、それを他人の口からはっきり言ってもらいたかったからなのかもしれない。

が、秋野は一つ、付け加えた。「……じゃあ、守安くんも、だね」

(5)「マイ楽器」=生徒個人の所有する楽器。「部楽器」=学校で保有している楽器。チューバなどは数十万かかるので、お母さんが語尾に「ざます」をつけるような家庭でない限り、買ってはもらえない。

「え」あのフランス君がなぜ。「守安君って帰宅部だよね？」

「うん。でも、ジュニアオーケストラでトランペット吹いてて」秋野は自分が悪いことをしているかのように視線をそらした。「……パーカッションのパートリーダーから鍵を借りてて、時々部楽器借りてる、って言ってたの」

「ああ……なるほど」彼女が浮かない顔だったのは、むしろそれが原因らしい。

楽器をやっていながら吹奏楽部に入っていない人、というのもたまにいて、そういう人は本格的にレッスンに通っていたりするから往々にして部員よりうまい。フランス君……もとい守安君もそのくちのようだ。

そういえば音楽室でチェロケースを見つけた秋野は、なぜか彼氏である守安君にそのことを話さず、僕の方に持ってきた。それは、守安君自身が容疑者だったからだ。事件のことを話せば、彼氏を疑っていることも話さざるを得なくなってしまう。

「じゃあ、僕とミノで守安君にアリバイを訊いてみるよ。それとパートリーダー全員にも」僕はなるべく、なんでもないことのように言った。「秋野、クラスとか連絡先とか、教えていい範囲で教えてくれない？」

秋野は頷いて携帯を出したが、なぜかそのまま静止した。

「葉山くん……」

いつもあまり大きな声を出さない秋野だが、今の声はさらに聞き取りにくい。僕は、ん、と唸りつつ近づいて耳を澄ます。

「……ありがとう」

「ん。……ああ、うん」

まともに礼を言われた。

僕一人で感謝されていていいのだろうか、と思う。可能ならミノにかわってやりたいところだが、あいにく彼は演劇部の方に行ってしまっている。間の悪い奴だ。

「ごめんね。私……」

「いや、しょうがないよ。秋野は吹奏楽部なんだし」

彼女の気持ちは分かるので、さっさと遮《さえぎ》った。「部のパートリーダー同士はこれから先、協力していかなきゃいけないのに、犯人捜しなんてできないだろ。彼氏を容疑者扱いするのだって無理だし。こういう時は人に任せた方がいいと思うよ」

加えて、相手から見れば秋野自身も容疑者なのだ。容疑者自身から「あなたは犯人ですか?」という質問をされたら、誰だってひねくれたくなるに決まっている。もともと彼女は、捜査などできる立場ではないのだ。

一人だけ感謝されているのはなんとなく落ち着かないので言い足す。「ミノだって、そこらへん分かってるから『やる』って言ってくれてるんだよ。たぶん」

秋野は俯《うつむ》いたまま、うん、と頷き、目のあたりを手でもぞもぞ拭った。なぜか泣かれてしまった。女子というのは不意に泣く。どうすればいいのだ。

だが、困っているうちに秋野がこちらの胸にぽん、と額をくっつけてきて、ますます持て余すことになった。なぜミノでなく僕なのか。それ以前にフランス君はいいのか。人に見られたらおしまいだな、と思うがなぜおしまいなのかがよく分からない。戸が開きっぱなしで廊下からまる見えだが、閉まっていたらそれもそれでちょっとやばい気がする。

「……ごめんね。私、いつも葉山くんに頼ってばかり」

「いや」そんなことない、と言おうとしたが、そういえば彼女はいつも事件を持ってくる。

それより、この状態でどうしたらいいのかさっぱり分からない自分が情けなくなる。押し返すのもおかしいが、バッチコーイとばかりに抱きしめるのはもっとおかしいだろう。柳瀬さんにばれたらどうするのだ。それに秋野だってフランス君がいるのに。ミノもいるのに。とりあえず小さい頃の妹にやったように秋野の頭を撫でてみる僕の意識の片隅に、「フリン」という言葉が夏の縁側で鳴る風鈴のような音をたてて出現した。

その瞬間に僕の携帯が、すさまじい勢いで振動しだした。もちろん携帯のバイブレーション機能にそんな強弱があるはずがないのだが、僕はそう感じた。慌てて秋野から離れて画面を見ると、柳瀬さんからである。「……もしもし」

——もしもーし。今、何してた?

「え、何って」見られていたか、と思って周囲を見回す。当然のことながら戸の外から見ている人影はなく、窓にも何もはりついていない。「……何ですか?」

——ん、別に。ちょっと気になっただけ。でも、そこにいる女は誰?

「えっ?」なぜ女性だということまで分かるのだ。千里眼だろうか。「……いえ、いますけど」

——女子だよね？

「いえ違います。女子じゃなくて、ええと、秋野ですよ」女子だ。「昨日、その、す、吹奏楽部のあれを……フルートを借りたままで」

——そのついでにいちゃいちゃしてました、ってわけか。フランス君に言うよ？

「違います違います」慌てて繰り返す。本当はあと三十回ぐらいしつこく繰り返したかった。「すいません。いま行きます。放送委員のみなさんは……」

——だいたい捉まえたよ。塚原と円城寺さんにもう一回心当たり訊いたけど、塚原は「全くない」で、円城寺さんは「ありすぎて絞れません」だって。駄目だねあの二人。

二人を合わせて二で割ればちょうどよくなるかもしれない。「ありがとうございます。僕もすぐ行きます。どこにいますか？」

——来なくていいけど？　そのまま楽しくいちゃいちゃしてたら？

「いえ、そういうのじゃないですから」

結局、柳瀬さんを説き伏せてどこにいるのかを訊き出すのに五分かかった。僕は必死で弁解したが、柳瀬さんは途中から笑い交じりになっており、どうも遊ばれていたようである。まあ、本気で誤解されるよりはまだいい。それにしてもさっきの柳瀬さんは超能力者と名乗っても恥ずかしくない勘のよさだった。あれが女の勘というやつなのだろうか。

と思ったが、電話を切ると、ミノからもメールが来ていた。

〈これから超研行くけど来る？　ていうか今どこで何やってる？〉

……慌てて返信する。

〈ごめん。こっちは吹奏楽部のパートリーダーにアリバイ確認して回る。超研終わったら手伝って〉

本当に「ごめん」である。「手柄は譲る」と恰好つけて言っておきながらこの体たらくだ。

「じゃ、僕ちょっと用事があるから」

もうぐずぐずしている場合ではないので急いで秋野にそう言い、楽器室を出かけたところで戻り、各パートリーダーの名前とクラスを聞く。

部屋から駆け出そうとしたところで秋野に呼び止められた。「葉山くん」

足を止めて中を振り返る。秋野はじっとこちらを見ている。

「心配要らないよ。僕もミノも、負担だなんて思ってない」

むしろ――そう言いかけて、なんとなくやめた。「実は、他にもいろいろ抱えてるんだ。片手間でやるくらいだから」

そのまま手を振って廊下に出る。秋野は無言でこちらを見たままだった。

だが、小走りで薄暗い廊下を急ぎながら、僕の冷静な方のもう半分が考えていた。さっきのことがきっかけになって気付いたのだ。もしかしたら彼女にも動機があるかもしれない、ということに。

6

柳瀬さんとは本館の三階で落ちあった。青砥さんを捜したが、すでに下校していたという。僕は「何があったのかなー」と楽しげにこちらの目を覗き込んでくる柳瀬さんの視線に耐えながら、秋野から聞いた話を伝えた。口裂け女事件は演劇部も現場になっているので、柳瀬さんはおどけながらも、情報を整理していたようだ。

「じゃ、少なくとも音楽室の件については、吹奏楽部のパートリーダーにアリバイ訊いてみないといけないいね」

「はい。何か出てくるはずです。そうでないとお手上げですね。美術部《ウチ》からも、演劇部とかミス研からも、犯人をたどる線が全然出てこないですから」

一応、こちらも進展はあったわけだ。吹奏楽部周辺の人、というだけでは漠然としすぎていて、全校生徒の四分の一くらいが含まれることになってしまう。

「犯人がチェロケースを置いたのは昨日の掃除の後なので、少なくとも三時二十分より後になります。で、秋野がそれを見つけたのが三時五十分頃、だそうです。そのすぐあとに小林君も来た。フルートを持ち出したのはそれより前かもしれませんが、チェロケースを置いた時刻は昨日の三時二十分から三時五十分頃まででですね。鎌その他の準備は、一昨日の放課後にやっているはずです」僕は腕時計を見た。午後四時前である。「吹奏楽部のパートリーダーの人たちに、三時二十分から三時五十分までのアリバイを訊いてみたいんです。それと理数科の人がいるかと、一昨日の放課後、すぐ帰った人がいるかどうかも。みんなが帰っちゃう前に、急ぎましょう」

そこまで言って、柳瀬さんが何やら探りを入れるような視線をこちらに向けていることに気付いた。

「……どうしました?」

「別に」柳瀬さんは目をそらした。「男の子ってどうしてこう、女に頼られると舞い上がっちゃうのかなって思って。まあ、麻衣ちゃん可愛いもんね」

「うっ。……いえ」これは女の勘だな、と思う。が、よくよく考えればさっきは単に感謝されていただけだ。後ろめたく考えることもないだろう。

「あーあ。私ももっとこう、男にうまく甘えられればもてるのかな」柳瀬さんは溜め息をついて伸びをすると、ぐるん、と肩を回して両拳をぱきぱき鳴らした。「よーし。じゃ今期の私のイメージは『か弱さ』と『はかなさ』ってことでよろしく」

拳を鳴らしながら言われても困る。

吹奏楽部の各パートリーダー、と一口に言っても、挙げていくとけっこうな人数になる。もともと今から全員を捉まえられるとは思っていなかったが、テスト前ということもあり、二年生の教室を端から端まで訪ねても、話を聞けたのは半分以下だった。

そしてそれ以上に、収穫らしい収穫がないことにも困らされた。パートリーダーの中には理数科の人はおらず（もともと理数科は男子が多く、吹奏楽部員は少ないのだ）、一昨日についても、皆、わりと早くに帰ってしまったようだった。フルートのパートリーダーや、フランス君に鍵を貸しているというパーカッションの人も捉まらなかったので、勘所は明日に持ち越しのようだ。捉まえられた数人にしても何か役に立つ情報が得られたわけではなく、チューバのパートリーダーには仲間がいない寂しさを、ユーフォニウムのパートリーダーにはそもそも楽器自体が知られておらず金属元素か何かだと思われていることを長々と訴えられたりした。いずれも事件とは関係がなさそうである。「か弱さ」をテーマにしていた柳瀬さんは最初こそ遠慮がちな表情で後ろに控えていたが、途中からもう面倒臭くなったらしくて初対面の人をさっさと自分で捉まえてはズバズバ質問していた。そうしているうちに四時を過ぎ、四時半になり、校舎からは人がいなくなってきたので、僕たちは聞き込みを打ち切って事務室に行くことにした。放送室のカシマレイコ事件に関しては、事件発生日である昨日——十月十九日と、その前日である十八日に放送室の鍵を借りたのが誰なのかを確認し、状況を把握しておかなければならなかった。

「なんか、歩き回ってると蒸し暑くなってくるね」柳瀬さんは歩きながら制服のブレザーを脱ぎ、熱意にあふれたサラリーマンのような仕草でばさりと肩にかけた。

どうもこの人の所作《しょさ》は男っぽいところがある。もっと女の子っぽくしていればちゃんと可愛らしく見えるはずなのに、彼女に浮いた話があまりない原因の一つはたぶんこれである。「なんか息苦しい。ここんとこ、変な天気だよね」

廊下の窓から外を見ると、夜のように暗くなってしまっている。黒々とした雲が雨を降らすのか降らさないのか、という状態で空じゅうを覆っているし、日も急速に短くなる季節だ。

「そういえば、なんだかずっと薄暗いんですよね。風もないし」僕は手帳に書き出した吹奏楽部の各パートのうち、話を聞けた人にバツをつけながら歩く。「結局、チューバもユーフォもオーボエもアリバイありましたね」

「残りは明日だね」柳瀬さんは頷いた。演劇部が関係している以上、彼女も口裂け女事件に関してはとことんやるつもりらしい。「とりあえず今日はもう人もいないし、放送室で……あ、待った」

柳瀬さんがきゅっ、という足音をたてて立ち止まり、僕も一拍遅れてたたらを踏む。「どうしました？」

「御隠居に話聞くの忘れてた」

「あ」

そういえば今日、昔の話を聞くために用務員室に行くことになっていたのだ。本館一階の用務員室は当然、本館の閉まる午後五時までに行かねばならない。

「じゃ、そっちが先ですね」

柳瀬さんはもう階段を下り始めている。僕も小走りで後を追った。一階に下り、ここだけ蛍光灯の光が眩《まぶ》しい職員室前の廊下を急ぐ。

用務員室は応接室だの校長室だのが並ぶ一階廊下の隅っこ、どん詰まりの調理実習室の手前に隠れるようにドアがある。小窓も何もないドアなので鍵がかかっているのかいないのか、徳武さんがいるのかいないのかも分からない。落語めいた調子で「御隠居さんこんちわぁ」と呼んだら「なんだい誰かと思ったらお前さんかい」と応えてくれるかどうか気になるところだが、とりあえず僕は普通にドアをノックした。反応はなかった。

「いないみたいですね」

用務員の仕事はいつあっていつないのかも分からないから、徳武さんがいついるのかも分からない。もう少し強くノックしてみたがやはり反応はない。

「まだいるはずだよね」柳瀬さんもノックした。「ひょっとして耳、遠いとか？」

「そういう歳じゃないと思いますよ。外見が御隠居っぽいだけで、七十前でしょうあの人」

何時に用務員室に行く、ということまでは言っていなかったのだ。今は所用で不在なのだろう。僕は柳瀬さんを押しとどめて帰ろうとしたが、その前に後ろから呼ばれた。

「ちょっとあなたたち、何してるの」

振り返ると、名前を今ひとつ思い出せない女の先生がこちらを見ていた。たしか英語の先生だと思ったが、授業を受けたことはないし担任になったこともない。

先生は、英語教師一般のイメージとはやや異なる厳格な印象でこちらを見ていた。柳瀬さんがノブをがちゃがちゃやっているのを見咎《みとが》めたようだ。

「あ、菅家《すがや》先生」柳瀬さんの方は知っているようで、真顔で「やべえ菅家だ」と呟いた後、急に笑顔を作って会釈した。「Long time no see Ms. Sugaya!《お久しぶりです》 Is everything all right?《お変わりありませんか》」

「Just fine.《元気よ》 Thank you.《ありがとう》 But it's no use trying to hide your doing behind English.《でも英語でごまかそうとしても駄目だからね》」

「えっ？　今なんて言ったの？」柳瀬さんは僕を振り返った。

　三年生なのに、二年生の僕を頼らないでいただきたい。僕は柳瀬さんにかわって頭を下げた。

「……I'm sorry. We just want to see janitor Mr. Tokutake.《用務員の徳武さんに会いたいだけです》 Is he out?《いないんですか》」

「徳武さんなら今、体育館の壁の修理に出ていると思うけど」菅家先生は日本語に戻した。

「何か頼むつもり？」

「はい。ちょっと昔の話を……」言いかけて気付いた。そういえばこの先生は市立《いちりつ》の卒業生だ。年齢的には四十くらいのようだから「口裂け女」等が流行《はや》った当時には在籍していなかったことになるが、それでも僕たちよりはるかに、七不思議の発生時に近い。

　柳瀬さんも同じことに気付いたらしく、僕より先に訊いた。「菅家先生、市立の卒業生ですよね？」

「そうだけど、何？」

「何年前にいましたか？」

「何よもう」菅家先生は身を守るような仕草で、持っていたファイルをきゅっと抱いた。「大昔よ。あなたたちがまだ生まれてない頃」

　柳瀬さんがこちらを見る。僕は頷き、どうやら歳がばれるのを嫌がっている様子の菅家先生に訊いた。「ちょっと伺いたいんですけど、菅家先生がいらした頃、市立で『口裂け女』とか

『花子さん』とか、流行ってました?」

「『口裂け女』……『花子さん』?」

「あと、『カシマレイコ』とか」

「カシマ……」菅家先生は思い当たることがあったようで、少し眉を上げた「『市立三怪』のこと?」

「……三怪? 何ですか?」

聞き慣れない単語が出てきたので問い返したのだが、菅家先生は僕がその言葉自体を知らないようだ、と分かったのか、肩をすくめて簡単に言った。「私がいた頃は、あなたが言っていた三つの噂をそういうふうに呼んでたのよ」

「今は『七不思議』です」

「随分増えたのね」菅家先生は落ち着いた口調で言う。「それで、あなたたちは徳武さんに何を訊くつもりだったの?」

「いえ……僕たちもよく、分からないんですけど」僕は頭を掻くしかない。「ただ、徳武さんなら長くいるから、『口裂け女』とかが流行った時期のこともご存じかと。昨日伺ったら何か覚えていらしたようなので」

菅家先生は一瞬、鋭い目つきになって用務員室のドアを見た。

だが、僕たちに見られているためか、すぐに表情を緩めてこちらに視線を戻した。そして、今度は僕たちを観察するような目つきになった。

「……『市立三怪』について調べているの？」

「一応……」

菅家先生の視線がまっすぐに僕を捉えている。睨んでいる、というほどではないが、ヘイゼルがかったその目には何か、こちらにとって警戒すべきある種の抑制的な光が宿っているように見えた。この反応は一体何だろう。

不審に思ったので、僕は逆に先生を見返して観察しながら答えた。「……興味本位、ですけど」

「だったら、やめておきなさい」先生は目を細めた。「訊いて回ったところで当時のことを知っている人なんてもういないし、それに今、テスト前でしょう。そんなことしてないで勉強しなさい」

「As you can see, I'm studying thoroughly. Or do you have the reason to bar us from《ご覧の通り充分勉強しています それとも、僕たちが調査することを禁止する理由が》 researching about it?《何かあるんですか》」

威圧的な言い方で頭ごなしに言われたのでついそう返してしまったのだが、言ってから心配になった。恰好をつけて英語で返したはいいが、間違っていたらこの上なく恥ずかしいことになる。

が、菅家先生は肩をすくめ、困ったような顔をした。「No, it's not that.《そういうわけじゃないけど》」

「ちょっと」柳瀬さんが僕の脇をつつく。「日本人なら日本語で話してよ」

英語の先生を前に英語教育を真っ向から否定するようなことをおっしゃる。しかし菅家先生はそれ以上何か言うこともなく、もう、と漏らすだけで踵《きびす》を返した。「徳武さん、もうしばらくで戻るでしょう。……仕事中なんだから、迷惑にならないようにしなさいね？」

「はい」

菅家先生は職員室の方に行きかけたが、すっ、と足を止めて振り返った。

「……あなた、二年三組の葉山君ね？」

「……はい」

いきなり訊かれて面食らった僕が頷くと、菅家先生は僕をちょっと見たあと目を伏せ、小さく一つ、頷いた。僕に頷きかけたのか、自分の中で何かを確認したのか、その両方に見える仕草だった。

綺麗に背筋を伸ばして歩き去る菅家先生の後ろ姿を見送りながら、僕は首をかしげざるを得なかった。これはどういうことだろう。菅家先生は何か知っているのだろうか。それに僕たちが、あの人の言う「市立三怪」を調べることについて、いい顔をしなかった。

僕は正直に感想を漏らした。「……なんだか、怪しいですね」

「怪しいよね、菅家先生って」柳瀬さんも言った。「だってさあ、あれだけ美人なのに、なんであの歳まで独身なんだろうね。スタイルもいいし、英語できるし、しかも知ってる？　あの人下の名前が『薫《かおる》』なんだよ。はまりすぎだよね」

「そうなんですか？」そっちの話か。「……教員は結婚が遅い、って聞いたことありますけど」

「そんなの個人の資質次第だって。あんだけ綺麗なら絶対いい話あったはずなのに、なんでかな？　あれかな？　人知れず恋愛してるとか？」柳瀬さんは楽しげに言う。「私の予想だと不倫だね。相手は外資系の大企業をまとめるアメリカ人のＣＥＯで、妻子がいて、お互いにいけないと思いながらも関係を終わりにできないとか」

「まさか」

「じゃなきゃ相手は五十代の政治家で、家にも帰れない激務の日々を送るその男が唯一くつろげるのが先生の家なの。だからスキャンダルにならないように、信頼できる部下の運転する車でこっそり会いにくるの。この二つのどっちかだね」

「どっちかですか」限定しすぎだ。

「ああ、でもそういうキャラもけっこういいかも。普段はクール系でピシッとしててさ。だけど男の前ではすっごい女っぽくて家庭的なの。で和服が似合うの。うわあ大人の女だわ。私、やっぱり今期はそれでいこうかな。男ってそういうの好きでしょ？」

「僕はそんなおっさん趣味じゃないです」今期とはいつからいつのことだ。「だいたい、いこうかな、でいけるもんじゃないでしょう」

　他人のゴシップが大好きな柳瀬さんは菅家先生の裏事情についていろいろ考えていたが、そうしているうちに当の徳武さんが戻ってきた。仕事時の姿であり、首にタオルを巻いて工具箱を提げている。

「ああ、昨日の」徳武さんは僕たちを見て相好を崩した。

「あっ、ええと……遅くなって申し訳ありません」

「もう来ないかと思ったよ」徳武さんはそう言いながらも、目尻に皺を寄せて笑っている。

「ま、入りなさい。茶でも出そう」

「やった。いただきます」柳瀬さんが素直に喜ぶ。どうもこの人は年上の人相手だと意図的に無邪気さを演出している気がするが、考えすぎだろうか。

徳武さんがドアの鍵を開けると、ふわりと畳の匂いが漂った。用務員室は畳敷きの和室で、床も一段高くなっているのだ。昔は学校に宿直がいたというから、宿直室の名残なのだろう。

徳武さんと柳瀬さんに続いて靴を脱ぎ、靴下で畳に上がる。部屋の奥にはシンクがあり、畳の上にはちゃぶ台があり、用務員室は上がるのがはばかられるくらいにアットホームな雰囲気である。学校の廊下からドア一つ開けるだけでそういう部屋に行けるというのは、ちょっと不思議で面白い。

「ちょっと待ってなさい。今、何か出すから」徳武さんはそう言うと奥のシンクに行き、石鹼で手を洗いはじめた。

「あ、おかまいなく」とか言いながら、柳瀬さんはもうちゃぶ台について脚を崩している。

「あの、本当におかまいなく。すぐいなくなるので」

もうすぐ午後五時だから本館から出なければならないし、まだミノが帰っていないなら走ってでも話を聞きにいきたいのだ。どう考えても長居する状況ではない。だが徳武さんはのんびりとお茶を淹れ、茶菓子とともに盆に載せて戻ってきた。

「すいません、ほんと。……二つ三つ、伺いたいことがあっただけなのに」

「この最中《もなか》おいしいですね」隣の柳瀬さんはもう食べている。「あっ、いただきます」のんびりしている場合ではないのだが、せっかく出していただいたものだし、正直、空腹を覚え始める時間帯である。僕もありがたく、いただきますと言って和紙で個包装された最中を一つ取った。

「……ええと、それで、『口裂け女』とかの話なんですけど」

「ん、ああ」

徳武さんは自分の湯呑みにゆっくり茶を注いでから、ことん、と急須を置き、湯呑みを何度か吹き冷ましてから口に運んだ。ふう、と息をつき、ゆっくりと湯呑みを置いた。

「……そうだったね」

のんびりとした人だな、と思ったが、徳武さんはまた「よっこいしょ」と言って立ち上がった。「それなんだがね」

何か出てくるのか、と思い、正座していた尻を上げる。見ていると、シンクの横の棚をごそごそやり、何かを出してきた。

持ってこられたものを見て、僕は湯呑みを指でつまんだまま、神経を凍結させられたように動けなくなった。隣で柳瀬さんの「げっ」という声が聞こえる。

「こういうものが出てきたんだが」

徳武さんがぶら下げて戻ってきたのは二十センチくらいの、ブロンドの女の子の着せ替え人形だった。精巧な高級品には見えないが、新しいものではあるようだ。

だが、その人形は赤インクらしきもので全身がべったり濡れていた。ブロンドの長い髪は濡れて固まり、白いドレスも半分くらい赤く染められている。

「これって……」柳瀬さんが手にしていた最中を口に押し込み、もぐもぐいいながら人形の頭を摑む。「ほほいふぉっほんおっほ?」

「ん?」

「どこにあったんですか?」

僕が翻訳してかわりに尋ねると、徳武さんはああ、と言ってこちらを向いた。「そこの机の、一番下の引き出しから出てきたんだよ。今日、開けたらいきなり入っていてね」

徳武さんが指さすのはシンクの横にある事務机だ。事務仕事があった場合、ちゃぶ台でなくそこでするのだろう。

「今日ってことは……」犯行時刻はいつだろう。

「悪いねえ」なぜか徳武さんは後頭部を掻いた。「もっと前からあったのかもしれないけど、あそこは普段、開けないから」

「じゃ、誰かがここに忍び込んで……」

「それ何ですか?」柳瀬さんが手を伸ばし、徳武さんが手元に置いていた紙をつまんだ。

僕も体を寄せ、柳瀬さんが取った紙を見た。

ようむいんさんへ　わたしはしんだので、わたしのいちばんだいじなこのにんぎょうを、

わたしのかわりにだいじにしてください。　はなこ

ぐにゃぐにゃした薄い字でそれだけ書かれていた。筆跡をごまかすために利き手の反対で書いたのだろう。そこにあったものでさっと書いた感じだな、と思って部屋の奥を振り返ると、はたして事務机の上にメモ帳と鉛筆立てが見えた。

「それも引き出しに入っていた。そこのメモ帳だと思うんだが」徳武さんは胡坐《あぐら》をかいて座り直した。「君たちが昨日言っていた『花子さん』っていうのは、それかい？」

「そうみたいです……」

どうしても声が暗くなってしまう。放送室にはカシマレイコ。四つの部屋に口裂け女。それだけでもひどいのに、用務員室に花子さんまで現れた。市立妖怪高校だ。

しかも、これで事件は三件目。口裂け女事件の四つを同じ犯人だと考えても、三人の犯人がいることになる。無理だ。多すぎる。そんなたくさんの犯人を、猫が鼠を獲るみたいにほいほい捕まえられるものか。

一体どうしてこうなってしまったのだろう、と思う。昨日、今日と駆け回って、少なくとも「口裂け女」の方は、少しずつ進展してきたものと思っていたのだ。それなのに事件解決に向かうどころか、逆にまた増えてしまった。僕は本当に呪われているのではないか。それともやはり十九日の休み時間に「何か事件でも起こればいいのに」と思ってしまったせいでバチが当たったのだろうか。

僕は畳を見ながらぐったりしていたが、柳瀬さんの方は特にショックを受けたふうもなく質問している。「御隠居、なんかこれに心当たりとかありませんか?」

「なんだい御隠居って。……しかしまあ、驚いたけどね」徳武さんはさして怖がってもいないようで、お茶をすず、とすすった。「子供の悪戯《いたずら》かね?」

「いえ、そう見せた大人の悪戯だと思います。字を見るとそれっぽいし」

「そうなの?」僕が引き寄せた紙を、柳瀬さんが横から覗き込む。「字はちびっ子っぽいけど」

「いえ、本当に子供なら、自分の名前とか、知っているところはできる限り漢字で書こうとするはずです。文章からすると少なくとも五歳以上が書いたように見えるのに、『いち』とか『はなこ』までひらがなで書いてあるっていうのは逆に変ですよ」

「ああ、それもそうか」

「たぶん、本物っぽく見せるために子供のふりをして書いたんでしょうね。ただ、市立の花子さんは小学生ですから、ちょっと幼く見せすぎですね」紙を置いて正面の徳武さんを見る。

「『花子さん』の噂って、昔から流行ってましたか?」

「それなんだが。……家に帰っても昔の日記がなかなか見つからなくてね。いろいろ捜しているうちに、『花子さん』の噂がこの学校で流行った時期があったのは思い出したんだが、さて、いつのことだったやら。昔の日記を全部捜して読めばどこかに書いてあるんだろうが、全部きちんと残っていたかどうかも分からないしねえ」

「日記つけてるんですね。偉いっすね」

また事件が増えたというのに、柳瀬さんは平気で話している。たいしたものだ。

もちろん、僕だって分かっている。次々増殖する事件たちを一発で快刀乱麻《かいとうらんま》する魔法のような方法などない。どんなに先が長く見えても、地道に一つ一つ情報を集め、推理をし、解いていくしかないのだ。立ち止まっていたら永久に終わらない。

「英語の菅家先生なんですけど」僕は顔を上げた。「あの先生って昔、生徒として在籍していましたよね。あの人に何かありませんでしたか？」

「菅家先生」徳武さんはおお、と言ってこちらを向いた。「そういえば、あの子も今は教師なんだよなあ」

徳武さんはしみじみと言う。まだ現役で高校生の僕には、生徒だった人が教師になって母校に戻ってくるのを見る、というのが、どういう心境なのか分からない。やはり、立派になったなあ、と感慨深かったりするものなのだろうか。

その後も昔のことについて、思いつく角度すべてから質問を試みたのだが、結局、有益と思える情報は出てこなかった。訊き出せた話は「市立三怪」とは関係のなさそうなものばかりだった。徳武さんは「市立三怪」という呼称こそ知っていたが、生徒の間で流行っている噂話、程度の認識であり、特に具体的な話を知っているわけではない、とのことだった。生徒相手だからなのか、自分の方から積極的に喋る人ではなく、質問の答えも最低限に近いものが多かった。

僕と柳瀬さんはそれでも何か出ないかと粘っていたが、しばらくするとチャイムが鳴り、頭上から声が聞こえた。

——午後五時です。本館に残っている生徒は速やかに下校しなさい。

誰だか分からないが男の先生の、やや怒気の混じる声だ。テスト前だというのにだらだら残っている生徒が減らず、業を煮やしているのかもしれない。

「あっ、もうか」意味なくスピーカーを見る。「柳瀬さん、時間切れです」

「ほうわえ《そうだね》」柳瀬さんはリスのように頬を膨らませて答えた。見るとちゃぶ台の彼女の前には包み紙の山ができている。

「……いくつ食べました？」

「ほいひいんあおんほえ《おいしいんだもんこれ》」柳瀬さんはお茶を飲み干した。「ごちそうさまでした。すいません食べすぎました」

「ああ、いいよいいよ」徳武さんはにっこり笑った。「いくらでもあるから」

お爺ちゃんの家を訪ねた孫のようだ。どうも柳瀬さんは普段甘いものを我慢していて、月一回の「解禁日」以外では何か機会がある時だけ自分に許しているらしい。だから目の前に出されるとこうなるのだろう。

僕は湯呑みを盆に戻して腰を上げたものの、そのまま慌てて去ってはいけないことに気付いた。事件が発生したなら、訊いておかなければならないことがある。ちゃぶ台の上の赤い人形を手に取り、徳武さんを見る。「これ、正確にはいつ見つけたんですか？」

「正確には……」徳武さんは湯呑みを置いた。「……今日の、午後だね。二時頃」

「部屋に、他におかしいところって、なかったですか？　鍵が壊されてたとか」あまりよく考えずに「ない」と答えられても困るので、僕は入口のドアとその反対側の窓を見た。

「窓は閉めてるが」徳武さんはすまなそうに眉を動かした。「ドアの方は、たまに鍵をかけないこともあるからねえ」

どうも、こういう訊き方をすると無駄に相手を恐縮させてしまうようだ。

他に何か、今訊いておくべきことはないだろうか。僕は大急ぎで脳内にあるマニュアルをめくり、質問事項を探した。

そうしているうちに柳瀬さんが訊いた。「ドア、合鍵とかってないんですか？」

徳武さんは困ったように微笑《ほほえ》み、首を振った。「聞いてないね」

「じゃ、用務員室なんですけど、最近誰か来ませんでした？　特に、生徒が」

確かに用務員室が現場になったなら、犯人は一度くらい下見をしているかもしれない。

案の定徳武さんは一瞬、沈黙したが、すぐに「ああ」と言った。「来たよ。女の子が。先週だったかな。何か工具を借りにきたんだと思ったが……」

お、と思い、つい身を乗り出す。横を見ると柳瀬さんもそうしていた。「なんていう子でした？　あと顔とか、どんな子でした？」

「ん、ああ」徳武さんは身を乗り出してきた柳瀬さんを見てややあたふたと体を引き、僕を見る。「まあ、普通の……可愛らしい子だったが」

この人から見りゃ高校生は誰でもそうだろう。僕は続けて訊いた。「名前はご存じですか？

学年とか」

「ああ、名前は言っていたが……」

徳武さんがそう言ったので、僕と柳瀬さんは思わず顔を見合わせる。

だが徳武さんは言った。

「……柳瀬沙織、と」

僕と柳瀬さんは、徳武さんを見たまま動けなくなった。

徳武さんは眉をひそめた。「……どうしたんだい」

「いやあ、柳瀬沙織、って」柳瀬さんが手を挙げた。「……私なんですよね」


明日放課後の捜査続行を柳瀬さんと約束しあって別れ、見回りの先生に怒られながら昇降口を出ると、昼頃からぱらつき始めた雨が本降りになっていた。路線バスの時刻を把握しておらず、いつ来るか分からないバスを待つか、駅まで歩くかしなければならない僕は憂鬱だった。風が出てきたのか降り方が斜めになってきて、傘をちょうどいい角度で前に倒さないと濡れてしまう。僕は古代の兵士が矢の降りそそぐ中を突撃するような気分で傘を構えて歩いた。そういえばこういう強い雨を銀箭《ぎんせん》と言ったが、「箭」は矢のことだ、と授業で習った。矢と雨は似ている。

学校の正門前、駅方向に向かって緩やかに下る坂を下り始めると、雨がさらに強くなった。まるで僕が歩き始めたのを知って意地悪をしているように感じられる。斜め前に傘を構えていると前方が見えず、せいぜい二、三歩前の地面が視界に入ってくるだけである。ウォーキングマシンの上を歩くように、歩いても歩いても視界に入ってくる地面をただ消化するように進む。なんだか終わらない作業をさせられているような気になってくるので、せめて時間を無駄にしないようにと、ミノに電話をして今日のことを話した。

——今度は「花子さん」かよ。おかしいな。じゃあ完璧に「市立七不思議」絡みで何かあるはずだよな。

「超研の人、どうだった？」

僕と柳瀬さんがうろうろしている間に、ミノも別行動で超研の部室を訪ねてくれていた。だが、電話口からはミノの唸り声が聞こえてきただけだった。

——一応、会長の丹羽《にわ》って人、捉まえたんだけどな。「市立七不思議」の特集は七つ不思議が揃ったからノリでやっただけで、丹羽さんはなんか「背後で『今ならできるよ』って囁《ささや》く神の声が聞こえた」とか言ってるけど、別に個人的に因縁のあるようなやつはいないんだと。〈エリア51〉の記事のソースだって市立の裏サイトとかOB・OGへの聞き込みとかで、それだってけっこうすんなりいったたっていうし。

「じゃ、完全にただの記事のつもりだったってこと？　超研の人は何も知らないの？」

——そうっぽいな。一応、昨日のアリバイも訊いてみたんだけど、昨日の放課後は会員三人、全員一緒だったってよ。まあ、丹羽が嘘ついてる可能性もあるから、明日裏はとってみるけど。

「ありがとう。頼む。こっちは明日、残ったパートリーダーの人とかにアリバイ確認する」

——おう。……なんか、そっちの方が手柄になりそうな匂いがすんな。

「替わる？」

ミノは笑ったようだった。——いや、いいって。こっち終わったら手伝うから。

明日の段取りを確認しあい、電話を切ってポケットにしまう。傘を持ち直しながら、我ながら随分手際がよくなったものだ、と考える。僕にしろ、ミノにしろ柳瀬さんにしろ、何かが起こると、まず現場の何を保存して何を確認するべきかのリストが頭の中に浮かぶ。そして今やそのウインドウには、下にスクロールさせると犯人の動機として考えられそうなもののリストとそこから導かれる容疑者の像、さらに聞き込みをすべき相手まで表示される仕様になっている。慣れすぎである。

そのことについて、得意に思う部分はなくもなかった。普通の高校生にはここまでできないだろう、という気もあるし、謎を謎のままに措いておくことができず、行動で解き明かさないと気が済まない自分の性格は、けっこう変わっているとも思う。僕はまわりの人から「事件が集まってくる体質」と言われているが、その原因の一つは、他人事《ひとごと》に首をつっこむ僕の性格にあるかもしれず、それは恰好をつけて言えば「探偵気質」と言ってもよいものだ。誰にでもあるものではないだろう。

だが同時に、それがどうした、という冷笑的な声も、頭の中に響いている。こういう自意識は、往々にしてみっともない結果を招くのだ。調子に乗って「事件なら僕の出番だな」などと考え、探偵気取りで嗅ぎ回れば、周囲の人には「あいつ何調子に乗ってんの」と思われるだろうし、大抵の人間は、自分のところで起きたごたごたに第三者が首をつっこんでくれば、迷惑だと感じるだろう。得意がって他人のプライバシーに土足で踏み込んでおきながら、その図々しさを自覚しないような人間にはなりたくない。

それに一般的には、ごたごたには首をつっこまずに避けるべし、というのが処世の常識だろう。気になったからといって首をつっこめば、平穏な生活が破壊される可能性が必ず生じる。避けておけばゼロで済むところに、である。そのくらいのことは、僕にも分かっている。

雨の角度が急になったので、傘をもう少し傾ける。

だが、今回は遠慮などしていられない状況なのだ。口裂け女事件に関しては美術室でも事件があった以上、僕は関係者だ。そしてそれ以上に、さっき聞いた用務員室の事件が気になる。市立に在籍する「柳瀬沙織」は僕の知るあの人だけのはずだった。つまり徳武さんの言っていた「用務員室を訪ねた女子」は偽名を使ったのだ。だとすれば、タイミングを考えても、その女子はほぼ間違いなく用務員室の事件の犯人、あるいは重要参考人、ということになる。

そして、僕はそのことにひどく嫌な感触を覚えていた。なぜ犯人は名前を偽る時、他の誰でもなく、よりによって「柳瀬沙織」と名乗ったのか。

構えた傘の縁から水溜まりが出現して立ち止まった。傘を持ち上げて周囲を確認したが、歩道全体が池のようになっていて通れる場所がなかった。仕方なく縁石の上を歩くことにする。

文化祭に前後してどちらも引退しているが、放送委員時代の柳瀬さんはお昼の放送の人気パーソナリティーだった。固定リスナーもけっこういて、彼女の喋る曜日だけ教室のスピーカーの近くに集まる人とか、ＩＣレコーダーを持参して個人的に録音している人間もいたのだ（その人は文化祭の時、録音データの行商をしていた）。それ以外にも演劇部の校内公演やら何やらで顔が売れているから、彼女の声や名前は生徒どころか教職員全員、さらに一部地域住民や出入りの業者さんにまで知られている。だから犯人は「柳瀬沙織」の名前を使った。そう思いたかった。だが、もしそうでないのなら。

有名人だということはつまり、どこの誰に歪《ゆが》んだ敵意を持たれているか分からない、ということでもある。まさかそれだけで罪を着せることができるとは思っていなかっただろうが、犯人が「柳瀬沙織」を名乗ったのは、彼女に対して何か、含むところがあるからかもしれないのだ。

考えながら水溜まりをやりすごし、縁石から下りる。一本橋は苦手なので、あのまま乗っていたら絶対にどこかで転ぶ自信がある。

そのまま傘を傾けて歩いていると、傘の縁からこちらを向いた子供の足が現れた。急いで横によけ、やっぱりもう少し傘は上に向けないと人にぶつかるな、と思いながら歩く。

そこでふと気になった。今の子供は、道のまん中で立ち止まって何をしていたのだろう。

僕がよけてもむこうはぴくりとも動かなかった。雨の中、こんなところで突っ立って何をしていたのだろう。ちらりと見えた足は十歳くらいの、おそらくは女の子のもののようだったが、周囲に保護者のいる気配はない。子供がこんな時間に一人で突っ立って、何をしていたのだろう？

気になったので、傘を持ち上げて振り返った。

誰もいなかった。さっきの女の子がいた場所には水溜まりがあって、街路灯の明かりが水面の波紋を黙って照らしているだけだ。道の先を窺ったが、人影はなかった。

どこに行ったのだろう。横の路地にでも入ったのだろうか。だが、いつの間に？

暗い道に人はいない。街路灯の光がオレンジ色にぼやっと広がり、周囲に雨の線を浮かび上がらせている。そのむこう、坂を上った丘の上に、市立の校舎が黒々とシルエットで見えている。街路樹が黒々と枝を伸ばし、風に揺れている。それだけだ。

むこうから雨滴を蹴散らしながら走ってきたタクシーが、ヘッドライトで僕を無遠慮に照らしながらすぐ横を走り抜けた。僕は歩道の脇によけ、立っていても仕方がないのでまた傘を傾け、歩き始めた。

7

翌日——十月二十一日。「市立三怪」にまつわる事件はますます混迷をきわめた。

合計六ヶ所・三種類の事件が連続している状況だったが、朝の時点では、僕にはまだ楽観的に考える余地があった。放送室の「カシマレイコ」に関しては放送委員の誰かが、四ヶ所の「口裂け女」に関しては吹奏楽部のパートリーダーが、用務員室の「花子さん」に関しては一階にいる職員の誰かが、それぞれ犯人を目撃しているか、それらしいそぶりを見せた人間を知っている可能性がある。聞き込みを続ける、という有効な選択肢がまだ残っている。

だが休み時間、放送室の事件の調査で事務室に行った僕は、いきなり壁にぶつかった。

放送室のカシマレイコ事件に関しては、これまで何の手がかりも得られていない。そして問題はそれだけではなく、発生の日、円城寺さんが言っていたことだ。

――放送室の鍵は事務室から借りないといけないから、使った記録が全部残るんです。さっき事務の先生に頼んで見せてもらったら、ちゃんと昨日は返却されてました。その後、あの放送が流れるまでの間に鍵借りたの、辻先輩だけなんです。

それなのに発生時、放送室には鍵がかかっていた。これはどういうことだろう？

僕はとにかく状況を確かめておこうと思い、二時間目終了後の休み時間に本館一階の事務室へ向かった。昼休みや放課後は、用務員の徳武さんや吹奏楽部のパートリーダーに話を聞かなければならないから、十分間の休み時間でできることはしておくつもりだった。放送室の鍵の管理状況や貸出記録を見せてもらう時間なら、充分にあるはずだ。

「鍵の記録？　ええ、いいけど」

事務の先生はなぜそんなものを、という疑問を目のあたりに浮かべていたが、黙って机の引き出しから、紐でボールペンがくくりつけられたノートを出してくれた。引き出しに何度も出したり入れたりしているせいだろう。マジックで「鍵貸出ノート」と書かれたキャンパスノートは表紙がよれよれになっていたが、中の紙はしっかりしており、欠けたり破れたりはしていない。

ノートを受け取ってページをめくると、事件のあった十月十九日と、その前日である十八日の記録は最新のページにあった。テスト期間中なので、部活のために特別教室の鍵を借りる人が少ないのだろう。

~~10/18　15:35　ＣＡＩ室　1-4　常松令~~
~~10/18　15:35　(放)　2-2　青砥冬実~~
~~10/18　16:00　(物)　2-4　厚川龍~~
~~10/18　16:45　調理　2-5　仁科加代子~~
~~10/19　9:30　放　2-3　辻霧絵~~
~~10/19　10:25　放　2-3　三野~~
~~10/19　12:23　放送室　1-7　円城寺梨佳~~
~~10/19　15:40　ＣＡＩ　2-2　磯貝健人~~
~~10/19　15:42　放送室　1-7　円城寺梨佳~~

無地のノートだが、書く側が暗黙のうちに書式を規定しているのか、同じ形式の記述が一定の秩序を保って続いている。(放)というのは放送室の略号。記述に線が入っているのは、借りる時に記入した欄は返却時に線を引いて消す、というシステムだからだろう。十月十八日放課後、青砥さんが塚原君たちと一緒に、放送室に異状がないことを最後に確かめて鍵をかけたという。そして翌十九日九時半になって、辻さんが放送室の鍵を借りている。その間に、放送室の鍵を借りた人間はいない。記述は確かにその通りだ。

ページをめくり、前のページの末尾を見てみる。

…………

~~10/15　12:15　放　2-3　辻霧絵~~
~~10/15　15:35　(放)　1-2　浅野凜~~
~~10/15　16:00　ＣＡＩ室　1-4　常松令~~
~~10/15　16:00　物理　2-7　押尾元気~~
~~10/18　12:15　(放)　1-2　浅野凜~~
~~10/18　15:25　放送　2-8　本多美紀~~

十月十八日にしろ十五日にしろ、お昼の放送当番が十二時十五分に鍵を借りるまでは、放送室の鍵を使用した人間はいない。もっと前のページを繰っても、ほぼ毎日がそのパターンだった。十九日の午前中に辻さんが鍵を持ち出したのは、確かにイレギュラーだったらしい。

「放送室の鍵なんですけど」僕はノートを示して先生に訊いてみた。「ここの、十月十八日に返却されてから十九日の昼までに、誰か借りてった人、いませんでした？」

「十八日はいなかったと思うけど。十九日なら朝、この子がばたばた借りてったけど」先生は辻さんの名前を指した。

僕は首をかしげた。その前に誰かがいたはずなのだが。

しかし、先生から鍵の貸出と返却のやり方を聞いて、僕はさらに首をかしげることになった。

事務室から鍵を借りる場合、〇〇室の鍵を貸してください、とこの先生に頼み、机から出してもらったノートに記入をし、壁のケースから鍵を取っていく、という手順らしい。

「勝手に鍵、取ってく人いませんか？　勝手に取って勝手に戻しとく人とか」

「まさか」先生はその一言で否定した。

鍵は壁掛け式のキーボックスに入っているが、入口の戸からは遠い。事務室が無人のことはまずないから、こっそりここから鍵を持っていくことも戻すこともできそうにない。同様に、引き出しに入っているノートの方も、こっそり触るのは無理なようだった。

「……でも、ノートに嘘書く人、いるかもしれないですよね。放送室、って書いておいてCAI室の鍵を持ってくとか」

「ちゃんとノートに書いたかどうかぐらい、あとで確認するわよ。言った通りの鍵を取っていったかどうかも、ケースを見て確かめるし」事務の先生は呆れ顔になって、座っている椅子の背もたれをぎし、と鳴らした。あるいは、以前そういう悪戯《いたずら》をした生徒がいたのかもしれない。

「それに返却する時は私が受け取って、確かめてからケースに戻すのよ」

事務の先生によると、鍵を返す時はこの人に鍵を渡すだけでいいそうだ。あとはこの先生が鍵を確認し、ノートの記録に線を入れて消す。

なんとかして記録に残さずに鍵を借り出す方法を考えていた僕は、この簡単さにかえって困ってしまった。これでは、放送室の鍵の出し入れはすべて管理されていて、ごまかしようがないことになってしまうではないか。他の部屋の鍵を借りると見せかけて放送室の鍵を借りていくとか、他の部屋の鍵を借りるのと一緒に放送室の鍵も取っていくとか、そういうこともできないのだ。鍵を返す時に記述と合わなくなってしまう。

ならばと思い、放送室の鍵の現物を見せてもらった。例えば、ついている「放送室」というタグを外し、別の鍵につけて返す、といった方法で、放送室の鍵をこっそり入手できないか、と思ったのだ。

だが、鍵の現物を手に取って、それも無理だと分かった。ここにある鍵は皆、長年タグ付きで使われていて、タグを偽造したらすぐに「違う」とばれてしまう。しかもタグと鍵をつないでいる金属の輪はかなり太く、外すとなると力ずくになってしまう。外してつけかえたりすれば、その痕跡が残るのが明白だった。

それ以前に、よくよく考えてみたら、ノートによれば事件前日、最後に鍵を借り出したのは青砥さんで、そこから翌日の事件発覚までは、辻さん以外は借り出した記録そのものがないのだ。もちろん、借り出した時刻をごまかして書き込んだのでもない。事務の先生は、青砥さんと辻さんの間に借りにきた人はいない、と言っている。

事務の先生に鍵を返しながら考える。

だとすると、どうなるか。放送室には鍵がかかっていたが、十月十八日の放課後、青砥さんが鍵を返してから、翌十九日の九時半に辻さんが借りるまで、放送室の鍵を借りていった人間はいない。鍵をこっそり持ち出すのも戻すのも無理。合鍵はない。窓にも鍵がかかっていた。残る出入口は廊下側の窓か換気扇だけだが、あの隙間からではせいぜい腕が入るかどうかであり、スピーカー等の機材をセットすることなど到底できない。それにそもそも、何らかの方法で廊下からセッティングをすることができたとしても、廊下でそんなことを長々やっていたら誰かに見つかるに決まっている。

それなのに十月十九日の二時間目終了の時点で、放送室にはスピーカーや扇風機がセットされていて、あの放送が流れた。

誰が犯人か、どころではない。これでは、事件そのものが起こりえなかったことになってしまう。あの機材は一体いつ、どこから湧いたのだ?

壁はそれだけではなかった。

昼休み、僕は購買に走ってパンを確保すると、そのまま階段を一階まで下り、用務員室に向かった。用務員室の事件に関しても不可解な部分があり、徳武さんに確かめなければならないことがまだあった。

ノックすると「はい」と返事があり、ドアを開けてくれた徳武さんの後ろでテレビの音声がしていた。僕は昼の休憩中に訪ねたことを詫《わ》びたが、徳武さんはいいよいいよ、と言って室内に上げてくれた。実際、この人が学校にいる間に訪ねるとなれば仕事中か休憩中のどちらかに割り込むことになってしまうわけで、この点についてはどうしようもなかった。

「昨日、途中になってしまったので。この部屋に出た人形について、もう少し詳しくお話を伺いたかったんです」ちゃぶ台の上のコンビニ弁当といい、ついているテレビといい、まるで自宅に上がっているような気分なので、僕はどうしても正座してしまう。

「ああ」徳武さんはある程度予想していたのか、返事をしながら奥に行き、どうやら湯呑みを出してくれているらしい。「今日は一人かい」

「その方が、いいかと思いまして」

この事件に関しては、彼女の知らないところで解決した方がいい、という気がしていた。昨日、事件前に用務員室を訪ねてきた唯一の生徒が「柳瀬沙織」と名乗っていた以上、犯人が柳瀬さんとの間に何らかの確執を抱えている可能性が大きい。だとすれば、調査に彼女を巻き込むのは危険な気がしたし、犯人が分かったら分かったで、嫌な思いをさせることになるかもしれないのだ。

湯呑みを持ってきてお茶を注いでくれた徳武さんに頭を下げ、ありがたくお茶を一口いただく。部屋の奥にあるテレビの中で、リポーターが温泉街を歩いている。

用務員室の事件に関しては、訊きたいことがいくつもあった。そもそもなぜ用務員室が狙われたのかが分からないのだ。犯人は用務員の徳武さんを相手に、生徒間で噂になっているだけの「市立七不思議」になぞらえた悪戯をして、意味が通じると思ったのだろうか。

だが、まず先に気になったのは別のことである。

「あの、ちょっと訊きたいんですけど。……そこの窓って鍵、かかってたんですよね？」

僕は会話術のようなものが苦手なので、まず雑談から入ってさりげなく核心に迫る質問をする、といったような芸当はできない。だが、徳武さんは気にならないようで、僕の視線の先を追って振り返り、ああ、と頷いた。窓の鍵は今もかかっている。窓の外は駐車場であり、すぐ前に職員の車が停まっているため、窓からの眺めというのは皆無に近い。

「まあ、開けないね。排気ガスが臭うし」

「いつの間にか開いていた、とかいうことってありましたか？」

「……いや」徳武さんは湯呑みを取り、お茶を一口、ずず、とすすった。「ない、と思うがね」

答えを聞き、僕は用務員室を見回した。沈黙せざるを得なかった。

この部屋には、人が出入りできるのは入口のドアか、奥の窓しかない。奥の窓に鍵がかかっていた、ということになると、犯人はドアから出入りしたことになる。合鍵はないらしいから、徳武さんが鍵をかけていない時を狙うしかないはずだ。

「ドアの鍵って、普段はかけてるんですよね？」昨日、僕と柳瀬さんが訪ねた時もそうだった。

「まあ、一応ね」徳武さんは頭を掻いた。「なんだか、すまないね。時々はかけないこともあるから、その時に入られたんだろうが……」

「いえ、すいません。侵入されても、何かなくなってるとかがなければ、いいんですけど……」

そうは言ったが、内心では混乱していた。これはどういうことだろう。

時々鍵をかけないこともある。それはいい。だが、犯人はその隙にドアから入った、というのだろうか。その「時々」に、たまたま犯人が出くわしたというのだろうか？

一見、簡単そうに見えるが、これは実は、かなり困難なことのはずだった。職員室前の廊下は見通しがいいから、用務員室のドアが開いているかどうかを確かめようとすれば、誰かに見《み》咎《とが》められる危険が大きい。実際に、僕たちは菅家先生に見られた。犯人は徳武さんが鍵をかけなかったかもしれない、というわずかな可能性のために、用務員室のドアをがちゃがちゃやるというリスクを冒したのだろうか。だいたい徳武さんが在室だったらどうするつもりだったのだろう。一度目は適当に訪れた理由をでっち上げられたとしても、二度三度と訪ねれば怪しまれるに決まっている。そもそも、徳武さんはそういう人間はいなかった、という。

では、この人が出入りするのを監視していて、鍵がかかっていない時を待った？　これも困難だ。職員に見咎められずに用務員室を監視する方法などあるだろうか。ドアの前に監視カメラを仕掛けたとしても、リアルタイムで常に画像を確認していなければならない。仮にそうした手段を用いて、たまたま鍵をかけずに出たのを確認したとしても、犯人は大急ぎで用務員室に駆け込み、犯行を済ませなければならない。外出した徳武さんがどのくらいで戻ってくるのかは、カメラには映らないからだ。普通に考えれば「短時間で戻るつもりでいるからこそ鍵をかけない」とも言えるし、犯人はいつどこから見ているか分からない職員に見咎められずに用務員室に駆け込まなければならない。そんなことが生徒にできるだろうか。

では、犯人がここに人形を置いたのはただの偶然なのだろうか。たまたま徳武さんが鍵をかけずに外出したのを見て、仕掛けてやろうと思った、ということだろうか。だが、犯人は犯行前、「柳瀬沙織」と名乗ってこの部屋を訪ねている。犯行は計画的だったはずなのだ。では「計画的に」徳武さんが鍵をかけずに出た隙を狙って用務員室に忍び込む方法など、あるのだろうか？

放送室に続いて、僕はまた壁にぶつかった。用務員室の事件の犯人は、透明人間か何かなのだろうか？

「じゃあ結局、用務員室の犯人も壁抜けしたっていうことになるの？」僕と並んで踊り場の壁にもたれている柳瀬さんは、感心したような呆れたような、どちらなのか分からない顔で言った。「壁抜けってそんな簡単なのかなぁ。市立《いちりつ》妖怪高校って感じだね、うち」

僕が考えたのと同じ単語を柳瀬さんも口にした。変な想像が浮かんだ。この学校の生徒の中には、何パーセントか妖怪が交じっています。

結局、放課後すぐ僕のいる教室にやってきた柳瀬さんに、放送室と用務員室の状況を話すことになった。話しながら改めて整理し、放送室の事件に関しては「ノートを偽物とすり替えたんじゃないか」とか「壁の中の回線をいじって、放送室の外からスピーカーに音声を流したのではないか」とか、いろいろと考えてみたのだが、いずれも無理がありすぎた。用務員室の事件にいたっては、ピッキングか何かで鍵を開けたのではないか、というくらいしか出てこなかった。もちろん、そんな変な技術を習得している高校生などいないだろうし（ＯＢの伊神さんはできるのだが、あの人は変人で通っているし）ピッキングで鍵を開けるのにはどう頑張っても十数秒はかかるわけで、その途中に見咎められた時のリスクを考えれば非現実的だ。柳瀬さんも首をかしげるだけで、解答は浮かばないらしい。

「なんか、雲行き怪しいね」柳瀬さんは窓の外に視線をやった。午後四時前だというのに窓の外は相変わらず薄暗く、威圧的に黒雲の垂れこめる空は押しつぶされたように狭い。「こっちだってフランス君が犯人ならいいけど、どうかなあ」

「あ、しまった」僕は壁から背中を離した。「立ってる場合じゃなかったですね。急ぎましょう」

事件の話をしているうちにいつの間にか踊り場で立ち止まってしまっていたが、僕と柳瀬さんは秋野の彼氏であるフランス君、もとい守安君を電話で捉まえ、ちょっと話があるから、と言って昇降口で待っていてもらっているところなのである。

今のところ、関係者の記憶が曖昧《あいまい》になる前に急いでとりかからなくてはならないのは吹奏楽部その他の口裂け女事件である。放送室と用務員室の事件については、急ぎの用事がなくなってからどこかで腰を落ち着けて考えてみることにして、僕と柳瀬さんは、楽器室の鍵を持っている各パートリーダーの、十九日の午後三時二十分頃から三時五十分頃までのアリバイと、十八日の放課後にすぐ帰っているかどうかを確認することにした。教室の方ではミノが、昨日捉まらなかったフルートとパーカッション、それにクラリネットのパートリーダーに当たってくれている。他のパートリーダーには休み時間に当たったので、その三人が最後になる。

守安君は吹奏楽部ではないが、パーカッションのパートリーダーから鍵を借りて持っているのだという。それ自体は別に怪しいことではないが、事件の性質を考えると、何か関係があるのだろうか、と疑えなくもない。というより、どちらかといえば何かあってくれ、と願う気分だった。放送室と用務員室のことがあったせいで、嫌な予感がするのだ。

が、再び階段を下りようと踏み出したところで、僕の携帯が鳴り始めた。

「うわっ、と」段を踏み外しそうになり、柳瀬さんに腕を摑まれて踏みとどまる。

「おじいちゃん、しっかりしてよ」柳瀬さんが苦笑する。

「ありがとうございます。……すいません、ちょっと電話が」携帯を出す。もう震えてはいないが、メール着信あり、のランプが点滅していた。「……メールですね」

ミノだろうか、と思ってメール受信画面を見てみたが、表示されていたのは人の名前ではなく、見たことのない文字列のアドレスだった。迷惑メールか、と思って携帯をしまおうとしたのだが。


(from) a good fellow
(sub) 音楽室の事件について
犯人は守安翼《つばさ》です

画面を見る僕の表情が硬くなっていたのだろう。柳瀬さんが僕の携帯を覗き込んできた。

「どしたの？……おっ、何これ」

柳瀬さんが携帯を摑んで引っぱるので、そのまま渡した。

「何でしょう。……？」

発信はおそらくパソコンからだ。音楽室その他の口裂け女事件を僕が調べていることを知った誰かが、匿名で犯人を知らせようとしている、ということだろうか。

僕の携帯を熱心に操作している柳瀬さんに訊いた。「どう思います？」

「ん。……葉山くん、兄バカ？」

「はい？」

「だってほら、私へのメールですら顔文字使わないのに、妹に送るメールには顔文字が」

「何見てるんですか」僕は携帯を取り返した。

「妹って可愛いの？」

「僕より背がでかいですよ。顔は可愛いですけど」

「やっぱり兄バカだ」

「いえ、欲目とかそういうの割引いても、まず間違いなく可愛い部類ですよあれは」

「それが兄バカなんだって」

そうなのか。「いえ、そんなことは今、どうでもいいです。そのメールですけど……」

「そういえばこのストラップも妹にもらったんだっけ？」柳瀬さんは僕の携帯のストラップをつついて揺らすと、すっ、と真面目な顔になった。

「たぶん、フランス君への嫌がらせだと思うよ。本気で告発するなら、『現場にいたのを見た』とか『こういうことを言っていたのを聞いた』とか、そういうの書きそうなものじゃない?」

「ああ……なるほど」

ふざけていたと思ったら急に真面目になる。僕は柳瀬さんのペースにちょっと置いていかれる感じになったが、頷いた。「じゃ、もしかしてこれ、犯人が?」

「たぶん、そうだと思う」柳瀬さんは頷くと、先に階段を下り始めた。「だとしたら、動機も分かりそうな感じ、しない? フランス君に心当たり、聞いてみよう」

「……ですね」僕も彼女に続いた。

一階に下りたものの、昇降口に守安君はおらず、僕たちが捜し始めたところで外から登場した。だいぶ待たせてしまったか、と思ったが、守安君も守安君で、さっきまで電話をしていたという。

「守安君、いきなり呼び出してごめん」

「いや、どうせ時間空いてたからいいよ」

守安君はさらりと答えてくれ、後ろの柳瀬さんにも「こんにちは」と微笑《ほほえ》んだが、僕と柳瀬さんに呼び出される、という状況にはやはり心当たりがないらしく、軽く首をかしげた。「話っていうのは?」

「うん。一昨日、音楽室で会ったと思うけど……」

関係者から事情を聞くにあたって事件のことをどこから説明するか、という点にはいつも悩むのだが、今回に関しては僕は、最初から全部話す、ということを決めていた。楽器室の鍵を持っている人間が容疑者であることを話し、携帯を出してさっき受け取ったメールも見せた。基本的にいつも微笑んでいるイメージのある守安君だが、僕の携帯の画面を見るとさすがに眉をひそめた。

「……まいったな」守安君は僕に携帯を返すと、腰に手を当てて首をかしげた。

「当たり前だけど、守安君が犯人だとは思ってない」これは本当のところなので、僕は強調して言った。「ただ、誰かが守安君を犯人にしたがっているかもしれない。心当たりとか、ない？　そういうことしそうな人とか。もちろん、ここで聞いたことは秘密にするから」

守安君は腰に手を当てたまま困り顔で視線を落とした。肌とか目の色が淡いせいか、そうしている時ですらどこか軽やか、というのが不思議である。

「……僕個人としては、特定の誰かに恨みを持たれる覚えはないよ」

守安君はそう言うと、顔を上げて僕と柳瀬さんを順に見た。「だけど、恨まれる人っていうのは大抵、自分がどうして恨まれるのか分かっていないものだよね」

正論だが、つまり守安君自身にも心当たりはないということらしい。

守安君は胸に手を当てた。「自分は人に恨まれるようなことを何もしていない、とはっきり言いきれる人間なんていない。言いきれるのは、それが嘘だって分かってる人間だけだと思う」

「哲学者だねえ」柳瀬さんが腕を組んだ。「さすがフランス君」

「言わないでくださいよ本人に」しかしそういえば、サルトルもフーコーもモンテーニュもみんなフランスだ。あそこは別に恋とワインの国というだけではない。

「まあ、要するに心当たりはないわけね」柳瀬さんは腕を組んだまま守安君を覗き込むように見ると、ずばりと訊いた。「じゃ、十九日の掃除が終わってから午後四時頃まで、君はどこで何してたか言える？」

横にいた僕は、うわ、と声をあげそうになった。婉曲《えんきょく》表現を一切排した露骨な訊き方だ。

さすがにまともすぎたのか、守安君は困ったような表情を見せた。「……図書室で、本を借りてましたけど」

「それ、証明できる？」柳瀬さんは容赦なく訊く。

「証明、ですか？」

「じゃ、借りた本を教えて。借りたんでしょ？」

「……『十二国記』です。小野不由美の」

「『十二国記』、ね」柳瀬さんはこちらに目配せし、質問を続けた。「じゃ、十八日の放課後は？」

「十八日ですか？　すぐ帰りましたけど……」

柳瀬さんの訊き方を見て、こちらが本命の質問なのだな、と気付いた。犯人は十九日のアリバイについては訊かれるのを予測しているだろうが、十八日については想定していないかもしれない。

僕も守安君の喉のあたりを見ながら訊いた。「それ、証明できる人いますか？」

「証明は……」

守安君は斜め下を向いて傘立てのあたりを見ると、こちらを窺うように視線だけちらりと戻した。が、僕と柳瀬さんが注目しているのを見ると、顔をこちらに向けて答えた。「友達と一緒だったんだ。放課後すぐに帰って、四時頃にはもう電車に乗ってた」

「その友達って？」柳瀬さんが容赦なく畳みかけた。

「友達です。柳瀬さんも葉山君も知らない人」守安君は諦めたような顔で柳瀬さんを見た。「でも、本当ですよ？」

「その友達、電話番号かアドレス知ってるよね？　連絡して確かめてみたいんだけど」

「それはちょっと」

守安君は二十センチほど後ろに下がったが、柳瀬さんは構わずに続けた。「さっき聞いたと思うけど、君は容疑者になってるの。ちゃんと答えないと立場、やばくなっちゃうよ？」

「プライバシーなので、そこは教えられません」守安君は両の掌《てのひら》を見せて柳瀬さんを押しとどめるようにすると、すり足で後退してガラス戸を開けた。「すみません。そろそろ行かなくちゃいけないし、これで失礼します」

守安君が昇降口から消えると、溜め息が出た。早足で去っていく彼の表情から笑みが消えていたのを、僕はばっちり見てしまっている。

「十八日のこと訊いたら焦ってたね。怪しさ度、上がったなぁ」柳瀬さんは守安君の立っていたあたりを見ている。相手と気まずくなるとか、そういうことは一切気にしていないらしい。

鉄面皮、という言葉が浮かんだ。なんと頼もしい人だ。

二年三組の教室に戻ると、ミノが自分の机に座っていた。「よう、どうだった?」

傍《かたわ》らには秋野がいる。口裂け女事件に関してはやはり気になるのだろうし、今回は自分の彼氏も関わっている。

言いにくいな、と思ったが、黙っていればまた柳瀬さんが言うだろう。それが癖になると彼女に甘えてしまいそうなので、僕は先に口を開いた。

「守安君のアリバイは確認できなかった。十九日は図書室で本を借りてたらしいけど、裏は取ってない。借りた本は小野不由美の『十二国記』って言ってたから、確かめてみるけど」

「んー……そうか」ミノは困った顔になり、頭の後ろで手を組んで、困ったな、と口に出した。「ミノ、そっちはどうだったの? 吹奏楽部のパートリーダーで残ってるのは……」

「ああ。こっちはフルートとクラ、両方確認したぜ」ミノは組んでいた手を離し、お手上げ、というジェスチャーをした。「十九日はどっちも教室で、友達と一緒にいたみてえなんだよ。

つまり、鍵持ってるパートリーダーはこれで全員、アリバイ成立。パーカスの人はそもそも鍵持ってなかったけど、アリバイもあった」

「そう……なのか」

急に展望が狭くなった気がした。だとすると、犯人はもう、守安君しかありえないことになってしまう。秋野の前ではっきり言ってしまっていいものだろうか。

「十八日の放課後、守安君はすぐ帰ったそうだよ。友達に会ってたって言うんだけど、その友達が誰なのかは教えてくれなかったし、僕も柳瀬さんも知らない人、って言っただけで……」

途中で秋野がさっと目を伏せたことに気付いた。

「連絡先は教えてもらえなかったんだけど。……秋野？」

秋野は目を伏せている。何かに耐えているような表情だ。どうしたのだろう。

「そうか。そうするとやっぱりフランスが第一容疑者……」言いかけたミノも、僕の視線が秋野に向いているのに気付いたらしい。慌てて手をぱたぱたさせた。「あ、いや、麻衣ちゃん、まだ分かんねえよ。だいたい……」

「……守安君は、犯人じゃないと思う」

「うん。そうだよな」ミノは何度も頷いた。「うん。まだちゃんと確認してねえし」

「そうじゃないの」

秋野はミノを遮《さえぎ》ったまま、口を閉じて俯《うつむ》いてしまった。

僕もミノも彼女の言ったことを掴めず、黙るしかなかった。隣の柳瀬さんを横目で見たが、柳瀬さんも何か言う気はないようで、ただ秋野の表情を窺っているだけである。

隅の席にいた女子が立ち上がってバッグを肩にかけ、不審げにこちらを見ながら教室を出ていくと、二年三組の教室から物音が消えた。

誰も動けないし、何を言えばいいのか分からなくなってしまった。次に口を開くのは秋野のはずだった。

彼女もそれを分かっているようで、俯いたまま言った。「十八日の放課後、守安君が会ってたっていう友達……心当たり、あるから」

僕たちが黙って続きを待っていると、秋野は喉に絡まった嫌なものを吐き出すように、強く息を吐いた。「……前の彼女と会ってたんだと思う。月曜日、いつもすぐ帰っちゃってたし」

がた、と音がした。ミノが机に座ったまま身じろぎしたようだ。

「前の彼女、音大生なの。東京にいるって聞いたけど、レッスンのアルバイトか何かでこっちに来てるんだと思う。……図書室も、本当だと思う。先週、私が『十二国記』の話したら、図書室にあるなら借りてみる、って言ってたし」

秋野は抑揚《よくよう》をつけずに言った。なるべく他人事《ひとごと》のように言おうとしているのが分かって、それがかえって、聞いていて辛い。「……だから、守安君は犯人じゃないと思う」

震える声でそう言った秋野は、また息を吐き、目のあたりを手で拭った。「別れた、って、言ってたのに……」

「いや、麻衣ちゃ……」ミノは言いかけて黙り、秋野を見ていいのか分からない、という様子で視線を泳がせた。

それから無言で拳を握り、机から跳ねるように下りた。「あの野郎」

「おい、ミノ」

ミノが入口の方を向いたので、僕は急いで声をかけようとした。

が、ミノはそこで立ち止まった。秋野がミノの袖を掴んでいた。

「麻衣ちゃん……」

「いいよ、分かってたから」秋野は俯いたまま、ミノの袖を掴む手に力を入れた。「……平気。ありがとう」

ミノは秋野を見て、それから自分の袖を掴んでいる彼女の手を見て、自分も泣きそうな顔になった。

しばらくして、秋野がミノの袖を離した。まだ俯いたままなので表情は見えなかったが、空いたもう一方の手で、自分のブレザーの裾を掴んでいるのが、見ていて辛かった。

脇腹をつつかれて横を見ると、柳瀬さんが入口の方を振り返り、出るよ、と目で言ってきた。僕は黙って入口の方を向いたが、背中に視線を感じ、振り返った。ミノがこちらを見ていた。僕がここにいたって仕方がないのだ。僕はミノの目を見て頷いてみせようとしたが、かすかに頷いてみせたような、曖昧な頭の動かし方ができただけだった。そのまま、廊下の方に向き直って歩く。

廊下に出て、教室の中が見えなくなる位置まで柳瀬さんについて歩いた。そこで、ようやく溜め息がつけた。隣からも、柳瀬さんの溜め息が聞こえた。

「……麻衣ちゃんも、何だろうね。前の彼氏もそうだったんでしょ？」

「……そうです」僕は肩をすくめた。いつもいつも彼氏に大事にされないやつだ。可愛いのになぜだろう。

「でもあのフランス君、あんな顔してさらっと二股かけてたなんてね」

「あんな顔だからそういうこと、できるんでしょうね」

つい吐き捨てるような調子になってしまった。が、秋野とは中学から一緒だったのだ。ひどい扱いをされて腹立たしいのは、僕だってミノと一緒だ。

「ただ、私らにとっての問題はそこじゃないよね」

ぼそぼそ話していると暗くなる、と思ったのか、柳瀬さんははっきりとした調子で言った。

「フランス君のアリバイ、どう思う?」

「信憑性がありますね。秋野と『十二国記』の話をしたのは先週ですし、たまたま運よくそういう話があって、それをアリバイ作りに使おうとしたなら、柳瀬さんが訊くまで本のタイトルを言わなかったのも、秋野の名前を出さなかったのも変です」

「だよね。……でも、そうすると犯人、いなくなっちゃうんだけど」

「……ですよね」

柳瀬さんに言われて、僕は改めて自覚した。口裂け女事件に関しては、演劇部も美術部もやられているのだ。今、僕たちが考えなければならないのはそちらだった。

どこに行こうとしているのかは分からないが、とにかく階段を下りていく柳瀬さんに続き、電灯がついていない薄暗い階段を下りる。空気が湿っているためか、上履きの底のゴムが床に擦《こす》れるときゅっきゅっ、という甲高い音がする。

「鍵を持っている人が全員、アリバイあったっていうなら、鍵を持っていない人でしょうか? なんとかして、鍵なしで楽器室に入る方法があれば……」

「ある？　窓は鍵かかってたし、換気扇からじゃフルートは出せないよ？」

「……思いつきませんね」

踊り場で立ち止まる。外の景色はさっきと変わらず、空には水墨画のように灰色の濃淡しかない。

「……鍵、かかる前に侵入したっていうのはどうですか？　テスト期間前なら、いっつも鍵がかかってたわけじゃないと思います。先週の、十五日のあたりにもう侵入して、フルートを盗っておいてから、というのならどうでしょう」もしかしていい思いつきかもしれない、と思い、僕は立ち止まった柳瀬さんに言う。「そうですよ。部のフルートはどうせ誰も使ってないんですから、だいぶ前からなくなってたとしても誰も気付かないはずです」

「みんなが『口裂け女』のこと意識したのって超研の会誌が出たからだよ。早くても三日前」

そう言われ、続きが言えなくなった。確かにそうだ。〈エリア51〉が配られて皆が「口裂け女」を意識したのは、部活がテスト休みに入った今週の頭から。それ以前にあんな犯行をしても、誰も意味が分からなかっただろう。

つまり犯人は、少なくとも〈エリア51〉が配られて盛り上がった十月十八日以降に、犯行を計画したはずなのだ。そして当然ながら、その時にはもう、楽器室には鍵がかけられている。

なんだか急に寒くなった気がした。……ということは、これも不可能犯罪だ。

正直、大声で叫んで頭を掻きむしりたい気分だった。鍵のかかった放送室にスピーカーがセットされていた。用務員室の犯人はなぜか誰にも見咎められることなく、徳武さんが鍵をかけない隙を狙って部屋に侵入した。そして演劇部・ミス研・吹奏楽部・美術部の口裂け女事件に関してもまた、楽器室に入れる人間全員にアリバイがある。

一体、どうなっているのだ。どれもこれも不可能犯罪ばかりだ。

僕はひとしきり唸り、唸るのに疲れて溜め息をつき、踊り場の壁にもたれた。背中が当たった壁のコルクボードから画鋲が大量に外れ、床に散らばった。

もう一度溜め息をつき、床にしゃがんで落ちた画鋲を集める。集めているそばからまた落ちてきた。

そもそも、分からないことだらけなのだ。放送室の犯人は、なぜわざわざ戸の鍵をかけておいたのだろう。用務員室の犯人は、なぜあんな部屋に人形を置いたのだろう。口裂け女事件の犯人は？　演劇部とミス研と吹奏楽部と美術部。なぜこの四つなのだろう。

手伝ってくれていた柳瀬さんが立ち上がり、拾った画鋲をコルクボードにぐい、と刺した。

「……なんかもう、手に負えなくなっちゃったね」

僕も立ち上がり、コルクボードに画鋲を刺し直した。

「……人間の手には負えませんね」

柳瀬さんがこちらを見た。「とすると」

僕も柳瀬さんを見た。「……人間じゃないレベルの何かが、必要ですね」

そのまましばらく、無言で目を合わせる。間違いなく、柳瀬さんも僕と同じことを考えている、と分かった。

「……いいんじゃない？　伊神さん呼ぼうよ。こういう事件なら、喜んで来てくれるよ」

「……ですね」内ポケットから携帯を出す。「そういえば僕、以前、あの人のとこに『ごはん作りにいく』って言ってたの、忘れてました。とりあえず、それ実行してみようかと」

「うそっ、何それ？」柳瀬さんは目を丸くした。「なんでそんな話になったの？　いいなあうちにも来てよ。えええ何それ。伊神さんずるい」

「前にあの人、なぜかうちで夕飯食べてったことがあるんです。その時にそういう約束を」

ぴょんぴょん跳ねながらずるいずるい手料理手料理、と騒ぐ柳瀬さんを押さえつつ、僕は電話をかけた。相手はこの状況を解決できそうな唯一の人――元文芸部部長のＯＢ、伊神恒《こう》さんである。

8

勝手が違う、という言葉がある。そこでいう「勝手」というのは別に台所を表す「お勝手」のことだというわけでもないらしいが、僕はてっきりこの言葉、「いつも使っている自宅のものと違う、よその台所を使った時のようにやりにくい」という意味だと思っていた。学校の調理実習などでも感じたことだが、よその台所、というのはまことに使いにくい。シンクが浅い。まな板が小さい。コンロの操作方法が違う。それくらいならまだいい。伊神さん宅の台所は、置いてあるスパイスから調理器具まで、内容があまりに偏っていた。

「あれっ、伊神さん菜箸《さいばし》ってどこですか」

「そんなものはないよ。お玉とトングで充分でしょ」

「うわっ、これってサフランですか。こんなに？　こっちはローズマリー？……で、あのう、醤油ってあります？」

「使わないものは買わないよ。ボトル入りの醤油なんて、眺めて楽しいものでもないし」

「冷凍庫のこれ何の肉ですか？　鶏じゃないですよね」

「七面鳥」

「こっちは？」

「仔羊の背肉」

「……なんでそんなもんがあるんですか」

「残ったからだよ。読んだ本に『仔羊背肉のアン・ココット』っていうのが出てきて、食べてみたくなった」

「……どういう食生活してるんですか」

親戚のお兄さんが言っていたのを思い出した。台所と冷蔵庫を見ればその人がどんな人で、どんな生活を送っているかだいたい分かるのだそうだ。「調理器具は一切置かず、冷蔵庫の中は好きな銘柄の缶ビール一色」とか、「パスタが大量に常備してあってスパイスが小売店並みに充実している」とか、一人暮らしの家庭ではそういう例もあるのだとか。なるほどと思った。

確かに伊神さん宅の台所と冷蔵庫を見て、僕は分かった。この人は大変、偏った人だ、と。

市立《いちりつ》にいた頃から、「文芸部の伊神恒」は変人で通っていて、そのことは僕も嫌というほど知っている。「在学中、新約聖書を原書で読んでみたいという理由で突然ギリシア語を勉強しだしたらしい」とか、「大学入試では面倒だという理由で合格点分の問題だけ解いてあとは白紙のまま答案を出していたらしい」とか、そんな馬鹿な、という逸話が伝わっているが、どうもこの不可解な台所を見る限り、それらは全部本当であるかのように思える。そもそも、日本の台所に「醬油」が置いてないというのはどういうことだ。赤ワインと白ワインがあるのに普通の料理酒がないのも変だ。シンク下の収納を開けると三角・棒状・三日月形と様々な形の刃を持つ包丁がずらりと揃っているのに、菜箸はなくてお玉とトングで料理をしているらしい。一体何人だ、この人は。

が、毎日随分と凝った料理をしているのだな、と思って開けた別の棚には「カロリーメイト」と「ウィダーインゼリー」が大量に積んであったりする。本人いわく、料理するのは気が向いた時だけで、普段の栄養補給はこれで済ましているとのことである。

「……伊神さん、普段こればっかりで体調悪くなりませんか?」

買ってきた米を研ぎながら奥の居室に呼びかけると、床に積まれた本の谷間で洋書らしきハードカバーを広げている伊神さんは「この通り健康だけど」と言ってまた読書に戻った。どうやら、夕飯を作りにきて正解のようだ。ここでしっかりちゃんとしたものを食べさせないと、この人はいずれ必ず体を壊す。僕は気合を入れて、袖をまくり直した。

放送室の事件、用務員室の事件、音楽室その他の口裂け女事件、と立て続けに行き詰まってしまった僕と柳瀬さんは、結局、伊神さんに助けを求めることになった。謎とか怪奇現象が——というか、それを解決することが大好きな性分である伊神さんだから、こういう状況で助けを求めれば大喜びで飛んできてくれるだろう、というのは分かっていたが、とりあえず僕はそのことを黙ったまま、夕飯を作りにいっていいですか、と訊き、自宅に寄って調味料その他を少しずつ用意してから伊神さんの住むアパートに行った。今年の春、この人が大学に入って東京で一人暮らしを始めたという段階で、まともな暮らしをしているのかは一応心配だったし、以前、ある事件に関わった時になぜかうちに来て夕飯を食べていったこの人が、僕の料理を喜んでくれた、ということもある。だが正直なところ僕は、簡単に伊神さんに頼るのが嫌だったのだ。

買ってきたゴボウを出して一本丸ごと使うと決め、半分に切ってから流水で洗う。

変な事件が起これば伊神さんは喜んで来てくれる。というよりむしろ、呼ばないと拗《す》ねる。もともと気の乗らない時は指一本動かさない人だから、迷惑にはなっていないと思う。それでも、できることなら頼りたくなかった。放送室の事件に首をつっこんだのは僕の意思だ。柳瀬さんのことを考えると用務員室の事件も放っておけないし、演劇部や美術部が巻き込まれている以上、口裂け女事件も僕たちの事件だった。だが、それらはいずれも市立の、つまり高校の事件なのである。しっかりした理屈もないし、あるいは非合理的な考えかもしれない。だが、何の疑いもなく「高校の事件」で卒業生を頼るのは、あまりいいことではない気がした。そもそも、捜査を始めたのはあくまで僕で、手に負えなくなったら「じゃあ名探偵の伊神さんに」というのは、なんだかひどく調子がいいし、情けない気がする。これではまるで、自分たちは最初から一切戦おうとせず、訪れた旅の勇者様に「村が大変なんです。助けてください」と訴えるだけの、ファンタジー世界の村人みたいではないか。

ボウルを出して水を入れようとし、そういえばゴボウって皮を削《そ》いだり水にさらしたりしない方がおいしくて栄養もあるんだっけ、と思い出してやめる。

僕が慣れないよその台所で料理をしているのは、つまりそういう理由だった。当の伊神さんが迷惑がっていないのだから、事件を持っていったところで問題はないのだろうし、自力で解決することにこだわっていられない事情もある。放送室にしろ口裂け女事件にしろ、誰かが誰かを脅しているかもしれないからだし、「用務員室を訪れた女子」は柳瀬さんの名前を使っている以上、放っておいたら彼女に何かが起こるかもしれない。頼るのはよくない、と思ったからといって、解決できないまま放置してはいけない、というのもまた、確かだった。

サバの味噌煮、きんぴら、レンジで作ったかぼちゃの煮つけに、味噌汁ときのこご飯。勇者様を頼る代償がこれだけ、というのは、村人よりひどいかもしれないのだが。

「……で、伊神さん。これ、どこに食器置けばいいんですか？」

「水平面ならいくらでもあるでしょ」

「本の上に置けと？　あとこの部屋、僕はどこに座りゃいいんですか」

「遠慮はいらないよ。どこでも適当に座ればいい」

「……座る場所なんてないじゃないですか」

一人暮らしをしている部屋にお邪魔した経験はほとんどないが、それでもこの部屋が異常であることは分かる。来てすぐに台所に立ったため、奥の居室については確認していなかったが、いざ入ってみると、そこには足の踏み場が全くなかった。

伊神さんの部屋は、一言で言えば「本屋敷」だった。四方の壁面すべてを背の高い本棚が囲み、その前に本が積まれ、そのさらに前にも本が積まれ、人間一人が寝転がるスペースもない。フローリングむき出しの床の上に和書洋書画集に新書に文庫本と、図書館職員が見たら発狂するようなでたらめさで本が積み上げられ、壁面も床面もろくに見えないさまはどことなく廃墟然としていて、「進化した植物に侵略され、大昔に放棄された旧市街地」といったSF的イメージを喚起《かんき》させられる。ベッドがないが、この人は普段どうやって寝ているのだろう。ローテーブルが一つ、部屋の隅にあるのを発見したが、本の山にうずもれていて、発掘するのは骨が折れそうだ。そういえばこの部屋にはテレビもパソコンもない。

しかし他には、食卓として使えそうな物はない。僕は仕方なく、上に載っている本の山を下ろしてローテーブルを引っぱり出し、古本らしい怪しげな洋書の山を二つ押しのけて作ったスペースに置いた。台布巾を取りに台所へ戻ろうとしたら本の山につま先をぶつけたが、どうも相当重い本を積み上げているようで、山の方はびくともしなかった。柳瀬さんは僕と一緒に来たがっていたが、来なくて正確だったな、と思う。この部屋の定員はせいぜい一・五人といったところだ。

僕は台布巾でローテーブルを拭き、ようやく台所から料理の載った皿を持ってくることができた。

「伊神さんこれ、どこで寝てるんですか？」

「横になるスペースぐらいはあるよ」

「冬場も床、フローリングのままなんですか？　寒くないですか？」

「寒いならエアコンがあるでしょ」

えらい無駄をしているような気がするが、まあいい。

「それにしても」伊神さんはローテーブルの横に積んであった洋雑誌の山の上に腰を下ろし、僕が置いた箸と茶碗を手に取った。「どういう風の吹きまわしなの。いきなり訪ねてきてまで家事労働がしたかったようには見えないけど」

「家事労働がしたかったんですよ。半分は」僕は汁椀とおかずの皿を持って部屋に戻り、ローテーブルに並べる。伊神さんの方はなぜかもう、先に置いたご飯だけをおかずなしで食べ始めている。「朝ごはんちゃんと食べてるんですか？　昼と夜、ちゃんと外でバランスよく食べてるならいいですけど、ずっとこれじゃ体壊しますよ」

「母親みたいなことを言うね」伊神さんは置いたそばからきんぴらに箸を伸ばしてきた。「で、残り半分はどういう動機？」

「今、話します」台所に戻って自分の分のおかずを取る。そういえば台所にも、隅の壁際に雑誌が積み上げられている。一人暮らしを始めてまだ一年も経っていないのにこれで、はたしてこの部屋は、この人の大学卒業まで倒壊せずにもつのだろうか。

お盆がないので何往復もしなければならず、ローテーブルが小さいため飲み物のコップは床に置かざるを得なかったが、とにかく僕が配膳を終えて座ると、向かいの伊神さんはもう、きんぴらを完食していた。ご飯の方はほとんど減っておらず、きんぴらだけ食べていたようだ。もしかしてサバが苦手なんだろうか、と心配になったが、今度はサバの味噌煮だけ食べ始めた。単に食べ方が偏っているだけらしい。

「……で、残り半分というのは？」

「食べながら聞いてください」僕は箸を取った。「学校でちょっと、たてつづけに変なことがありまして」

「変なこと？」伊神さんの目つきが変わった。「……それは何か、犯人の分からない奇妙な事件が起こったということ？」

「そうなんですけど。……あ、いえ、食べながらで」

「いや、話が先だよ」伊神さんはサバの味噌煮の皿を横に押しのけた。「面白い事件なのかな？」

……溜め息が出た。勇者だの村人だのと悩んでいたことが、何かすごい無駄なことのように思えてくる。

それから一つ気付いた。この部屋、妙に閉塞感があると思ったら、窓の前にも本棚が置いてあるのである。これはさすがにおかしいだろう、と思ったが、とりあえずそれには触れず、僕は事件のことを話し始めた。

これまでの経緯をすべて伊神さんに説明するのには随分と時間がかかった。事件の話を聞く時はいつもそうなのだが、伊神さんは僕が少しでも曖昧《あいまい》な、あるいは省略した言い方をすると「待った。今のは誰の発言？」「それは君からそう見えた、という話だね？」といちいち質問をぶつけてくるし、そもそも今回は事件が三つもあるのだ。

「……ふうん。『市立三怪』ね」伊神さんは汁椀を持ち、すっかり冷めきってしまった味噌汁を口に運んだ。

「伊神さん、聞いたことありますか？……あ、それ温めてきましょうか」

「一年の頃、先輩からその呼び方を聞いたことがある。そのくらいかな」伊神さんは僕の言葉を無視して味噌汁を平らげ、もそもそと箸を動かしてサバの味噌煮を崩し始めた。「……各事件はばらばら、か。用務員室はともかく、放送室は手間がかかるかな……」

伊神さんはもう料理には完全に関心を失った様子で、機械的に箸を動かしている。まあ、頼まれもしないのに作って出したわけなので、感想など期待していないし、もう少しおいしそうに食べてはくれまいか、とは思っても顔に出せないのだが、その様子は食事中の人というより「箸が使えるロボットのデモンストレーション」でも見せられているかのようだった。いや、日本人が作る「箸が使えるロボット」なら、おいしそうな表情を作る機能くらい標準装備しているだろうか。

「三つの事件はバラバラ、と考えていいんですか？」

「おそらく、ね。同一犯だと考えてしまうと、動機が難解になりすぎる」伊神さんはサバの味噌煮を骨と皮だけ残して綺麗に片付けると、浅漬けだけで残りのご飯を食べ始めた。無関心なりに、全部食べてはくれるらしい。「一部不可解なところはあるけど、三つとも、たいしたことはないね」

「えっ……」まだ状況を説明しただけだ。現場も見せていない。

「ただ、数が多い。一つぐらい、今日中に解決しておいた方が面倒が少ないかもしれない」

「それはそうですけど……もう解けたんですか？」事件は三つとも怪奇現象の体をなしていた。解決しちゃおうかな、で解決できるようなものではなかったはずなのだが。

「少なくとも吹奏楽部の件については、君も真相の近くまで来ていると思うんだけど」伊神さんはご飯を食べながらあっさりと言った。「鍵は鎌だよ。君だって気付いていいはずなのに」

「鎌……ですか」そういえば、関係者の中に理数科の人もいなかったし、鎌に東急ハンズのテープがついていた理由は再び謎になっていたのである。

だが伊神さんは今、それ以上の説明をしてくれるつもりはないらしく、浅漬けをつまみながら「どうしてこう、世の中は不公平なんだろうね。君のまわりにだけ、面白いことが引きも切らずに」と何やら不満を述べている。そんなことを言われてもなあ、と、僕は天井の蛍光灯を見るしかない。

伊神さんは立ち上がると本の山の間を探り、隅に打ち捨てられていたバッグを探り、それから本棚を探り、携帯を出してきた。僕が「なぜそんなところに置いてあるんですか」とつっこむ間もなく電話番号をプッシュし、「なぜアドレス帳に登録しないんですか」とつっこむ前に話を始めた。聞いていてよい話かどうか分からないので、僕は顔を伏せて自分のサバに箸をつけた。冷めてしまってはいるし少々味付けを濃い目にしすぎた感はあるが、甘さとしょっぱさのバランスも生姜のアクセントもちょうどいい。まあまあの出来のようだ。

「じゃ、確認したし、とりあえず音楽室その他の事件の犯人に会おうか」

伊神さんがいきなりそう言って立ち上がったので、僕はサバの骨を呑み込みそうになった。

「……確認、ですか？　何をですか」

「犯人のトリックだよ」伊神さんはさっさと自分の食器を重ね始めた。いつの間にか浅漬けもご飯もかぼちゃの煮つけも綺麗に片付いている。僕の分も一緒に盛ってあったのだが。「のんびり食べてないで、関係者を電話で呼び出しなさい。場所は学校でいいよ」

「えっ、う」いきなり言われたので、すぐには喋れない。「……今からですか。けっこう遅くなっちゃいますけど……」

「明日にした方が遅くなるよ。『今日できることを明日に延ばすな。いつかという言葉で考えては失敗する。今という言葉を使って考えれば成功する』」

「関係者って」

「演劇部の柳瀬君に三野君、ミス研は愛甲君と、碓氷君とやら。吹奏楽部は秋野君と小林君と守安君、と言ったっけ？　その三人。とりあえずこれだけでいいよ」

七人もいる。

「あの」別にそうしなくてもいいはずなのだが、お茶でご飯を飲み込んだ僕は急いで手を挙げた。「ちょっと待ってください。それ、全員呼ばなきゃ駄目ですか？」

「そこを面倒臭がっちゃ駄目だよ」

「そうではなくてですね」お茶をもう一口飲む。どうもこの人が一緒だと、落ち着いたおいしい食事ができない。「真相が、犯人にとってはあまりおおっぴらに暴かれたくないものである可能性がありますよね」

「甘いよ」伊神さんはもうシンクに食器を置いて戻り、本の山の間からジャケットを引っぱり出している。「いま言った七人、君を入れれば八人だけど、犯人以外は全員、事件に巻き込まれた被害者なんだ。犯人の利益を優先して、巻き込まれた人間が真相を聞く権利を奪うのはおかしいでしょ」

「でも、その……」どう言っていいのか分からない。「音楽室とかの事件って、真相をみんなに話してしまうのが、本当に一番いい解決法なんですか？　みんなの前では話さない方がいい事情とか、そういうのはないんですか？」

口裂け女事件の発生時に、気付いたことがある。犯人は、できる限り周囲に「迷惑をかけない」ように行動している。演劇部のジェシカと美術部のクロッキー人形はもともと首や腰が外れるようにできていたから、すぐに復元できた。赤インクも水性だったので簡単に落とせた。

ミス研の壁には穴が開いたままだが、コロンボのポスターは安いものだそうで、愛甲先輩は平気だった。音楽室にしても同様で、「被害者」のギターは小林君によれば、もともと壊れていて捨てたものだったという。

それを考えると、もしかしたら犯人には、犯行に出なければならないやむにやまれぬ事情があって、それは他人に知られたくないものだったのではないか、と思えるのだ。

ジャケットを羽織った伊神さんは、無表情で僕を見つめた。

僕は思わず後じさりそうになった。この人の視線には、人を内面ごと刺し貫くような鋭さがあるのだ。その場に踏ん張れたのは僕が強かったからでも、強い意志を持っていたからでもなく、たんに伊神さんが僕を咎《とが》める表情でなく、昆虫並みに完全な無表情だったからである。

「どうしても、そこが気になるようだね」

「それは……」

僕は黙って頷いた。

本の山の間に立って、伊神さんと向きあう。どうして自分はここで、伊神さんと対峙しているのだろう、と思った。僕は自力でどうしようもなくなった事件の解決を頼みにきたのだ。伊神さんの言うことに異を唱える理由はないはずだし、そういう立場でもないはずなのに。

だが、伊神さんはちょっと肩をすくめるようにして視線を外した。

「もちろん、いま言ったのは僕の考えだよ。君は僕とは違って、弱い人間に重心を置く」

伊神さんは無表情のまま歩き、僕の横を抜けて居室のドアを開け、そこで言った。「そういうところを悪いとは思わないし、嫌いでもない。それが君なんだろう」

伊神さんはドアを開けた。僕は耳の後ろのあたりで、台所の空気が居室のそれと混じりあうのを感じた。

「それなら、先に君に真相を話しておくよ。君はいま言った七人の中から、呼ぶべきだと思う人間だけを呼べばいい」

たぶん、と、思う。なんだかんだ言って、伊神さんは優しい人なのだ。

9

しばらく前から強くなりだした風が、降りそそぐ雨を横方向に舞わせる。傘の下をかいくぐって顔にぶつかってくる雨滴はまだ小粒だが、夜気の涼しさの中で突っ立っている身にはその冷たさがけっこうやっかいである。雨か風のいずれかがこれ以上強くなるなら、集合をかけた全員に連絡をして、どこか雨の当たらないところに待ち合わせ場所を変更しなければならないだろう。今のところはまだ、すぐにつながるかどうかも分からない七人全員に連絡をつける労をとるほどではない程度の雨と風である。だがこのまま待っているのもけっこう大変になりつつある。中途半端で悩ましい状況だった。

「風が寒い」隣で傘をさしていた柳瀬さんが、僕の前をひょい、と移動して反対側に行き、横にくっついた。「葉山くんもうちょっと体の向き、こっちにして。風が当たるから」

「……ああ、風よけにしてたんですか」

「葉山くんってこういう時、全然役に立たないよね。細すぎて」柳瀬さんは僕の腕をぐにぐにと揉む。「どういう食生活してたらこんなに細くなるの？　いつも何食べてるの？　霞《かすみ》？」

「きちんと三食、食べてるつもりなんですけど」食べても太らないんです、と言おうとしたが、柳瀬さんが腕を揉んでくる手つきに若干の嫉妬が混じっているような気がしたのでやめた。

現在午後九時。雨の方は小降りになっていたが、そのかわりにだいぶ気温が下がっているようで、僕と柳瀬さんは市立《いちりつ》の正門の前に並んで立ち、なんとなく肌寒い風に身を縮めながら、残りの人が来るのを待っていた。雨の中で待つのが嫌いな伊神さんは、「人が集まったら呼んで」と言って、近所のコンビニに避難してしまっている。

結局、僕は関係者七人を全員呼び出すことにした。学校近くに住んでいる柳瀬さんはすぐに来てくれたし、ミノと小林君はすぐに行く、と言ってくれたし、ミス研の愛甲先輩にかけたら碓氷君を呼んでやる、と言ってくれた。来るかどうか分からないのは、なんとなく気乗り薄げだった守安君と、親に何か言われるかもしれない、と言っていた秋野だけである。

呼び出すにあたっては、口裂け女事件の真相を話す、とはっきり言っている。犯人にもそう言ったわけだが、ちゃんと来るだろうか。

柳瀬さんもそのことは知っているはずだったが、僕に対し、真相を先に聞かせろ、とせがむことはなかった。そのかわり「伊神さん家《ち》で何してきたの」「ごはんと一緒に僕もいただいてください、みたいなことやってないよね?」と、よく分からない方向に質問攻めにされた。この人の考えることは時々分からない。

坂の上から傘をさして走る自転車が下りてきて、僕の前で停まった。街路灯の明かりに照らされたのは、私服に着替えた小林君である。「おす。ここでいいのか?」

「うん」僕はバッグを肩にかけ直した。伊神さん宅から直接来たので、料理のために持っていった道具や調味料の残りが入っていて、バッグは重い。

小林君は自転車にまたがったまま、怪訝《けげん》な声で言った。「事件の真相って言ってたけど」

「うん」説明の意味で坂の上のコンビニを見る。「あそこにいる伊神さんが解いてくれた」

小林君は、ふうん、と言いながら自転車から降りた。

続いて坂の下から、やはり傘をさしながら走る自転車が来た。ミノだ。

「おす。……あれ、部長」ミノは未だに柳瀬さんをそう呼ぶ。「あっ、小林。……なんだ、みんな呼んだのか」

「僕の判断でそうした。ミス研の愛甲先輩とかも来ると思うよ」

「伊神さんに相談した、って部長からメールが来たけど」ミノは自転車から軽やかに降り、小林君の自転車の後ろに置いた。立ち漕《こ》ぎで坂を登ってきたせいか、軽く息を弾ませている。

「名探偵、皆を集めてなんとやら、っていうあれだな」

「秋野たちにしろミス研にしろ、巻き込まれてる。真相を聞く権利があるって僕が判断した」

伊神さんから聞いた真相は、確かにあまりおおっぴらに話さない方がよさそうなものだった。

だが、結局僕はそうすることにした。伊神さんではなく自分の判断である、とはっきり名言した上で。やっぱり、伊神さんを頼った以上、頼った者なりの責任というものがあると思ったのだ。犯人に不利益を与える判断は、自分の名のもとにすべきだろう。

柳瀬さんがミノたち二人に、勝手に妄想した「伊神さん宅での僕」の話をしている間に、碓氷君と駅で一緒になった、という愛甲先輩がやってきた。碓氷君は僕のメールの内容を確かめると悔しがった。

「うああっ！　先に解かれてしまいましたか」碓氷君は頭を抱え、それから声を低くして僕を見た。「しかしその推理、本当に合っていますかね？　ミステリでは、最初に出た推理は間違っているものと相場が決まってますよ」

「ミステリでは、でしょ。それに、推理したのは伊神さんなんだ」

「まあ、あの人ならな」愛甲先輩が先に頷き、隣の碓氷君を見た。「かませ犬、御苦労」

「せめてかませ犬らしく、対案ぐらい用意したかったですね。まだ推理できるとこまで捜査してもいませんでした」

「まあ、またそのうち何かあるさ」愛甲先輩は困った慰め方をした。

守安君はミス研二人のすぐ後に来た。電車で来たというから、ミス研の二人とは駅あたりで顔を合わせているはずだが、お互いに面識がないせいか、どちらも無反応のまま同じ方向に歩いてきたらしい。その数分後に自転車に乗った秋野が現れたので、僕は坂の上のコンビニに走り、伊神さんに声をかけてまた正門に駆け戻った。

街路灯の光の下に七つの傘がひしめき、七人が輪を作っている。学校前のこの道は歩道の幅が狭いので、それだけでもう歩道の幅一杯である。坂を下りてきた男性は僕たちを見ると、車道に出て避けていった。

僕は輪から数歩、離れたところで立ち止まった。「伊神さんが今、来ます」

それから、集まった七人に向けて、事件の経緯を話した。ミノや秋野は黙って聞いていたが、守安君や愛甲先輩には初めて聞く話もあるらしく、へえ、という声が時折漏れ聞こえてきた。ざっと説明した頃に伊神さんがやってきた。なんだかコーヒーの香りがするので、呼ばれてから来るまでに缶コーヒーを一本、のんびりと飲んできたらしい。

僕は伊神さんを振り返って確認し、街路灯の光の下に集まっている七人に言った。

「じゃ、メールで言ったことを話します。事件の真相、伊神さんが解き明かしてくれました。伊神さんはあまりおおっぴらにしたくない、とのことでしたが、僕がお願いして、関係者みんなの前でそれを説明してもらうことにしました……いてっ」

後ろから側頭部のツボを突かれた。伊神さんが腰を曲げ、頭を押さえる僕に囁《ささや》く。「事実と違うことを勝手に作るんじゃないよ」

「僕の責任で話してもらうことにしたんです」

囁き返すと、伊神さんは肩をすくめ、縁石の上にとん、と乗った。

「まあいいや。説明するよ。……もっとも、大仰に説明するまでのこともないけどね」

伊神さんは、集まった七人の上にさっと視線を走らせ、そのうちの一人のところで止めた。

「まず小林君。犯人は君だね」

いきなりそこから入るとは思わなかったので、僕は「うわあ」と声を出しそうになった。小林君以外の六人が、驚いて彼に注目した。

小林君は周囲から注目された上になんとなく距離をとられ、困惑した様子で伊神さんを見た。

「あの、言ってることがよく分かんないんすけど」

「だから、君が犯人なんだよ。君は十月十九日の放課後すぐ、コンサートの資料をコピーしてくる、と言って演劇部の小道具置き場に行き、ジェシカの首を外して手近にあったサーベルを腰に刺した。続いてミス研の部室に侵入してコロンボのポスターにサバイバルナイフを刺した。位置的な関係からいって次が美術部だろうね。そして最後に音楽室に侵入して、おそらくは窓の外にでも持ってきてあったであろう、ネックの取れたギターに持っていたフルートを刺して置いた。今日の放課後、葉山君に『犯人は守安翼』というメールを送ったのも君だろう」

「あー伊神さん伊神さん」ミノが手を挙げた。「小林は楽器室の鍵、持ってないっすよ」

「知ってるよ」伊神さんは落ち着いて答えた。

それからまた視線を全員に行き渡らせる。「『凶器』のフルートは楽器室にあり、楽器室には鍵がかかっており、鍵はパートリーダーとそれ以外の少数の人間しか持っていない。この中でいうなら、秋野君と守安君だね」

今度は秋野と守安君に視線が集まった。離れて立っていた二人はそれぞれ首をすぼめ、傘を倒して顔を隠したが、お互いを見ることはなかった。

「だが、聞き込みをしたパートリーダーは全員、アリバイが成立してしまった」

伊神さんはそう言うと、後ろを通ったトラックが遠ざかるのを待ってから続けた。

「では、鍵がかかる前に楽器室に侵入してフルートを盗んでおくのはどうかというと、これも無理。なぜなら、今回の事件は昔の『市立三怪』——超自然現象研究会が配った〈エリア51〉で『市立七不思議』と題されている噂に便乗したもので、そもそもこの噂が流行《はや》ったのは、十月十八日にこの冊子が配られてからだ。もちろん、超自然現象研究会の人間なら冊子の配布前に七不思議の内容を知ることができたわけだけど、彼らにもアリバイがあるらしいし、そもそも、冊子を配る前では、『市立七不思議』が話題に上るかどうかなんて分からない。くだらない、といって誰にも見向きもされない、っていう可能性も大いにあったわけだからね」

「いや、でもそれじゃ」碓氷君が口を開いた。「犯行可能な人間がいないってことになっちゃうじゃないですか」

「うん。今のお前、見事にかませ犬だな」隣の愛甲先輩が碓氷君に言った。「当然、可能にする方法があるから話してるんだろ、伊神さんは」

碓氷君は口を閉じ、複雑そうな顔をした。

「そもそもこの事件にはおかしな点がある」伊神さんは碓氷君を無視して続けた。「どうして犯人はわざわざ、サーベルだのサバイバルナイフだのを刺したんだろう。元ネタである『口裂け女』の噂には、そんなもの出てこないのにね」

『賢い人はどこに樹の葉を隠すか？　森のなかだろう。だが、森がなかった場合にはどうするかな？……葉を隠すために、森を生やすだろうよ』」

　さすがにミス研の元会長、愛甲先輩はながながと引用した。「犯人の目的は音楽室のギターにフルートを刺すこと……もっと言えば、フルートを刺すことで、容疑者を『楽器室に入れた人間』に限定することでしょう。演劇部とミス研《ウチ》と美術部でも物を刺したのは、その目的を気付かれにくくするためです」

「半分正解」伊神さんは頷いた。街路灯の光で照らされたその顔は少しだけ嬉しそうだ。「では、もう一つの理由は？」

「もう一つ……」愛甲先輩は傘をさしたまま器用に腕を組んだ。

「犯人である小林君が生やした『森』は、もう一つのものを隠している」伊神さんは、悩む愛甲先輩を待たずに続けた。「それは犯人のイメージだよ。演劇部のジェシカにはすぐそこにあったサーベルを、ミス研のコロンボには部室内にあったサバイバルナイフを、そして美術部のクロッキー人形にも美術室にあった五寸釘を刺すことで、小林君は犯行のパターンに誤ったイメージを植えつけようとしていた。つまり、犯人はそこにあったものを刺していく……少なくとも、刺すものを持参したりはしない、というイメージだね」

「そこにあったものを……」愛甲先輩がまた考え始めた。

「つまりこういうことだよ。音楽室のギターに刺さっていたNo.4のフルートは、楽器室に置いてあった吹奏楽部のフルートではなかった。小林君が持参したフルートを部のフルートに見せかけただけなんだ。だから、楽器室に鍵がかかっていても犯行は可能だった。……さっきOG

のフルート吹きに確かめたよ。市立の吹奏楽部に部所有のフルートは三つしかない。部楽器の『No.4』なんてフルートは、もともと存在しなかった」

伊神さんの横で皆を見ていた僕は、小林君がさっと顔を伏せたのが見えた。

「だが、フルートパートの部員は誰も部楽器を使っていなかったから、そもそも部のフルートが何本あるのかすら把握していなかった。小林君はそれを利用して、存在しない部のフルートの『No.4』をでっち上げ、それが鍵のかかった楽器室から持ち出されたように見せかけた。そうすれば、容疑は鍵を持っているパートリーダーにいくからね」

「いや、ちょっと待った」小林君が身を守るような仕草で手を顔の前に上げた。「なんで俺なんすか。鍵持ってなくてもいいなら、俺以外だって部員はいくらでも」

「僕の携帯に『犯人は守安翼』っていうメールが来た」

僕が横から言うと、小林君は目を見開いてこちらを見た。振り返る時に傘が隣の秋野に当たり、秋野は逃げるように後ろに下がった。

「このメールを送った人間は僕のアドレスを知っている。しかも、僕が犯人を捜していて、守安君が容疑者の一人であることも知っているっていうことになる」

「あのなあ葉山、だからって俺とは」

「それに小林君、事件が発生した直後に、不自然なこと言ってたよね？」僕は小林君を遮《さえぎ》って言った。どうせ犯人だと暴かれるのだ。無駄な弁明はなるべくさせたくなかった。「小林君はミス研と演劇部でも同じ事件が起こったって聞いたら、すぐに『それなら吹奏楽部《ウチ》だけなんでわざわざフルート取ってきてまで』って言ってた」

　秋野が小林君を見た。表情からして、彼女もなんとなくその時のやりとりを覚えているらしい。

「それが不自然なんだ。僕はあの時点では、犯人が刺していったサーベルやらサバイバルナイフやらが、すべて現場付近にあったものだ、ということは一言も言ってない。なのに小林君は、そのことを当然の前提にしていた。……サーベルなんてものは普通にはないから、演劇部の小道具なのかな、って思うかもしれない。でも『サバイバルナイフ』と言われて、ああ部室にあったものか、ってどうして確信してたの？　いくらミス研でも、サバイバルナイフなんていうものが部室に普通にあると思ってた？　普通は『サバイバルナイフ』と聞いたら、犯人が持参したものだって思うはずなんだけど」

　僕が言うと、皆の視線が僕から小林君に移った。小林君は「そんなこと言ってない」とでも言おうとしたようだったが、その場にいたミノと秋野も自分を見ていることに気付き、沈黙した。

「さて、ここからが本題になる」伊神さんが少し声を大きくして言った。「犯人の目的は何だろう？　小林君は演劇部とミス研と吹奏楽部のパートリーダーと美術部に『口裂け女』の被害者を模した物を置いて、何がしたかったんだろう？」

　小林君がまた顔を伏せた。それを見て、守安君が「小林……」と呟いた。本当に犯人が彼だと分かったらしい。

伊神さんはその守安君に言った。「守安君、君だよ」

守安君が顔を上げて、長身の上に縁石の上に立っているため皆より三十センチほど高くなっている伊神さんの顔を見上げた。

「小林君は楽器室の鍵を持っている人間を容疑者にするため、トリックを尽くした。そして葉山君の携帯には、君が犯人だというメールが届いた。つまり、犯人の目的は君だ。では、この事件が起こったせいで、君の身には何があった？」

事情を知らない愛甲先輩と碓氷君はただ守安君を見ているだけだった。だが守安君はさっと顔を伏せたのち、信じられない、という表情になって小林君を見た。そのむこうで、秋野はただ俯いていた。

「小林君は君を犯人にするつもりはなかった。ただ君が容疑者の一人になって、十月十八日放課後、どこに行っていたかを調べられる対象になればよかった。そうすれば君が、音大生だかいう前の彼女とまだ別れていないんじゃないか、という疑惑が出てくる。秋野君はもともと、月曜日にいなくなる君が、前の彼女と別れていないんじゃないか、と疑っていたからね。それで充分だ」伊神さんは小林君の動揺を全く意に介さない様子の無表情で、抑揚をつけずに続けた。「東急ハンズのテープを貼った鎌を置いていったのも、十八日の行動を調べさせるためだね。犯行のチャンスは、パートリーダーが音楽室に集まる十九日。だが君が調べてもらいたかったのは十八日の行動。だから君は『わざわざ鎌まで買ってきたなら、犯行準備は十八日にしていたはず』とアピールした」

つまり犯人の目的は、守安君と秋野を別れさせることだったのだろう。

僕は守安君のアリバイを聞いた後、ミノと秋野に「友達と会っていた」という彼の言い分を伝えただけだ。だが秋野は前の彼女と会っていたのだろう、と答えた。彼女の方も最初から疑っていたわけだ。

僕はその前の段階で、なんとなく秋野の態度におかしなものを感じていた。わざわざフルートを刺した犯人は、最初から守安君を容疑者にするためにやったとしか思えなかった。だから一度は秋野も疑った。彼女が彼氏である守安君との間に何らかの確執を抱えていて、今回の動機はそれではないか、と。

だが、「犯人は守安翼」というメールをもらって、彼女が犯人でないと分かった。なぜならメールが来たちょうどその時、僕は守安君にアリバイを尋ねようとしていたからだ。そのことを承知している秋野なら、容疑者の範囲を限定してまであんなメールをわざわざ送る必要がない。犯人の目的が守安君を「捜査対象」という立場にすることだというなら、あのメールを送ったのは「僕が事件を調べていることを知っていて、かつ、僕が守安君を疑っていることまでは知らなかった人間」になる。それは、あの時教室にいなかった小林君くらいしかいないのだ。

「事件が音楽室の他、演劇部とミス研と美術部で起こった、もう一つの理由がこれだよ」伊神さんは自分に注目する碓氷君たちに視線を返す。「普通の人間は、不可解な事件が起こっても『容疑者のアリバイを確認しよう』なんて考えない。誰が犯人なんだろう、あいつが怪しい、と、非論理的に考えておしまいだよ。だが、これまで何度か事件を捜査した経験のある葉山君や、演劇部の柳瀬君たちは違う。ミス研は言うに及ばず。小林君は、事件が起こったら捜査してくれそうな人間がいる場所を選んで事件を起こしたんだ」

聞いている僕は耳が痛かった。ほら見ろ、という声も、頭の中で響いている。

要するに僕は利用されたのだ。犯人に、あいつなら得意になって調べて回るだろう、と計算され、その通りに動いた。確かに僕は放送室の事件の時、僕は事件に慣れているから、と、少なからず得意になっていた。普通の高校生はここまでやらないだろうな、などと考えながら、校内で聞き込みをした。その結果がこれだ。

もちろん、それで誰かにはっきりと迷惑がかかったというわけではない。だが、それはたまたま今回の事件の性質がそうだったからに過ぎない。

「小林」守安君が小林君に一歩、歩み寄った。「本当にお前なのか？　どうして」

もっと怒るだろうと思っていたが、守安君の声は落ち着いていた。浮気をばらされて怒るより、小林君がどうしてそんなことをしたのか分からず、納得がいかないらしい。

「あのさあ、麻衣ちゃんをフランス君に紹介したのって、小林ちゃんだよね？」柳瀬さんは出てくる人全員を自分流で呼んだ。「なのになんで？　最初から紹介するの、断ればよかったのに」

「……断ったっすよ。ちゃんと」小林君は不満げに答えた。「でもこいつが、もう別れた、って何度も言うから」

「じゃ、最初はフランス君の言うこと、信じてたの？」

「……半分は」小林君は俯いて地面を見た。「でも、つきあい始めてちょっとしてから、聞いた。毎週、月曜日にいなくなるのが怪しい、って」

誰から聞いたのか、と疑問に思ったが、おそらく、浮気を疑った秋野が小林君に相談しにきた、ということだろう。小林君は、秋野の名前をこういう文脈で出したくないのかもしれない。

「小林」守安君は不満げな顔になった。「なんで、お前が」

「なんで、じゃねえだろが。このフランス」ミノが傘を投げ捨てて怒鳴り、守安君につめ寄ろうとして柳瀬さんに襟首を摑まれた。「ちょっ、部長。……おい守安、てめえ何様のつもりなんだよ。悪いのは全部てめえだろうが。他に彼女いるくせに、麻衣ちゃん紹介しろって小林に言ったのかよ。どういう神経してんだよ」

ミノは「部長苦しいっす」と言いながら柳瀬さんの手を外そうとする。柳瀬さんはミノの襟首をがっちり摑んだまま、肩をすくめて溜め息をついた。

「前から言おうと思ってたけどさあ」小林君が、だんだん大きくなる声で言った。「守安お前、女に対してひどすぎだよ。お前他のとこはいいやつだよ？　でも女に対してだけはひどすぎだよ。お前中学から何回女替えた？　何回二股かけたよ。三人の時もあったよな。相手に悪いって思わないのかよ。いいかげんにしろよ」

「うわあ……」柳瀬さんはむしろ感嘆の表情をしている。

「前から……」小林君の声がまた、何かが詰まったように小さくなった。「前からやめとけ、って言ってたのに。……こっちは毎回、ふられた人のこと考えるとさあ。……泣きながら相談しにきたりするんだよ、ふられた人が。俺、どうしろってんだよ」

もてる友人。彼女をとっかえひっかえし、何人も泣かせている友人。だけど、それ以外の部分ではいいやつ。

……僕なら、どうするだろう。

守安君を見ると、彼は驚いた顔で小林君を見ていた。

その表情を見た途端、僕は愕然とし、次いで脱力感に襲われた。守安君は、本気で驚いていた。小林君がそう思っていたことなど、露ほども考えていなかったのだ。友達のくせに、自分の勝手さのせいで小林君がこれほど悩んでいたことなど、少しも気付いていなかったらしい。ましてや、相手の女の子に悪い、という感覚など、全くなかったようだ。

守安君の綺麗な顔を観察する。色素の薄い白い肌。淡い瞳。優雅な唇と通った鼻筋。どこか日本人離れした爽やかな美少年……である彼には、何かが完全に欠落している。

はあ、という盛大な溜め息が聞こえてきた。そちらを見ると、柳瀬さんが呆れかえった顔をしていた。

「あー……もういいや。三野」柳瀬さんはミノの襟首を掴んだまま命じた。「殴れ」

襟首を解放されたミノが突進し、助走をつけたパンチを守安君の顔面にぶちこんだ。

守安君は吹っ飛び、歩道の上に仰向けに倒れた。彼の手から飛んだ傘が一拍遅れてぱさりと落ち、風に押されて動いた。二発目を入れようとするミノが、拳を握って足を踏み出した。

「ミノ」止めようとした僕が傘を置いてミノの背中に駆け寄ると、ミノはなぜか急に立ち止まり、僕はミノの背中にぶつかってこんがらがりながら倒れた。

「いて」

「いって」

何すんだよ、ごめん、と言いあいながら体を起こした僕は、ミノの肩越しに前を見て、こいつがなぜ立ち止まったかを理解した。

こうなる原因を作ったはずの小林君が、守安君を庇《かば》って彼の前で膝をついていた。

「頼む……」

小林君は、謝罪しているかのように下を向いて言った。「頼む、もうやめてやって」

僕を押しのけて立ち上がったミノは拳を握り、傘で顔を隠している小林君に何か言おうとしたようだった。

だが、小林君がそのまま動かないのを見てとると、盛大に舌打ちした。

「小林に免じてやめてやるよ。いい友達持って幸せだな」

ミノは捨て台詞《ぜりふ》でそれだけ言うと傘を拾い、顔を押さえている守安君と、その前で膝をついている小林君に背を向け、碓氷君を押しのけて自分の自転車にまたがった。そちらを見た秋野と目が合ったようだったが、二人はお互いに、見てはいけないものを見たかのようにさっと顔をそむけた。

ミノがペダルをがん、と踏み、自転車を漕ぎだして人の輪から離れる。

雨ざらしで立っていた僕はその後ろ姿と残された守安君たちを見比べ、数秒間迷った。が、バッグをゆすりあげて脇をしめて揺れないようにし、傘を拾って閉じると、走った。ミノはけっこう力を入れて自転車を漕いでいて、僕が全力で走っても、少しずつ距離が離れていった。道がカーブし、ミノの自転車が路地の暗がりに溶ける。

息を切らしながら呼んだ。「ミノ」

ミノの自転車は暗がりの中で見えない。聞こえなかっただろうか。分からないが、とにかく走った。脇で固定したバッグの中で、調味料や調理器具ががちゃがちゃ鳴っている。息が上がり、全力疾走が辛くなった。駄目かな、と思ったが、路地を一つ渡ると、ミノが自転車を停めてこちらを見ていた。

ほっとしてスピードを落とし、それでもバッグをがちゃがちゃいわせながら駆け寄ると、ミノが振り返った。「……おい」

最後にもう一度ダッシュして、ミノの自転車の横に着く。息が上がり、上体を起こしているのが苦しいので、両手を膝につく。首の後ろに雨が当たっていて冷たい。

「……ミノ」

「……何か用か?」険のある声でミノが訊いてくる。

「いや……」

全力で走って追いかけたくせに、僕はミノに対して何を言えばいいのか分からなかった。そもそもなぜ追いかけたのだろうか。よく分からないのは息が上がっているせいかと思ったが、呼吸を整えてもやはり、浮かばない。

それで首をかしげた。「……何だろう？」

上体を起こすと、ミノはこちらを見ていた。暗いので表情はよく分からない。

が、ミノはぷっ、と噴き出した。「……何だよそれ」

「いや、自分でもよく分かんない」

本当だった。ただ、とっさに「追いかけなくては」と思っただけである。僕は一体、何をやっているのだ。

「まあいいや」ミノは首をかしげている僕を見て、かすかに笑ったようだった。傘を閉じ、自転車のフレームに器用に差し込む。「駅まで後ろ、乗ってけ」

「ありがと」

が、そういえば、僕は荷台もハブステップもつけていない自転車の後ろに乗った経験がない。僕の自転車は荷台がついているので、後ろに人を乗せた時はそこに座ってもらえばよかったのだ。「ごめんミノ、これどこに乗るの」

「ええ？　お前、二人乗りしたことないのかよ」ミノは異人種を見る目でこちらを見た。「そこだよ後輪のそこ。……いや違えよそこの金具。そうそう」

「えっ？　で、こっちの足は」

「反対側にもあるだろそこに。うお、痛えよ。両足乗っけてから摑まれよ」

「ごめん。えっ、これこのまま動くの？　ちょっ、これ怖くない？　足落ちる」

「落ちねえよふんばれ。おっ、うわっ、ちゃんと乗れちゃんと」

「いや、ちょっ、怖いよこれ。滑るし」

「うわっ、馬鹿動くな。ちょ、おっ、うわ」

「うわ」

「いてっ」

「いって」

小林朋人《ともひと》

守安とは中学時代、ずっと同じクラスだった。

一年の最初は特に話したりもしなかった。だがサッカー部に入っていた俺が自分の運動神経のなさと、一年はいつまで経っても基礎練習しかさせてもらえないつまらなさから幽霊部員になると、その頃から、次第に話すようになった。幽霊部員である俺はサッカー部の連中とは断絶状態で、かといってクラスには他に友達もいなくて、孤立していたのだ。守安は親のつながりで小さい頃からジュニアオーケストラに入っていて、帰宅部でありながら暇人でないという、微妙な立場だったから、帰宅部組からも距離を置かれていた。そこが俺と似ていたのだ。

基本的にいいやつだった。喜怒哀楽の「楽」以外がぽろんと抜け落ちてしまったようなやつで、大喜びしてはしゃぐことがなかったかわりに、苛々《いらいら》した表情を見せることもなかった。「哀」の感情はあったのかもしれないが、勉強も運動もわりとできて、顔が綺麗なため一年の頃からもてていた守安には、「哀」になる場面がなかった。

　本当に、あいつはもてた。中学一年の頃から、廊下を歩いているだけで上級生の女子に声をかけられたりしていたし、驚いたことに守安は、その歳ですでに、そういうことに慣れきっていた。つまり、小学生の頃から年上に可愛がられ慣れていたのだ。たぶんそれが原因なのだろう。あいつは女の人の扱い方がうまく、隣にいる俺の方が硬くなってしまうような時でも余裕があった。

　守安がもてる理由は、たぶんただ単に顔とスタイルがいいというだけではなかった。当時は気付かなかったことだが、あいつは相手の女の人に対してちょっと微笑《ほほえ》みかけたり、少しだけ長く見つめたりする仕草がうまいのだ。何より、女子に対して少しも構えるところがなかった。自然に話しかけるし、さらりと褒める。同級生にそんなことができるやつはいなかったから、あいつのそんな振舞いはひどく大人びて見えた。たぶん、もてる一番の原因はその大人っぽさだったのだろう。

　中学時代、俺は守安のそういうところを単純に凄いと思い、褒めた。自分には絶対無理なことだったし、当時はそんなに女に興味がなかったからなのだが、その結果、守安とは仲良くなった。

　思えば、女に興味がある連中からは、もてる守安は煙たがられていたのだろう。守安の方も、俺を歓迎してくれたようだった。仲良くなり、二人で遊びに出かけ、守安は東京のマニアックな服屋に俺を連れていった。あいつに連れられて行く店には中学生の客なんかあまりいなかったし、そもそも服を買うためにわざわざ東京まで行く、という発想は、当時の俺には驚異だった。守安について入った店は当然、中学生向けの価格設定ではなかったが、あいつは平然と大人に交じり、俺に似合い、なおかつぎりぎり買える値段のものをいつもうまく見つけてくれた。部活では幽霊部員だし、運動神経が悪くてぱっとしたところのない俺だが、守安のおかげで私服のセンスだけは、同級生よりましだったと思う。

守安には中学一年の頃から年上の彼女がいた。だがそれだけでなくあいつは、寄ってきた同級生や先輩のうち、気にいった人とは気軽に短期間、つきあっていたようだ。俺の方はといえば、顔やセンスは言うに及ばず、女との会話すら苦手という有様だったから、中学生ですでに「年上の方が楽だよ」などと言う守安は異星人に見えた。そう。確かに俺は、地球より文明の遙かに進んだ異星人と仲良くしてもらっているような気分でいた。

守安の隣にいたからといって、俺がもてるということは全くなかった。知らない女子、あるいは女性から話しかけられることは何度もあったが、守安の席を教えてとか手紙を渡してとか、携帯を持つようになってからはアドレスを教えてとか、そういうことに利用されるばかりだった。悲しいかな、俺をそういうことに利用する女に限って、俺自身への感謝とかそういったものは一切示してくれないのである。街頭のナンパか何かでない限り、「おこぼれ」なんていうものは現実にはない、ということを、俺は中学三年生にして思い知った。

思えばその時から、俺は少しずつ守安に対する不満を溜めていたのだ。守安は俺に安くて似合う服を教えてくれたし、病気で一週間ほど学校を休んだ時には唯一人見舞いに来てくれた

（守安を見た後の母のはしゃぎっぷりがすごかった）。だが、守安を呼び出すように頼まれた俺や、「断っといて」とあっさり言われ、そのことを当の女の子に伝えなければならない俺に対しては、一切すまなそうな顔をしなかった。俺は守安の隣にいて、可愛い女の子が俺の前を通り過ぎて守安に近づき、ふられてまた戻っていくのを何度となく見せられた。女の子の中には自殺するんじゃないか、というほど落ち込んでいる子もいたし、赤ん坊のように大泣きする子もいたが、「守安側の人間」である俺は声をかけて慰めることもできず、ただ「ごめんなさい」と思って見ているだけだった。俺が理由のない罪悪感で落ち込んで戻ると、この美しい友人は、いつもの笑顔で「アイス食べてかない？」と誘ってきた。

秋野さんを初めて見たのは入学直後、吹奏楽部に仮入部した三日目だった。

中学時代、サッカー部の幽霊部員だった俺は、高校に入ったら文化系のクラブに入ろうと思っていた。両親が昔、楽器をやっていたこともあって音楽には親しんでいたし、楽器が何かできたらいいな、と思っていたから吹奏楽部に入った。もちろん、吹奏楽部には女子がたくさんいたから、自分にも彼女ができるんじゃないか、と思っていたことも少しはあったし、中学時代から守安がもてていた理由の一つが、トランペットやピアノができたことだった、という理由もある。

だが実際には、そんな軽い気持ちではいられなかった。仮入部期間の三日目、練習中の吹奏楽部を訪ねてきた秋野さんを見た時、俺は全く、落ち着きというものをどこかに置き忘れてきたかのようだった。可愛いな、と思ってちらりと見ては、見ていることがばれるんじゃないか、と思って目をそらす、ということを何度繰り返しただろうか。嬉しいことに秋野さんは入部してくれ、毎日どこかで顔を見ることぐらいはできたが、俺はコントラバス、彼女はファゴットであり、会話をするチャンスは全くなかった。秋野さんはいつも練習熱心で、おとなしい性格だと分かってますます好きになったが、俺にできたのはせいぜい、彼女と中学からずっと同じクラス、という葉山と仲良くなるところまでだった。もっとも、葉山はただ単に彼女と「同じクラス」だっただけで、中学時代は特に親しくもなかったらしい。

そうしているうちに、秋野さんは一つ上の先輩とつきあいだした、という噂が流れ始め、俺は何もしないうちに敗北した。部活に出るのは辛かった。練習中はいいが、彼女が彼氏と一緒に帰っていくのを見るのが辛かった。あの後どこに行くのだろう、何をするんだろう、と思うと、叫びたくなった。叫びたい気持ちは練習に打ち込んで抑えた。というより、「俺はもともと練習以外には興味のない人間」と思い込むことで耐えた。我ながらよく頑張ったと思う。

そうして一年が過ぎる頃、秋野さんが彼氏と別れた、という噂が聞こえてきた。それとなく彼女を観察すると、確かに彼氏とは距離をとっていた。正直、やった、と思った。もしかしたら次は俺かも、と。

だが、何も起こらなかった。葉山と仲が良かったおかげで、二年生になる頃には、俺は秋野さんからも少し認知されるようにはなった。とはいえ、それはどんなによく見積もっても、「部員の男子の中では話しかけやすい方」という以上の地位ではなかった。

それに、さすがに俺にも分かるようになっていた。練習中でも、それ以外で一緒の時でも、彼女は特に俺の方を見たりしなかったし、廊下などで挨拶をしても何も特別な表情を見せなかったし、たまに俺と話していても、何の未練もなく話を終えてよそに行ってしまう。彼女が俺に興味がないことは明らかだった。それでも、諦めきれなかった。何かいいハプニングでもあって、それをきっかけに俺を意識してくれるかも、という、不毛な期待をし続けていた。

今思えば、あそこで素直に守安に相談していればよかったのだと思う。好きな人ができたが、どうすればいいのか、と。アドバイザーとしてはこれ以上ない相手だったし、守安ならからかったりせず、真剣に手伝ってくれるだろうということも分かっていた。だが、俺はそうできなかった。恋愛というものは初めてだったし、どこに対しても、特に女に興味がない、というキャラを作っていたから、今更、と思っていた。

考えてみれば、そのせいだった。守安があの日、秋野さんのことを「可愛いね」と言い、紹介して、と言ってきたのは。

守安は吹奏楽部に入らなかったから、秋野さんとのつながりはなかった。なのに、突然言ってきたのだ。あの日の放課後、教室で。

「小林、けっこう仲いいよね？　会わせてくれるだけでいいんだけど」

まわりにはまだ人がいるのに、あいつは全く気にしている様子がなかった。

「いや、それはいいけどちょっと待てよお前。今の彼女どうするんだよ」

俺は声をひそめながらも、必死で抵抗した。表立って反対すれば、秋野さんのことを好きなことがばれてしまう。だからかわりに、守安に音大生の彼女がいる、というところを指摘した。

それ以外に紹介を渋る理由はなく、そこが唯一の生命線だった。心の中では、やめてくれ、と思っていた。こっちに来ないでくれ。ここだけはやめてくれ、と。

普段は気配りのできる守安だが、なぜか、そういうことに関してだけは全く察してくれなかった。これまでだって、二股をかけるぐらい何とも思っていなかったのだ。俺は「一応顔見知りだからやばい」と言って粘ったが、すると守安は「今の彼女とはもう別れるから」と言いだした。そしてそう言われてしまえば、俺にはもう、抵抗できる材料は残っていなかった。

いや、本気で抵抗する気なら、まだ手はあったのだ。自分の気持ちを打ち明ければよかったのだし、守安の「女癖の悪さ」を指摘して、そういうやつに紹介はできない、と頑張ればよかった。

だが、できなかった。そんなことを言えば、中学からずっと一緒だった守安とは、それで絶交になってしまう。それが怖かった。

俺はあくまで平然として、守安と秋野さんを引き合わせた。二人はつきあい始めた。

そしてその一ヶ月後、秋野さんから突然相談された。月曜日の放課後、守安君がどこに行っているのか知らないか、と。

すぐに思い当たった。守安の前の彼女は東京の音大にいたが、月曜日は、バイトでしている個人レッスンのためにこちらに来るのだ。

やっぱりな、と思った。なぜかその場では、守安を恨む気も起こらなかったし、腹も立たなかった。

しかしその日、家に帰ってから、猛烈な何かが俺を襲った。正体の分からない感情だった。嫉妬、怒り、罪悪感。好きな人を守安の手にかけてしまった、と思った。

その日から、どうしようか必死で考えた。守安の彼女のことを知っているのは俺だけで、秋野さんにばらせば、結局守安とは終わりになってしまう。

十月十八日。朝、配られた〈エリア51〉を読んだ俺は、なぜかその中の「口裂け女」の記事が気になった。その冊子は超研が自前で印刷した会誌に過ぎなかったが、その時の俺にはなぜか、この冊子の背後にいる何かに囁《ささや》かれているような気になった。今ならできるよ、と。

読みながら一人で頭を働かせていた。家には母親のフルートがあったし、父親のチェロケースもあった。粗大ごみ置き場には吹奏楽部が出したまま、まだ回収されていない再起不能のギターがあった。俺にはそれが、何かの導きのように思えた。

10

演劇部、ミス研、吹奏楽部、それに美術部を巻き込んだ事件は解決して、僕は少しだけ、肩の荷を下ろした。もっともまだ放送室と用務員室の事件が残っていて、口裂け女事件の解決はこの両者の捜査に何のヒントももたらしてくれなかったのだが。

昨夜はいろいろあったせいでなかなか寝付けず、今日の僕は朝からずっと欠伸《あくび》のし通しだった。またぞろ雨が降りそうなので電車で来たのだが、登校中は吊り革に摑まったまま「かくん」となったし、二時間目の数学でも半分以上寝てしまった。暑くも寒くもない十月の気温と、生徒からアルファ波発生装置と言われている数学の藤田《ふじた》先生の声がいけないのだ。それに、窓の外は一体何日続くのだろうという曇り空で、風がなく変化もなく、ただ憂鬱な雲が不機嫌そうに横たわっているだけで、それも眠気を誘う。

そんな状況に関係なく、伊神さんは元気だった。三時間目の途中、僕の携帯に電話がかかってきて、仕方なく「すいませんちょっとトイレに」と言って廊下に出た僕に対し、電話をかけてきた伊神さんは「昇降口にいる」とだけ一方的に言い、僕がはいともいいえとも言わないうちに切った。会話はキャッチボールじゃなかったかなあ、と思わないでもなかったが、伊神さんからすれば別に会話などするつもりはなく、必要事項を伝達しただけだったのだろう。昇降口にいるから何なのか、と訊き返したいところだったが、僕はおとなしく階段を下りた。周囲を窺ってからこっそり靴に履き替えて昇降口から出ると、ダークスーツ姿の伊神さんが玄関前のロータリーの隅に立ち、なぜかカメラを構えて校舎を撮影していた。

あまり大声を出すと職員室の先生に気付かれかねないので、僕は駆け寄ってから訊いた。

「何してるんですか?」

僕の声が聞こえているはずなのに、伊神さんはしばらくそのままカメラを構え、何枚か校舎本館の写真を撮っていた。カメラを操作して撮った写真を確認し、ふむ、と頷いてカメラをしまった。

「……あの、何をしてるんですか？」

僕が尋ねると、伊神さんは肩にかけた鞄からファイルを取り出し、校舎を見上げながらぱらぱらとめくり、ファイルの中身と前方の校舎を交互に見ている。

「……ふむ」

「あの」

伊神さんは僕をちらりと見ると、ファイルに鉛筆で何か書き込みをして、また頷いた。

「あの！」

「なんださっきからうるさいね」

「えええ。そりゃないでしょう」自分が呼びつけたのではないか。授業中に。「僕に何か用事があるんじゃないんですか？」

「ああ。それか」伊神さんはファイルを見ながら、いま思い出した、という調子で言う。「放送室の事件を解くから、放課後、放送室に関係者を集めておいてね」

「解く、って……いえ、はい」

僕は頷いたが、伊神さんはそれを見もせずにファイルを繰っている。

「あのう伊神さん、それは何を……」

訊こうとしたが、伊神さんはすたすたと歩き出し、唖然とする僕を残して校舎裏の方に行ってしまった。

「伊神さん」

呼ぶと、伊神さんは振り返らずに答えた。「授業中でしょ。早く教室に戻った方がいいと思うけど」

自分が呼び出したのに、と思ったが、それを言おうにも、伊神さんはもう、校舎の裏に引っ込んでしまった。


「……で、私たちはいつまでこうしていればいいんですか?」円城寺さんが広げていた地理の教科書から視線を上げ、向かいに座る僕をじろりと見た。

「ごめん。あの、もうすぐだと思うから」どうしてもこの子相手だと「ごめん」が入ってしまう。「伊神さんが、放課後すぐ来るはずなんだ。そしたら、十九日のカシマレイコ事件、解いてくれるはずだから」

「解いてくれるはず、って」円城寺さんは伊神さんのことを知らないので、こう言われても納得できないのは当然といえば当然である。「本人が『解けた』って言ったんですか?」

「うん」

「えっ、伊神さんが来るの?」反応したのは辻さんだった。「これから?」

「その人、何なんですか?」

「あのね、凄いの。超凄い人なの」辻さんは手を抽象的に動かした。何かを表現しようとしているらしいがよく分からない。「夏の、ほら、あったでしょ? あれ」

「『あれ』?」円城寺さんは眉をひそめる。辻さんともめたことはお互いすでに水に流しているらしく、何やら普通に会話している。

「映研で、ほら、VHSテープの事件」

具体的に言葉にできないらしい辻さんが助けを求めるように後ろの青砥さんを見ると、心得たもので、青砥さんはすぐに補足した。「映研所蔵のVHSテープがすり替えられた事件があったけど、それのことでしょ。伊神さんが犯人を指摘したって聞いたけど」

「そう。それ」

「あ、それ俺も聞いた」塚原君が例の、ロッカーとラックに挟まれた隅から言った。あの場所が好きなのだろうか。「伊神さんが解決してくれたのか。じゃ、今回も大丈夫だな。うん」

何をもって「大丈夫」なのか、塚原君は随分と簡単に言う。映研では監督をやっていたが、こんな人任せで大丈夫だったのだろうか。

「まあ、あの人だからな」入口のドアにもたれて腕を組んでいたミノが、ぼそりと言った。

と、入口の戸が急に開いて、ミノがふらついた。

戸を開けて入ってきたのは伊神さんだった。学校に侵入する時はいつもこうなのだが、ダークスーツにネクタイで、脱いだコートを腕にかけた恰好である。この人はスーツが似合うので、とても今年卒業したまだ十九歳の人だとは思えない。どう見ても職員である。

「揃ってるね」伊神さんはミノを押しのけ、ずかずかと放送室に入ってきた。

合計七人の人間が狭い放送室にすし詰めになっているので、椅子がない辻さん青砥さんは窓や操作卓に背中をつけて立ち、塚原君はますますロッカーとラックの狭間に収まった。

初対面の人にはわりと怖がられる伊神さんだが、円城寺さんは果敢に尋ねた。「あなたが伊神さん、ですか?」

「証明はできないけど、少なくとも主体としての僕はそう認識している」伊神さんは回りくどく答えると、円城寺さんを見下ろした。「君が円城寺君だね。……で、塚原君に青砥君、と」

ひと回り見回してそう確認すると、伊神さんは内ポケットからメモを出し、辻さんに渡した。

「辻君には放送委員の仕事をしてもらおうか。放送で、ここに書いてある六人をこの部屋に呼び出してもらいたい」

辻さんは、お、と言ってちょっとあたふたとしたが、仕事、と言われたためか、素直にメモを受け取り、僕が渡した椅子を操作卓のマイクの前に据えて座った。

僕はちょっと身を乗り出し、椅子を渡すついでにメモを覗いてみた。

・1-2 浅野君　・1-4 常松君　・2-4 厚川君

・2-5 仁科さん　・2-7 神尾君　・2-8 本多さん

もとが癖字の伊神さんにしては、はっきりと読みやすく書いてある。だが、この名前は。

「伊神さん、これって……」

この場で言ってしまっていいのか分からない、ということに気付き、僕は途中で口をつぐんだ。はっきりと覚えているわけではないが、たしかこの六人は、事務室で見た鍵の貸出ノートに名前があった人間ではなかっただろうか。

「あのう」辻さんがメモを見て、困惑気味に振り返る。「どういう用件で呼び出すんですか？」

「何でもいいよ。聞いた生徒が確実に来るやつ」伊神さんは適当に言った。「じゃ、体育科からの呼び出しってことにしようか。『至急』でね」

「えっ、あの」辻さんは見て分かるほどにわたわたと慌てた。「それ、嘘ですよね」

「だから、嘘の呼び出しをするっていう仕事だよ」

「なんでそれを？」

「事件解決のためだよ。捜査活動」伊神さんは焦れた様子でポケットに手をつっこんだ。「なんだい辻君、君は真相究明のための捜査活動に協力ができないのかな？」

映研の方で報道番組も作っているせいか、辻さんは「真相」とか「究明」とかいった言葉にはなはだ弱い。案の定、彼女は見事にひっかかり、メモを確認して椅子に座り直した。「……します。協力」

「ちょっと、いいんですか？　そんなことして」円城寺さんが眉をひそめる。

「それと、伊神さん」青砥さんが慌てて訊く。「六人も呼び出したらこの部屋に入りませんけど、どうしますか？」

「心配要らないよ。この時間ならまだ校内に残っている生徒が多いけど、それでも絶対に、全員来たりはしないから」

「伊神さん、体育科名乗っちゃって大丈夫なんすか？」隅から塚原君が不安そうに訊く。

「大丈夫だよ。体育科の教員は皆、体育館にある体育科教官室にいるでしょ。体育館に放送しなければいい」

ええええ、おれ知らね、と言って隅に収まる塚原君を尻目に、伊神さんは辻さんを急かす。

「ほら早く。なるべく皆が残ってるうちにやらないと」

「あ、はい」辻さんは咳払いすると、後ろを振り返って「マイク入れます」と合図し、校内放送のチャイムを鳴らした。「生徒の呼び出しをいたします。一年二組、浅野《あさの》君。一年四組、常松《つねまつ》君……」

別にそこまでしなくてもいいのだが、校内放送が始まると、放送室内の僕たちは物音をたてないよう、「だるまさんがころんだ」でもしているように動きを止めた。なんとなく呼吸まで止めてしまう。

「……二年五組、仁科《にしな》さん。二年七組、押尾《おしお》君。二年八組、本多《ほんだ》さん。体育科がお呼びです。至急、放送室までお越しください。……生徒の呼び出しをいたします。一年二組……」

辻さんはきっちり二回、繰り返して放送をし、チャイムを鳴らしてから校内放送のスイッチを切ると、ふはあ、と息を吐いて操作卓に突っ伏した。「なんか緊張した」

僕は伊神さんに寄り、囁《ささや》いた。「……どういう意味ですか、これ」

「確認だよ。事件についての」伊神さんは普通の声で答えた。「あらかじめ僕の予想を言っておこうか。今の呼び出しが全校に届いたとしても、『二年五組の仁科さん』と『二年八組の本多さん』の二人は、ここには来ないよ」

「……え？」僕だけでなく、ミノや円城寺さんも驚いたようだ。

が、一方の伊神さんは落ち着いている。「まあ、見ててごらん」

そう言っているうちに、放送室の戸がノックされた。戸の前にいたミノが「うす」と答えて戸を開けると、一年生の男子がおずおずといった表情で立っていた。

「浅野君」青砥さんが声をかける。そういえば放送室の鍵を借りた中に彼の名前はあったように記憶している。放送委員なのだろう。

「青砥先輩」浅野君が、怪訝《けげん》そうな顔で青砥さんに訊いた。「あの、体育科の呼び出しって……」

「ああ」伊神さんは浅野君を振り返ると、追い払う手つきをした。「君、もう帰っていいよ」

「えっ」

「えっ？」

外の浅野君と中の僕たちが同時に反応したが、伊神さんは平然としている。「今のただの悪戯《いた》《ずら》だから。帰っていいよ」

「ちょっ、伊神さん」僕は急いで伊神さんの前に出る。「浅野君ごめん。実はちょっと、その、放送室の」

「ああ、いいよ別に。面倒だからいちいち説明しなくても」伊神さんは煩《うるさ》げに僕を遮《さえぎ》った。

あまりといえばあまりの対応だったが、そのわけのわからなさがかえって、来た浅野君を納得させてしまったらしい。彼は「じゃ、とにかく帰っていいんですね？」と、むしろ安心した様子で訊いてきた。

伊神さんは面倒臭げに答えた。「いいよ。体育科の呼び出しなんてものはないから」

「……よかった」

無駄に呼び出されたはずの浅野君はなぜか安堵の息を漏らし、ほっとした顔で帰っていった。まあ、体育科に「至急」で呼び出されたら不安になるに決まっているわけで、伊神さんはそのことも計算していたのだろう。ひどい丸め込み方である。

が、結果はこの人が予告した通りだった。伊神さんは続けて来た男子三人を名前も聞かずに追い返したが、二十分ほど待っても来たのはその三人だけで、「仁科加代子《かよこ》」「本多美紀《みき》」の二名は、いくら待ってもついに現れなかった。

「……あとの二人、どうして来ないんですか？」

最初に尋ねたのは円城寺さんである。入口横の本棚にもたれて待っていた伊神さんは、それを合図にして、もう説明してよいと判断したらしく、組んでいた腕をほどいて答えた。

「当然だよ。その二人は存在していないんだから」

どういうことだ、という沈黙が、放送室にいる僕たちの頭上を横切った。

と、入口の戸が、とととん、と軽やかにノックされ、開いた。「伊神さん、もう入っていいですか？」

伊神さんはちょっと戸の方を見て、ん、と顎をしゃくる。入ってきたのは柳瀬さんで、なぜかバッグと別にノートを一冊、持っていた。

「借りてきましたよん」柳瀬さんは得意そうにふふん、と笑い、持っていたノートを机の上に置いた。表紙には「鍵貸出ノート」と書かれている。事務室で見たノートだ。

伊神さんは柳瀬さんにちょっと頷きかけると、僕たちをさっと見渡した。

「じゃ、説明しようか」

柳瀬さんが伊神さんの隣に来る。彼女には放課後すぐ、放送室に来ますか、とメールで尋ねてみたのだが、返信がなかった。様子からしてどうも、先に伊神さんから依頼を受けて手伝いをしていたらしい。

「十月十九日の昼、この放送室から『カシマレイコ』の噂に見立てた放送が流れた。部屋の中には、それを流したとみられるスピーカーが残っていた」

伊神さんはそう言って、ロッカーの上を見た。設置されていたスピーカーと扇風機はまだここに置いてある。

「だが、不思議な点があった。この放送室の出入口は入口の戸と窓、それに廊下側の窓しかないが、犯行時にはいずれも使用不能に見えた。窓には鍵がかかっていたし、廊下側の窓はどんなに開けても、そこからスピーカーを設置することはできない」

なんとなく皆が頭上を見上げ、天井付近にある廊下側の窓を見る。

「それ以前に、窓越しにそんな作業をしようとすれば、廊下の誰かに絶対に見られる。だけど、残る唯一の出入口であるはずの入口の戸には鍵がかかっていた。十月十八日、青砥君が鍵を返却してから、翌十九日の九時半、辻君が鍵を借りるまで、誰も借りた記録が残っていない」

伊神さんが机の上の貸出ノートに視線をやると、今度は皆がノートを見た。ミノが机の横に来て手を伸ばし、ノートを開いてページを繰り始めた。

「では、犯人はどうやって、鍵のかかった放送室にスピーカーを設置したのか。それだけじゃない。そもそも犯人はどうして設置した後、入口の戸の鍵をしっかり閉めていったのか」

ミノが十月十九日のページを開くと、伊神さんは手を伸ばしてノートを取り、開いたページを皆に見せた。

「その答えは、このノートを見れば分かる。……まず、ここに名前が載っている『仁科加代子』『本多美紀』の二人は、この学校には存在しない。架空の生徒だよ」

座っていた円城寺さんが、ノートをよく見ようと立ち上がって身を乗り出す。隅のスペースから出てきた塚原君が、ノートを覗いて言った。「この『本多美紀』って、放送委員にも映研にもいないよな。そういえば」

「つまり、犯人は架空の生徒を名乗って、十月十八日に二回、鍵を借りている。これがポイントだよ。こうすることで、犯人は記録を残さず、十月十八日に青砥君が返却してから翌十九日に辻君が借りるまでの間に、放送室の鍵を借り出すことができた」

放送室の鍵を、記録を残さずに借りる。

その方法については昨日、僕も考えたのだ。だが、何も思いつかなかった。事務の先生に言って貸出ノートを出してもらう。ノートに記入し、鍵を取って出る。だが、ここでごまかそうとしても、事務の先生はノートの記述と鍵のケースを見て、書いた鍵をちゃんと持っていっているかを確認する、と言っていた。返却時はさらにどうにもならない。こちらは事務の先生に鍵を渡すだけで、鍵の確認もノートの記述を消すのも、鍵をケースに戻すのもすべて先生がやる。鍵をこっそり持ち出すのも無理、タグを外すのも無理、ときては、どうしようもないのではないか。

悩む僕の顔を見たか、伊神さんはやや親切に、「順を追って説明するけど」と言ってくれた。

「犯人の使ったトリックは簡単なものだよ。要するに、本命である放送室の鍵を持ち出す際に、目くらましで別の部屋の鍵をもう一つ借りればいい。……まず犯人は十月十八日の放課後、偽名を使って『調理実習室の鍵を貸してください』と言う」

伊神さんがノートを机の上でめくる。僕は目だけ動かし、開かれたページを見た。調理実習室の鍵を借りているのは「仁科加代子」だ。

「事務員はノートを出してくる。犯人はそれを受け取り、一番新しいページに『10/18 16:45　調理　仁科加代子』と書き……」伊神さんは机に置いたノートのページを一枚めくり、そこの記述に指を当てた。「同時に、前のページの末尾にも『10/18 15:25　放送　本多美紀』と書く。このノートは無地だから、前のページがすでに埋まっていても、末尾にもう一つくらい書き込みをするスペースはできるし、貸出時刻は自己申告だから、前後の記述と矛盾しないように書ける。その時の記述がこれだね」

伊神さんはノートの記述を指で示した。今は両方とも線が引かれて消されているが、確かにノートにはその記述がある。最新のページに「10/18 16:45　調理　仁科加代子」。そしてその前のページの末尾に「10/18 15:25　放送　本多美紀」もあった。

「そして調理実習室の鍵と一緒に、放送室の鍵もこっそり借りてしまう。事務員は疑問には思わない。調理実習室の鍵は確かに借りられているんだからね」

　確かにそうだ。犯人は「調理実習室の鍵を貸してください」と言い、実際に調理実習室の鍵を持っていっている。ただ、そのついでにこっそり「放送室」の書き込みをし、放送室の鍵も取っていっているのだ。これなら、一度も「放送室の鍵を借りる」と言わずに放送室の鍵を借りられる。

「でも、そんなのできませんよ」円城寺さんが不満げに反応した。「事務の先生、ノートにちゃんと書いたかどうか、すぐチェックしてますよ。こっそり借りてこっそり書いておく、なんて」

「いや、できる」僕はついそう呟いてしまい、円城寺さんの視線に刺されることになった。

　伊神さんは僕を見て微笑《ほほえ》んだ。

「そう。このやり方をすれば、事務員がノートをチェックしてもばれないんだ。だって犯人は調理実習室の鍵を借りにきて、調理実習室の鍵を借りた、とちゃんとノートに書いているんだからね。最新のページに未返却の『10/18 16:45　調理　仁科加代子』の記述があれば、事務員はそれで安心してノートを閉じるわけで、わざわざ前のページまで確認したりはしない。前のページはすでに『使用済』の認識になっているだろうからね。つまり犯人が『仁科加代子』と一緒に書いた『10/18 15:25　放送　本多美紀』の方は、事務員に認識されない」

塚原君がやってきて横から手を伸ばし、ノートのページを何度かめくって「ああ」と頷いた。

「あとは簡単だよ。犯人はこっそり持ち出した放送室の鍵でスピーカーを設置した後、まず調理実習室の鍵を返却する。事務員は最新のページにある『10/18 16:45 調理 仁科加代子』の記述を消す。その後、犯人は眼鏡なり服装なりで印象を変えて、何食わぬ顔で、こっそり借りていた放送室の鍵を返却すればいい。事務員はノートを開くけど、最新のページがすべて消されているのを見て前のページをめくり、まだ消されていない前ページの『10/18 15:25 放送 本多美紀』を見つけて消す。ここまでの作業を本館の閉まる午後五時までにすべて終わらせるのは難しいけど、まあ現実には、五時過ぎまで本館に残っていて教師にどやされる生徒はいつもいるしね」

最新のページには「10/18 15:35 (放) 青砥冬実《ふゆみ》」の記述があるから、よく見れば矛盾した状態になっていることに気付くはずだ。だが事務の先生は、すでに消してしまった書き込みなど、一つ一つ注意して確認したりしないだろう。最新のページを開いて書き込みがすべて消されていれば、すぐに前のページを開くだけ。借りた時の逆である。

「これで鍵と記述の矛盾はなくなるし、記述上、『10/18 15:35』の青砥君の後に放送室の鍵を借りた人もいないということになる。そしてそれと同時に、事務員も『10/18 15:35 (放) 青砥冬実』の後に放送室の鍵を借りにきた生徒はいない、と証言してくれる」

ミノが円城寺さんの横から手を伸ばし、興味深げにノートをめくって「ほう」と息を吐いた。

ノートの記述は、犯人がこのトリックを用いたことを裏付けていた。話に出てきた「10/18

16:45　調理　仁科加代子」の書き込みは、冷静に考えてみると変なのだ。本館が閉まるのは午後五時。仁科さんとやらは、そのわずか十五分前にどうして調理実習室の鍵を借りたのだろう。「10/18 15:25　放送　本多美紀」にしても同様だ。「15:25」だと、まだ帰りのＨＲが終わったか終わらないかという時間だ。本多さんとやらは大急ぎで放送室の鍵を借り、青砥さんが「15:35」に借りにくるまでの十分でさっさと鍵を返したことになる。これは不自然だ。

「でも、だとすると犯人は、やっぱり放送委員の誰かなんですね」

円城寺さんが言った。確かにこのトリックは、普段から事務室で鍵を借り慣れている人でないと思いつかないだろう。

塚原君がすぐに付け足す。「女子だよな。架空の女子を名乗ったんだし」

「わかんないよ？　可愛く女装した男子かも」柳瀬さんが横から混ぜっかえし、僕を見た。「例えばここにいる葉山くんなんか、女装したら可愛かったしね」

「は？」円城寺さんに睨まれた。「何やってるんですか？」

「いや違う」慌てて言ったが、別に違わない。「あれは文化祭で、先輩に無理矢理」

「あ！　そうだ葉山」塚原君も僕を指さす。「文化祭の男限定ミスコンで女装した時、超可愛かった。これ、やべえって思った」

「あれ、やべえよな」ミノが腕を組んで頷く。「もう一回やってくんねえかな」

「やめてよ。何が『やばい』だよ」僕はもう忘れたいのに。

柳瀬さんは僕を見て笑っている。「ああ。やっぱり男から見てもやばいんだ？」

「まあ、あれは面白かったけど」思い出したのか、伊神さんまで笑い顔になっている。「残念ながら葉山君じゃない。犯人はさっきの呼び出しで確かめたよ」

軽薄に盛り上がっていた空気が、すっと停止した。全員が伊神さんを注目した。

伊神さんは皆の視線が集まっているのを確認するように見回すと、内ポケットから小さな機械を出した。マイクがついている。ＩＣレコーダーだ。

「これに、さっきの放送が録音してある。物証として聞かせてもいいけど、皆、どうせ覚えているよね」

伊神さんは、すっと本棚の前を離れると、辻さんと青砥さんの間に手を伸ばし、操作卓の上のメモを取った。さっき辻さんが放送したものだ。

伊神さんは、メモを机の上に置いた。「ここに書かれている名前と、ノートの最新のページに書かれている名前を見比べてごらん」

僕はメモを見た。「1-2浅野君」、「1-4常松君」……。

「……あれ？」

続いてノートを見る。浅野君に常松君。確かにこれらは、ノートの記述に登場した名前だ。

だが。

・2-7神尾君

~~10/15　16:00　物理　2-7　神尾元気~~

メモにあったのは「神尾君」だ。だがノートの記述は「押尾」。一人だけ名前が違う。

「あれっ、でも、辻さんさっき、放送で……」言いかけて辻さんを見た。

辻さんは、打ちのめされたような顔で宙空を見ていた。顔色が白くなって、唇はかすかに開かれたままだ。

伊神さんが言った。「そう。僕はメモに、わざと一人だけ間違えた名前を書いておいた。だが辻君は、『押尾君』と、ノートに書かれている通りの正しい名前で喋った」

視線が辻さんに集まる。

「辻君、ひっかかったね。犯人でない人間なら、メモに書かれている通り『神尾君』と読まなきゃいけない。だが君はメモを見て『ノートに書かれている名前だ』と早合点して、『押尾君』と読んでしまった。そんな間違いをするのは、問題のノートの記述を詳しく把握していた人間……」

伊神さんは辻さんを見据えた。「……つまり、犯人しかいないんだよ」

放送室が静かになった。

……辻さんが、犯人。

信じられなかった。そういうイメージの人ではないのだ。放送委員にとっても同様らしく、円城寺さんも塚原君も、驚いた顔で辻さんを見ている。青砥さんだけが目を伏せていた。彼女は、何か気付いていたのだろうか。

塚原君は言った。「嘘だろ、辻さんが犯人とか……」

「本当だよ」伊神さんはばっさりと言った。「このトリックを実行するためには、犯行当日の書き込みが『ページをめくってすぐ』に来てくれないとやりにくい。『本多美紀』が放送室の鍵を返した時に消すべき記述があまりに昔のページにあったら、事務員に『そんなに長く借りっぱなしだったのか』と疑われてしまうからね。しかし今回は運よく、十八日の記述は『ページをめくってすぐ』に来てくれている。十五日に放送当番だった辻君は、鍵を借りる時にノートを見て、そうなりそうだったことを覚えていたんだろう。だから犯行を決意した」

伊神さんがさっき、辻さんに校内放送で呼び出しをさせたのは、犯人が貸出ノートのトリックを使ったことを確認するためだけではなかったのだ。伊神さんは最初から、辻さんが犯人である、という確証を得るためにやっていた。

「……やっぱり、辻先輩……だったんですか」円城寺さんが、かすれた声で言った。「でも、ちょっと待ってください。それじゃ意味ないじゃないですか。辻先輩が犯人なら、どうして自分が疑われるようなこと」

「疑われたけど、葉山君と三野君の説明で容疑が晴れたでしょ」伊神さんはポケットに手をつっこみ、円城寺さんに視線を返す。「犯人が放送室に、大仰なセッティングをしたのはそのためでもある。最初は辻君が疑われるかもしれないけど、論理的に考えればすぐに彼女が犯人でない、と分かる」

「それ……え？　どういうことっすか？」塚原君が困惑して眉を上げる。「あれっすか？　一度容疑者になった人はもう安全圏、みたいな？」

「辻君は朝に鍵を借りたせいで、最初は容疑者になった。辻君は放送室の手の込んだセッティングのおかげで容疑者でなくなった。そして辻君が犯行後、放送室の鍵をしっかりかけていたせいで、犯行可能な人間はいない、と思われた」伊神さんは読み上げるように言う。「それらすべてが目的だったとしたら？　つまり犯人である辻君は、一度は容疑者になりたかった。でも最後まで容疑者でいるのは嫌だった。それと同時に、部員の誰かが容疑者になってしまうのも嫌だった」

「容疑者に、なりたかった……？」円城寺さんも訝《いぶか》しげに眉をひそめた。

だが、皆が伊神さんの言葉を噛み砕こうとする前に、辻さんが大声で言った。

「ごめんなさい！」

辻さんは、ぱっと頭を下げた。「ごめんなさい。本当にごめんなさい」

「いえ、それはその」事件当初辻さんに突っかかっていた円城寺さんは、今はむしろ困惑しているようだ。「それより、どういう理由で……」

「悪戯なんです。最初は、ただの」辻さんは前屈運動でもするように、ぎりぎりまで頭を下げたまま言った。「最初は軽い気持ちでやったんです。いつも鍵、借りてるうちに思いついて……。『市立七不思議』、盛り上がってるし。機材でやってみたらみんな、びっくりするかな、って。……でも、ごめんなさい。あたしバカでした。こんなに深刻になるなんて思わなくて、それで、どうしよう、ってなっちゃって」

「悪戯……？」円城寺さんの表情に、さっと怒りの影が差す。「何やってるんですか？」

「いや、面白かったよ」

伊神さんはのんびり言ったが、むろん、そんなふうに感じるのはこの人だけだ。円城寺さんは盛大に溜め息をつき、塚原君も失望したような顔で肩をすくめた。

「ほんとごめんなさい。あたし、バカで、浅はかで」

隣にいる青砥さんが、辻さんの頭にごつん、と拳骨を落とした。

ごめんなさい、もう首しめてください、と謝る辻さんの横で、伊神さんはやれやれ、とジェスチャーをし、戸を開けてさっさと出ていった。

視界の隅にそれを捉えた僕は、伊神さんの表情に何かがあることに気付いた。なるべく目立たないように席を立ち、バッグを摑んで戸に体をねじこみ、廊下に出る。後ろ手でゆっくり戸を閉めると、階段を下りてゆく伊神さんを追いかけた。「伊神さん」

伊神さんは踊り場で立ち止まった。僕は階段を一段飛ばしで下り、その横に並ぶ。

「ありがとうございます。おかげで、放送室の方も……」

そこまで言った僕は、伊神さんの表情が妙に厳しくなっているのを見た。「……伊神さん？」

伊神さんは黙って階段を下り始めてしまう。僕は離されないように後を追った。

「伊神さん？」

「辻君の動機だけど」伊神さんは階段を下りながら、こちらを見ずに言う。「君、さっきの様子から推測できる？」

どうだろう、と一瞬、考えたが、頷いた。「……なんとなく、は。たぶん、青砥さんとのことだと思うんです」

「だろうね。だとすると、昨日の小林君と辻君の間には何の連絡もなかったことになる」伊神さんはポケットに手をつっこんだまま階段を下りる。「……どういうことなんだろうね」

伊神さんが何で悩んでいるのか分からず、僕は階段で立ち止まった。この人がこんなに悩んでいる表情を見せるのは珍しいことだった。

事件は解決したのに。……何か、不可解なことがあるのだろうか。

ふと背中に視線を感じ、後ろを振り返った。

僕が立っているところは踊り場であり、背後に誰かがいるわけではなかった。だが窓の外、正面にそびえる別館の窓辺に、白いシャツを着た女性が立ってこちらを見ていることに気付いた。生徒ではない。しかし教職員の誰なのか、この距離では顔が分からない。

階段の下から伊神さんの声が聞こえてきた。「何してるの。行くよ」

「あっ、はい」

急いで階段を下りかけ、三段ほど下りたところでなんとなくもう一度、窓を振り返った。

別館の窓辺にいた女性は、もう姿を消していた。

辻 霧絵《きりえ》

生まれついてのうっかり者で、小さい頃からヘマばかりしていた。

もともと待つのが嫌いなたちで、きちんと準備をしてから動く、というのが苦手だった。目の前にできることがあるのに、手を出さずに待っている、というのがじりじりするのだ。

それで、数限りない失敗をしてきた。赤ちゃんの頃から、あたしは随分と手のかかる子供だったらしく、母は今でも「小さい頃のあんたは、あらゆる独創的な手段を使って全力で死のうとしていた」と言う。熱いものには手を伸ばして火傷《やけど》し、穴があれば覗き込んで落ち、高いところのものは引っぱって頭上に落とした。完全にバカだ。幼稚園の頃、フェンスによじ登ってドブ川に落ちたこともあったし、小学校の頃、階段の一番上から飛んでみたらどうなるだろう、と思って実行し、足首を捻挫した。

そういうバカさ加減は日常的に、もっと細かいところで出ていた。宿題は忘れる。持ってこいと言われたものを持ってこない。体操教室の月謝袋をなくす。遊園地で迷子になる。友達の誕生日を間違えてプレゼントを買ってくる。高校受験の時なんか合格発表の日を間違えて、友達にメールで教えてもらうまで、家でのんびりテレビを観ていた。「霧絵」というなんとなく大和撫子《やまとなでしこ》っぽい名前とは裏腹に、あたしは落ち着きのないフツツカモノだった。

それだけなら愉快なやつで済むかもしれない。でも現実のうっかり者というのは、決して愉快ではないのだった。ドブ川に落ちた時は大騒ぎになり、助けようと思った大人が一人、足をひねってしまったという。やってくるはずの課題を忘れたせいで、班の友達全員に迷惑がかかった。誕生日を間違えられた友達は、何回も言ったことあるのに、と傷ついた顔をしていた。

うっかりというのは本人だけでは済まず、多くの場合、まわりの人にも迷惑をかける。

中学、高校と進むにつれて、いつまで経ってもヘマを繰り返す自分が嫌になってきた。友達の中には、あたしのヘマを笑って許してくれる人ばかりではなかった。しっかりしている人からすれば、うっかり者というのは「ミスを減らす努力をしない怠け者」に見えるのだ。

自分でもそう思っていたから、これでも努力をしてきた。どこかに出かけると決まった時には、道に迷わないように地図を印刷したし、忘れてはいけないことは書いて覚えようと思って、制服の胸ポケットにメモ帳とペンを携帯することにした。でも意味がなかった。印刷した地図は肝心の目的地周辺が切れていたり、そもそもせっかく印刷した地図を忘れて出かけたりした。メモ帳を携帯していても書き込むことを忘れたし、書き込んだのに、書き込んだことを確認するのを忘れて、結局意味がなかったりした。そのたび、人に迷惑をかけた。

だから、あたしは怖かった。

間抜けなキャラというのは、友達の間ではそれほど嫌われない。だけど、ここまでひどいとなるとどうなのだろう。現実に迷惑をかけてしまっているのに、あいつだからしょうがない、と、いつまでも許してもらえるとは思えなかった。あいつはまわりにフォローしてもらえると思って甘えている。気をつけようとしていない。まわりに迷惑をかけていることに気付いていない——そう思われるかもしれなかったし、もっと怖いのは「あいつは天然ボケのキャラを作ろうとして、わざとやっている」と思われることだった。

それなのに、どうしてもヘマは出てしまった。そのたびに、あたしは迷惑をかけた友達に詫びながら、心の中ではいつも全力で訴えていた。「気をつけていたの。本当に。悪気があったわけじゃない」

青砥が好きだった。

高校に入って、映研で一緒になった。落ち着いていたから、最初は上級生だと勘違いして敬語で話していた。

青砥はあたしと正反対だった。何かをする時はきちんと準備をするし、何かを言う時は冷静に言葉を選んでいた。ちゃんとしている人、というのはこうなのだ、と思い、こういうふうになれたらいいのに、と思った。

それだけでなくて、青砥は面倒見がよくて優しかった。あたしがうっかり者だということは入部初日でばれていたけど、青砥はしょうがないなあ、と笑いながらあたしのフォローをしてくれた。同級生なのに、お姉ちゃんみたいだった。

何より嬉しかったのは、青砥があたしの不毛な努力を、ちゃんと見てくれていることだった。映研で準備した小道具に漏れがあって、撮影が遅れたことがあった。あたしは平謝りに謝って、近所の店に買いに走り、なかなか売っている店を見つけられなくてますます撮影を遅らせた。自分の間抜けさ加減に泣きそうになっている時、青砥から電話が来て、もっと近くの店で売ってたから大丈夫、戻っておいで、と言われた。謝りながら汗だくで戻ったあたしを彼女は労《ねぎら》ってくれて、先輩に「忘れんなよ」と怒られた時も、「一応これでも、忘れないように全部メモには取ってたんですよ」と庇《かば》ってくれた。こっそりメモを取っていたことは誰にも言っていなかったのに、青砥は見ていてくれた。

青砥が好きだった。だから余計に怖かった。いつか愛想を尽かされるんじゃないか、と。

自覚はあった。あたしは青砥といる時、つい彼女に甘えていた。学校でもそれ以外でも、彼女が間違いを直してくれたことは何度もあった。忘れていた授業の準備をあたしの分までやってきてくれたり、よく分からない手続は一緒にやってくれた。話しても、大抵彼女が聞き役をしてくれた。青砥と一緒にいるのは楽だったけど、だから余計に、迷惑がられているんじゃないか、と不安だった。気付いたのだ。よく考えてみれば、あたしは青砥に与えてもらってばかりで、あたしの方が彼女の役に立った記憶というのが、全然ない。青砥は優しいから、本心ではあたしのことを面倒に思っていても、一人にするのが心配だからつきあっていてくれるのではないか。あたしなんかとは、機会があれば縁を切りたい、と思っているのではないか。

最初は、ふと不安に思っただけだった。でも、考え始めたら不安がどんどん膨らんで、頭から離れなくなった。

毎日、青砥と別れるたび、家に帰って悩んだ。それまで平気だった、あらゆることが気になった。今日の自分は大丈夫だっただろうか。子供っぽい振舞いをしなかっただろうか。手間をかけさせることはなかっただろうか。あたしばかり話していた。つまらない話だなあ、と思われていないだろうか。あそこに行くことはあたし一人で決めてしまったけど、青砥は他のところがよかったのではないか。よく考えてみればあの発言は変な意味にとられかねないけど、大丈夫だっただろうか……。

そのうちにあたしは毎晩、お風呂に入る時と寝る前、青砥の前でのその日の言動を細かく採点して一喜一憂するようになった。減点がない日はほとんどなくて、その分だけ青砥が愛想をつかす日が近づいた、と思うと、体が冷えた。彼女に訊きたかった。今日のあたしの減点はいくつ？　これまでの合計は？　嫌われないでいられる持ち点は、あと何点残ってるの？

……もしかしたら、とっくにもう嫌われているの？

確かめる方法はなかった。直接訊いたとしても、彼女はきっと本心を言わない。それに、そんなことは怖くてとても訊けなかった。大昔からとっくに嫌われていて、やっと気付いたのか、と言われるかもしれなかった。溜めていたこれまでの不満をぶちまけられるかもしれなかった。あたしはバカだ。だからって、あんなことをするなんて。

何か確かめる手はないだろうか、と思ったのだ。青砥があたしを本当は嫌っているかどうか。例えば、もしあたしがピンチになったら、青砥は助けてくれるだろうか？

そんなふうに考えをめぐらせながら過ごす日が続いた。そして十月に入って、超研の冊子が配られた時に、思いついてしまった。

どうして思いついたのかはよく分からない。ただ、あの冊子を見た時、あの中の「カシマレイコさん」の記事が妙に気になったのだ。あたしの後ろで何かが囁《ささや》いたような気がした。今ならできるよ、と。

放課後一旦家に帰るだけで、スピーカーとか扇風機とか、必要なものは揃う。それなら、ここに載っている「カシマレイコさん」にちなんで軽い事件を起こしてみたらどうだろう、と思った。あたし自身が容疑者になって、ピンチになるように。他の誰かが疑われないように。うっかり失敗をしないように、じっくり考えて。

計画はうまくいった。あたしは計算通り、容疑者になった。自分で反論するまでもなく、葉山君と三野君があたしを無実にしてくれて、誰も容疑者にならずに済んだ。そして青砥は、円城寺さんに疑われるあたしを、真っ先に庇ってくれた。

彼女を見て、涙がこらえられなかった。あたしを全然疑わずに庇ってくれた青砥に安心したのと、嬉しかったのと、それから、申し訳なかった。

あたしは本物のバカだ。青砥が庇ってくれるまで、本気で気付いていなかった。自分が彼女を試している、ということに。

青砥はいつも助けてくれるのに。あたしのことを分かってくれるのに。あたしは青砥の気持ちを疑って、試したのだ。傲慢で、臆病で、卑怯。最低だった。

それなのに。

青砥にやわらかく拳骨を落とされて、分かった。彼女はあたしがどうしてこんなことをしたのか、全部分かっている。分かった上で、何も言わないでくれているのだ。

どうやって謝ればいいんだろう。彼女にも他の人にも。

青砥にはどう言えばいいんだろう。大好きだ、と、ずっと友達でいたい、と、そのまま言えばいいのだろうか。いつも考えなしに喋るくせに、こういう時だけは、あたしは無鉄砲になれない。

11

「辻さんが『自分が容疑者になる』ために事件を起こしたのだとしたら」

階段を下りながら、先を行く伊神さんの背中に言う。「容疑者になった後、辻さんが一番動揺したのはどこかな、と思ったんです。間違いなくあの時でした。円城寺さんに疑われていた辻さんを、青砥さんが庇《かば》った時、辻さんは一番動揺してました」

「青砥君の気を引くためにわざと容疑者になってみせた。あるいは、青砥君が自分の味方をしようとしてくれるかどうか試そうとした」

伊神さんが立ち止まってこちらを向いたので、気になったことを訊いてみることにする。

「それより伊神さん、さっき『どういうことなんだろうね』って言ってましたけど……」

「小林君と辻君の間には、意思の連絡が全くない。つまり二人は、ばらばらに今回の犯行を思いついた。小林君は『口裂け女』を、辻君は『カシマレイコ』を」

階段を下りかけた姿勢のままだった伊神さんは足を戻して階段の壁にもたれ、二つ下の段から僕を見た。伊神さんは背が高いので、それでもあまり見上げてくる感じにならない。

「そしてもう一つ、用務員室の事件では『花子さん』が登場している。この事件だって、犯人は前の二人とは何の関係もない人間だよ。おそらくは前の二人と同様『なんとなく』思いついたんだろう」

「はい」

「超研の冊子に載っていた『市立《いちりつ》七不思議』という呼び方は、超研が勝手につけたものだよね。それまでは『市立三怪』と呼ばれた、例の三つだけだった」

「そうですね」頷き、人が下りてきたので伊神さんと反対側によける。制服のブレザー越しに、背中をくっつけた壁の冷たい感触がかすかに伝わってきた。

「その三つが揃った。同時期に、一つも欠けることなく、被ることもなく」

「……そういうことになりますね」

言葉にしてしまうと、事実の奇妙さが際立った。これは偶然なのだろうか。

「そうなんだよ」伊神さんは困ったように言う。「……これ、偶然だと思う？」

周囲が急に静かになった気がした。薄暗い階段は上ってくる人も、下りてくる人もいない。なぜか廊下からも、人の話し声が一切聞こえてこない。

三人の犯人が、「市立三怪」に見立てた事件をばらばらに起こした。お互いに何の連絡もないのに、まるで誰かに言われて分担したかのように。

超研の冊子が配られた後だから、複数の人間がそれに見立てた悪戯《いたずら》を同時に思いつく、ということは考えられる。だが一つの過不足もなく、昔から「市立三怪」と呼ばれていた三つに当てはまった、というのはどういうことだろう？

「ぐ……」

「偶然だよ。もちろん。心理的に確証バイアスがかかって、解釈する僕たちの方がこじつけてしまっているんだろう」伊神さんは僕をじっと見て、言う。「でもね、用務員室の事件について気になったから、あそこで扱われた『花子さん』について、少し調べてみたんだよね。そうしたら面白いことが分かった」

「……面白いこと？」

「あとで教えるよ。僕はそれについてもう少し、調べてみる」伊神さんは壁から背を離した。

「その間、君は用務員室の捜査の仕上げをしておいてね」

「えっ、仕上げって、でも」あれは不可能犯罪だったように思えるのだが。

しかし伊神さんは、やれやれ、と頭を掻いた。「君なら、考えれば思いつきそうなものだけど」

伊神さんは用務員室の事件の真相を、さらりと説明してくれた。

それを聞いた僕は、体温で温まり始めていた壁から背中を離した。「用務員室、行ってきます。御隠居……徳武さんに話を聞かないと」

「そうしてくれ。僕はこれからちょっと出かける。そっちが終わったら連絡を」

「はい」

僕と伊神さんは先を争うように早足で階段を下り、廊下の右と左に別れた。

幸い、御隠居こと徳武さんは用務員室にいてくれた。ドアを開けた徳武さんは僕が単独でまた訪ねてきたのを見て微妙に「どうしたのだろう」という目をしたが、基本的に来た人は歓迎してくれるらしく、おお君か、入りなさい、と言って部屋に上げてくれた。あまり大っぴらにしたくない話になるはずだったので、後ろ手でドアを閉めて上履きを脱ぎながら、僕はとりあえずほっとしていた。

徳武さんはまたお茶を出そうとしてくれ、シンクの下の棚から菓子まで出そうとしてくれた。もしかしてわざわざ用意しておいてくれたのか、と思うと迷ったが、僕は「ほんとにすぐ帰るんで」と言って遠慮してしまった。先刻の階段でのやりとりからずっと気持ちがざわついていて、食欲など完全に忘れていた。固形物を食べられる気がしなかったのだ。出してもらって不味《まず》そうに食べたらそちらの方が悪い。

僕はすぐに辞去することを示すために正座した。それでもお茶だけは淹れてくれた徳武さんがちゃぶ台の向かいに座り、淹れたてのお茶を一口すするまでの間、僕はどう切りだそうか考えていた。

「……ここに、花子さんの人形が出現していたことについてなんですけど」

「……ああ」徳武さんは曖昧《あいまい》に微笑《ほほえ》んだ。「何か分かったかい」

「すべて分かりました。真相が」

すぐにそう返したので、やや険があったかもしれない、と思って徳武さんを見るが、徳武さんは無言でお茶をすすっているだけだった。

「そもそも、この件にはすごく奇妙な点がいくつかあったんです」

事件、とはっきり言うのは少々面映ゆいものがある。「一番不思議だったのが、犯人がどうやってこの部屋に侵入したのか、でした。窓は鍵がかかっていたから、そこのドアから入るしかない。でもドアは、時々、徳武さんが鍵をかけずに出る時以外は開けられない。その一方で、あなたが鍵をかけなかった時を狙って入る、なんていうのは、どう考えても不可能でした」

正座したままちょっと腰を浮かせ、足の位置を直す。

「だから僕は、犯人が用務員室に侵入できたのはたまたまだった、と思ってたんです。あらかじめ『柳瀬沙織』を名乗ってここを訪ね、何らかの手を使って侵入しようと考えていた犯人は、たまたまあなたが鍵をかけずに出たのを見つけて、ちょうどいい、と思って用務員室にさっと入ったんだと」

またちょっと腰を浮かせる。普段は洋室で過ごしているので正座には慣れていない。足が痺《しび》れないか心配である。

「でも、考えてみたらそれはかなり無理があるんです。あなたが鍵をかけずに出たのを見て侵入しようと思いつき、周囲を窺ってドアから入る。そこまでならいいですけど、それじゃ出る時はどうすればいいのか、分かりませんよね。ドアの中からは外の様子が一切分からない。見通しのいい一階の廊下で、どのタイミングでドアを開けて出れば誰にも見られないかは判断のしようがない。そしてもし誰かに見られたら、何をやっていたんだ、という話になる。それは犯人が生徒であっても教職員であっても同じです。下見までして犯行を計画していた慎重な犯人が、こんなリスクを冒すとは思えません」

向かいに座る徳武さんを見る。やはり湯呑みを持ち上げて、お茶をすすっている。

「それに、リスク覚悟で侵入したなら、窓から脱出すればいいはずなんです。窓からなら外の様子を窺ってから出られるし、車の陰に出れば見られずに済む。なのに窓には内側から鍵がかかっていたんです。どうして犯人は窓から出なかったんでしょうか」

窓の方に視線を移す。今もやはり職員の車が停まっている。

「不可解な点はまだあります。犯人が机の上にあったメモ用紙をちぎって、筆跡がばれないよう利き手の反対で花子さんの手紙を書いていった、というのも、よく考えてみれば変です。犯人は一体、誰に対して筆跡を隠したかったんでしょうか？　書き残したメモを見るのは徳武さんだけです。徳武さん、筆跡鑑定ができたりしますか？」

徳武さんは笑って「まさか」と答えた。

「それなら、犯人はなぜ筆跡を隠したんでしょうか。徳武さんがいつこの部屋に戻ってくるかは分からないんです。犯人は一刻も早く脱出したかったはずなのに、どうしてわざわざ、時間をかけて利き手と反対の手で字を書いたりしたんでしょうか」

間を置く。徳武さんの顔からはさっきの笑いがもう消えていて、かわりに沈黙があった。

話している僕も、やはりここまでくると緊張する。体をちょっと浮かして、知らぬ間に痺れかけていた足を回復させようと試みる。

「結論は一つしかありません。犯人はあなた自身だった。引き出しに赤く塗られた人形が入れられていた、という事件は、あなたの自作自演だったんです。人形やメモはあなた自身が用意したものだし、事件前に訪ねてきた女子がいる、というのも作り話です」

湯呑みに視線を落としている徳武さんに向かい、一気に言う。

「あなたは十月十九日、僕と柳瀬さんから七不思議に見立てた事件の発生を聞き、自分のところにも起こったことにしよう、と考えた。そう考えれば不可解な点がすべて解決します。犯人が窓から出なかったのは出る必要がなかったからですし、あなたが犯人なら、急いでいたはずの犯人がわざわざメモ帳に、筆跡を隠した字を残していったことも辻褄《つじつま》があう。犯人は事件を、僕たちが関わっている七不思議絡みだとアピールする必要があった。でも急ぐ必要はなかったから、のんびりメモを書けた。ただし犯人がメモを見せたかったのは僕たちに対してだったから、筆跡は隠さなければならなかった。筆跡鑑定なんてできなくたって、七十前の男性であるあなたが書いた字が、十代の女子高生の字に見えないことぐらいは分かる。関係者の中で、筆跡を隠す理由があるのはあなただけなんです」

徳武さんは僕が言葉を切っても、湯呑みを見たまま沈黙していた。

「……私が、なんでそんなことをするんだい」徳武さんは笑ってみせたが、僕の目を見ようとはしなかった。「生徒の真似をして悪戯をしたとでもいうのかね、私が」

「理由の方も、推理したら分かりました」

僕は少し深く呼吸をして、勢いをつけた。「十月十九日、最初にあなたに話しかけた時、あなたは僕や柳瀬さんの名前を知らなかった。ですが翌日訪れた時は、あなたは『柳瀬沙織』という名前を出して作り話をしている。つまり、あなたは柳瀬さんの名前を知っていながら、そのことを隠していた」

柳瀬さんは放送委員の時、お昼の放送で有名人だったのだ。生徒だけでなく教職員でも、彼女の名前は知っているはず。まず、ひっかかった原因はそこだった。

「そしてあなたは、あたかも自分が『市立三怪』の情報を握っているかのように言い、また来なさい、と言った。僕と柳瀬さんに」

では、なぜこの人が僕と柳瀬さんに対し、「自分のところでも事件があった」と嘘をついたのか。それはずっと分からなかったが、今、自分で話した言葉を聞いて確信した。徳武さんの行動は終始、柳瀬さんを指向しているのだ。

「……徳武さん。あなたは柳瀬さんが好きだったんですね？」

言ってから呼吸をし直し、先を続ける。「あなたは柳瀬さんに会いたくて、ありもしない事件をでっち上げた。そして自分にまた会いにきてくれるように誘導した。結果として、柳瀬さんはまた用務員室に来てくれましたね。そして僕たちが用務員室を訪ねてきたら、柳瀬さんが事件を無視できなくなるよう、あの人の名前を出した。二回目に訪ねた時は僕一人だったから、『一人かい』と言ったあなたは内心、がっかりしていたかもしれないですね」

湯呑みに視線を落としたまま動かない徳武さんを観察する。平気を装っているようだったが、あまりに動かなすぎたし、よく見ると湯呑みを持つ手が小さく震えていた。

「……何を馬鹿な」

徳武さんは下を向いたまま、かすれる声で言った。「私は来年、七十だ。十代の子供相手に」

「年齢は関係ないです。九十歳のお婆ちゃんが二十歳《はたち》そこそこの介護士を好きになった、なんて話、ざらにありますよ」

看護師の母から聞いたことだ。七十、八十を過ぎた老人が若い看護師を本気で口説《くど》いたりするのも、よくあることらしい。

「僕だって、『七十歳なら枯れきっているだろう』とか『恋愛なんてありえない』とか、そんなふうに決めつけるほど世間知らずじゃないつもりです」

なんだか、こう話していると僕の方が年上みたいに思えてくる。相手は七十近い大人なのに。

徳武さんは黙った。怒りだすだろうか、と少し怖くなる。推理が当たっていることは確認できたのだから、相手がキレたら一目散に逃げるだけだが。

「そう思って考えてみたら、思い当たることもある気がするんです。あなたが柳瀬さんを見る目は、なんとなく眩《まぶ》しそうでしたから」

たぶん、柳瀬さんの方は全く気付いていないし、「御隠居」が自分をそういう目で見ていることなど、考えたこともないだろう。

「申し訳ないですけど、今の話、柳瀬さん本人に伝えさせてもらいますよ」

徳武さんはぎくりとして顔を上げた。「おい」

「あなたが事件に関連して『柳瀬沙織』の名前を出した結果、柳瀬さんは、自分に対して恨みをもつ犯人がどこかにいるのではないか、と疑っています。顔には出さないけど、あの人だって多少なりとも不安を感じているはずですから、そのままにはできません。……それに」

徳武さんの目を見ると、彼はさっと視線を落とした。「あなたが今後、『事件に関して知っていることを教えてあげる』という理由で、全く警戒していない柳瀬さんをこの部屋に誘い込む可能性が、ないわけじゃないんです。この部屋は狭くて畳敷きで、くつろげるようになっている。それに、ドアには鍵がかけられて、外と遮断できる。失礼ですけど、柳瀬さんのことを好きな人と、そういう空間で二人きりにさせたくありません」

「おい」

徳武さんが視線を上げ、まともに僕を睨んだ。物分かりの良い笑みが消え、もはや子供を相手にしている「用務員さん」ではなく、完全にただのおじさんの顔になっていた。

僕は息を止め、視線をそらさないようにこらえた。極めて失礼な物言いであることが分かっているから後ろめたいし、体育の苦手な僕が現場仕事をする大人に腕力でかなうとは思えなかった。

だが、ここで僕が、断固とした態度を見せることが大事なのだ。そう思ってこらえた。後ろめたいのも怖いのも、最初から織り込み済みのはずだ。僕はいってみれば、徳武さんに喧嘩を売っているのだから。

無意識のうちに唾を飲み込んでしまうのはどうしようもなかったが、僕は徳武さんの視線を押し返すように見た。ここで逃げるわけにはいかないのだし、こういう失礼は許されるはずだった。柳瀬さんが気付いていないのをいいことに、彼女に近寄ろうとする男がいる。それに吠えつくだけだ。何もおかしいことはない。

だから視線をそらさずに踏ん張った。負けるものか、と思った。

徳武さんは、思ったよりも早く牙を収めた。数秒間、視線がぶつかったままで、僕がまだ続くのか、いいだろういくらでも睨みあってやる、と決めた瞬間、むこうが視線を落としたのだ。

僕は気付かれないよう、止めていた呼吸をゆっくりとし直した。

「……まあ、勝手にすればいいが」徳武さんはぼそりと言った。「なんだい君は。あの子のことが好きなのかい」

いきなり訊かれてまた息が止まり、一瞬後に、ああ反撃されたのだな、と理解した。戦闘状態になっている僕は、心の中でふん、と吐き捨てた。「しゃらくせえ」という言い方はこういう時にするのだろう、と漠然と考えた。

それから思った。こんな反撃は一撃でねじ伏せられる。

「はい」

はっきり答えられた。予想より大きな声が出たくらいだ。

「……でも、あの人は本心がどうなのか、分からない人ですから。こっちが本気になった途端、やっぱり違う、って言われそうで」

考えて言ったことではなくて、むしろ言葉にして初めて、自分はそう思っていたのか、と気付いた。そういえば、僕自身の気持ちを言葉にして言ったのは初めてだ。

自分の言った言葉に自分で頷く。夏の時点で明らかだったことだ。確かに、好きだった。その一方で不安でもあったのだ。伊神さんなどもそうなのだが、どうも柳瀬さんは計り知れないところがあって、僕と同じ世界の人、という気がしないのだ。あの人が僕みたいな普通の人間の彼女に収まるとはどうしても思えない。なんだかんだ言って、結局は「そっちの世界」の人とくっついてしまうような気がするのだ。それなら今のままの方がいい、と思う臆病な部分も、確かにある。

「……こりゃ、また」

徳武さんは肩を震わせ、くく、と笑った。「青春だね。いいね、若い人は」

そういえば、ここまで言う必要はなかったのだな、と思う。まあいい。この人に聞かれたところでどこかに漏れるということもあるまいし、とにかく決着はついた。

「これで、失礼します」僕は立ち上がった。足が痺れていることに気付いて、ちょっとふらつきそうになるのをこらえる。「お茶、ごちそうさまでした」

上履きを履いてドアを押し開ける。そのまま出ようと思ったが、まだ訊いておくべきことがあるのに気付いた。

「……七不思議は七つあったんです。どうして『花子さん』にしようと思ったんですか？」

いきなりの質問に、徳武さんは最初、声の出し方を忘れたかのようにぐう、と唸った。

だが、疲れたような声で答えた。「……なんとなく、そう思っただけだ」

「そうですか」僕は頭を下げた。「……ありがとうございます」

廊下に出て、用務員室のドアを閉じる。少なくともこの人が退職するまでは、このドアを開けることはもうないだろう。

徳武満夫《みつお》

少年時代は硬派で通していた。あの頃は色恋にうつつをぬかす男は軟弱、という考えがまだ通っていたし、自分のいた地域の柄もそうだったのだろう。男は硬派であるべき。女の尻など追いかけまわすのはふにゃふにゃの根性なし、という考えが支配的な地域で育った。今のようにインターネットがあるわけでなく、テレビも金持ちの家にしかなかった時代のことだ。まわりに田んぼと林しかない田舎では、そうした考えに疑いを抱くようなきっかけもなかった。

腕っぷしに自信があったので、中学時代はよく暴れた。級友たちの後押しをうけ、女学生と逢い引きをしただのという軟派を河原に呼び出してヤキを入れる、という行為を積極的にしていたこともあった。あの頃の悪友たちは、今頃どこでどうしているだろうか。同窓会には長い間行かないでいたが、最近、妙に気になるようになった。皆とっくに所帯を持ち、孫もできている歳だ。もう死んだ者もいるだろう。

中学を卒業して集団就職で東京に出て、工場に勤めた。今思えばひどく体に悪かったはずの煤煙の中で、汗を流して働いた。仕事を覚えるのは得意で、手作業もできたので、工場ではそれなりに重宝された。学生時代にやっていたような「ヤキ入れ」こそしなかったが、女に興味がない、という態度は習い性で続けていた。工場の上の人間にはその方が受けがよかった。あいつはちょっと固すぎるが、間違いのない男だ、というのが、その頃の自分の評判だった。

逆にそのせいで縁ができた。二十四になった時、工場長から「いい娘《こ》がいるんだが、会ってみないか」と勧められた。世話になった工場長だったし、酒はほどほど、賭け事にも手を出さずに貯金していたおかげで、所帯を持てる蓄えはあった。田舎の両親を早く喜ばせてやりたい、ということもあって、紹介されたその娘と結婚した。地味だが「間違いのない」、要するに俺と同じような評判の娘だったこともあり、工場長は温かく祝ってくれ、社長は気前よく、大枚の祝儀を出してくれた。

だから、妻と恋愛をした、という記憶はない。めかしこんで料亭で見合いをしたのち二度ほど会い、それで結婚を決めた。愛しあっている、ということは夫婦の間では暗黙の了解だということにしていて、お互い相手をどう思っているかを、言葉で確かめたことはついぞなかった。自分にとっては妻が最初の女で、むこうもそうだった。この間読んだ週刊誌によれば、近頃は二十歳まで童貞の男は二割もいないらしい。婚前交渉すら罪悪感の隙間でやっていたような当時からすると、隔世の感がある。

あるいはそういう淡白さのせいもあったか、結婚しても十年以上、子供ができないままだった。どちらの両親も表立って妻を責めなかったのは幸いだったが、もともとどこか体の弱いところがある女だったらしい。妻が病気であっさり死んでしまい、自分はまた一人になった。それを悲しむ間もなく、勤めていた工場が潰れた。運の悪い潰れ方で、経理課長が持ち逃げをし、泣き面に蜂、とばかり、その直後に爆発事故が起こったのだ。

その後、工場長の紹介で市立《いちりつ》高校の用務員に収まることができた。仕事に不満はなかったし、それなりに金も暇もあったため、周囲からは新しい嫁を探せと言われたが、特にその気も起こらなかった。工場が潰れる少し前に両親が死んでしまっていたので義理はなかったし、もともと手作業が得意で家事もできたので、鰥夫《やもめ》で何が困るということもなかったのだ。家庭を持った友人から子供の話を聞き、羨ましいと思うことも時折あったが、用務員室という特殊な空間だからか、数年に一度、こちらに懐いてきて入り浸るようになる生徒がいた。それを息子のように可愛がっていれば充分だった。そうするうちにいつの間にか歳をとっていた。

仕事はサボらずにやっていたので、定年を過ぎても嘱託で雇われた。定年の時はさすがに、自分も歳をとった、と思ったが、体のどこにも特に悪いところがない、という恵まれた状態だったので、歳をとった、と言って笑ってみせるだけで、本心では中年のつもりでいた。世間はすどんどん変わっていったし、携帯電話やインターネットが普及しても、もとが器用な自分はすんなり使いこなすことができた。若者の風俗には時折驚かされたが、市立の生徒は昔から真面目で地味な子ばかりで、感心するほど礼儀をわきまえた子も多かったので、時代の移り変わりを不満に思ったことはなかった。もともと、学校全体にどことなくマイペースな空気が流れており、流行なぞどこ吹く風、と笑っているようなところがある学校だったから、自分には居心地がよかった。自分が加齢を意識することなく何十年もやってこられたのは、そのせいもあるのだろう。

歳をとった、ということを思い知らされたのは、彼女を知ってからだ。

演劇部の校内公演で体育館を使うから、体育館の配電盤を見せてほしい、と言ってきたのが最初だった。可愛い子だな、と思ったが、ただ顔が可愛いというだけでなく、全身に潑剌《はつらつ》とした輝きを持ち、それを惜しげもなく周囲に発散していた。よく通る声と豊かな表情を持ち、明るいが決して馬鹿ではなく、自信に裏付けられた堂々とした態度があった。

最初は保護者の目で見ていたはずだ。この子は大物になる、と思い、そう褒めた。照れる表情は歳相応に愛らしかった。

だが、それが縁で、廊下などですれ違う時に挨拶を交わすようになると、彼女はいつの間にか特別になってしまった。柳瀬沙織、という名前だと知る頃には、女生徒の集団の中に彼女を見つけただけで、あ、あの子がいるな、と嬉しくなった。「御隠居」という呼ばれ方は気になったが、自分を見つけた彼女が笑顔を見せてくれ、むこうから挨拶をしてくれると嬉しかった。そういう日は退勤時刻まで、鼻歌交じりに仕事ができた。

一人暮らしの孤独さのせいでもあったのだろう。いつしか、彼女のことを考えることが多くなっていた。挨拶を交わして笑顔を見られた日には、笑顔の意味を考えるようになっていた。もう少し話でもできたらいいのに、と思うようになったが、彼女が何かの用で用務員室を訪ねてきてくれるような機会は、いくら待っても訪れてくれなかった。

そしてそのまま、二年近くが過ぎた。ある日、突然気付いた。彼女は高校生であり、今は三年生だ。もうじき卒業し、会えなくなってしまうのだ。

なんと早いのだろう、と思った。だが確かに、昔、用務員室を訪ねてきたあの可愛らしい少女は、わずか二年の間に大人の雰囲気を纏《まと》うようになっていた。考えてみれば、もう十八歳なのだ。女の子、ではなく、女性、と呼んでもいい歳だ。

あるいは、それを意識したのがいけなかったのかもしれない。自分の気持ちが、過去に経験したことがないようなざわつき方をしていた。最初は訝《いぶか》しく思った。この気持ちは何だ。このもどかしさ。息苦しさ。身を切られるような激しさで彼女の何かを切望していながら、何を望んでいるのかがはっきりしない。これは何だ。

こんなはずではなかった。だが、明らかだった。

自分は恋をしている。七十を前にして、二十歳にもならぬ女子高生に恋をしているのだ。それも、生まれて初めて。初恋だ。

みっともない、どころではなかった。工場が潰れてから数十年、ついぞ使ったことのなかった「軟派」という言葉が脳裏をよぎった。俺は硬派なのだぞ、と念じ、そののちに落ち込んだ。一体何を言っているのだろう。これでは学生の頃と一緒ではないか。自分は五十数年間、全く成長してこなかったのだろうか。

しかし、恋慕の情はどうにもならなかった。それも、とても人には言えない、恥も何もない恋焦がれ方だった。

老いらくの恋、という風情のものなら、世間的にはありうることだと思っていた。孫のような年齢の相手を好ましく思うことも、あるだろうとは思っていた。だがその心境は、祖父が目を細めて孫娘を見守るような、そういうもっと穏やかな心持ちのものだと想像していた。

しかし、現実はまるで違った。柳瀬沙織に向けた自分の恋慕は全く若者の情熱そのままの、肉欲混じりの欲求だった。遠目に見る彼女の、瑞々しく張った肢体が、自分をどうにもならない気持ちにさせた。最近の女子高生は皆ミニスカートで、彼女もそうだったので、むき出しの太股がいつも悩ましかった。夏場になると、襟元からのぞく肌と、白いブラウスに透ける下着の線に惹きつけられた。そうなった日は自宅に帰ってから、鏡の前で自分を罵った。いくつになったと思っているのだ。皺だらけのじじいが何を考えている。恥を知れ。

だが、どれだけ汚い言葉で自分を罵っても、どうにもならなかった。それならいっそ、と思い、やけくそで、彼女の体を思い描いて自慰をしようとしたが、それすらできなかった。彼女を穢《けが》すような気がしたのだ。

その自分を発見して、また愕然とした。これでは完全に、思春期の少年がする恋愛そのままではないか。

他人には絶対に言えなかった。匿名で、インターネットの相談コーナーで質問してみようかとも思ったが、顰蹙《ひんしゅく》を買い、気味悪がられることが容易に想像できた。誰にも気取られるわけにはいかなかった。柳瀬沙織に対しては、いっそ早く卒業してくれ、とさえ思った。

しかし十月十九日、そんな自分をあざ笑うかのように、彼女から話しかけられる、という事件が起こった。

降って湧いた、全く突然の僥倖《ぎょうこう》だった。彼女は今でも、一年生の頃と変わらぬ笑顔で自分を呼んでくれた。もうすぐ卒業で、自分の恋慕が抑えようもなくなった時に現れた彼女に、馬鹿なことではあるが、運命めいたものを感じたのだ。嘘をつき、あくまで平静を装って、明日、用務員室においで、と言ってみた。なんと彼女は頷いた。

彼女としばらくぶりに、本当にしばらくぶりに、光り輝くような会話をした。彼女が去ってしまってからは、足が床からふわふわと浮いていた。その頭で考えた。もっと会いたい。個人的な関係になる方法はないか。用務員室に誘う方法はないか。なんとかして自宅に誘えないだろうか。

顔が緩んでいるかもしれないと思い、用務員室に飛び込んで座り込み、悩んだ。そして、あることに気付いてはっとした。

彼女と一緒に、男子生徒が一人いた。葉山くん、と呼ばれていた。あれは何だ。

そういえば彼女は傘を持っていなかった。ということは、あの葉山という男子生徒と相合傘をしていたのか。二人でどこに行く途中だったのだろう。どういう関係なのだ。

恋愛などに関わらずに生きてきた自分は、当然気付いていて然るべきことに気付いていなかった。柳瀬沙織に男がいるかもしれない、という可能性に。

考えてみれば当然のことだった。ここの生徒の半分は男なのだ。彼女が放っておかれるはずがない。

そう気付いた自分は、自分の間抜けさに舌打ちし、ついで笑おうとした。笑って、さっさと諦めようと思った。

だが、それもできなかった。諦めた気分になりかけたと思ったら、嫉妬が燃え上がった。嫉妬に疲れたつもりでいたら、疑心暗鬼になった。二人はどういう関係なのだ。あの葉山という男子生徒は、彼女の何なのか。知りたい。

悶々としているうちに、思いついた。七不思議とやらで、ちょっと悪戯をしてみよう、と。その日捨てられていたごみの中に「市立七不思議」の文字が入った冊子が大量にあったのを思い出し、集積所の燃えるごみの袋を開いた。冊子の、「花子さん」の記事を読んでいる時、頭の後ろで何かが囁《ささや》いた気がした。いや、確かに囁いた。聞こえたのだ。「今ならできるよ」と。帰りに、勇気を出しておもちゃ屋に入り、孫に買ってやりたくて、と訊かれてもいないのに言いながら、人形を手に入れた。心の中では「自分は一体何をしているのだ」という冷静な声も聞こえていたが、「今やらないと、これから毎晩悩みつづけることになるぞ」という声の方が大きかった。

結局その企みは、あの葉山という少年にあっさりと見破られたのだが。

用務員室に座り込んで湯呑みを見ながら、葉山という少年のことを思い出す。小さくてひ弱な印象だが、内面はとても大人びていて、芯の強そうな少年だった。あれなら、柳瀬沙織が好きになってもおかしくはない。

そしてあの少年は、自分に向かってはっきりと言った。彼女が好きだ、と。

対する自分はどうだったか。彼の問いに答えられなくなり、目を合わせていることができなくなり、先に目を伏せたのは自分だった。あの少年と違い、自分の恋心を認めることすらできなかった。若い者とは違う、などという言い訳はできない。あの少年が自分を年寄りとして扱ったことは、一度もなかったのだから。

つまり自分は、恋に破れたのだ。この歳で。

そう認めてしまうと、なんだか急に清々しい気分になってきた。考えてみれば、笑ってしまうような話だった。この歳になって、久方振りに新鮮な体験をした。それも、墓の下の妻に言えないような体験を。明日は休みだ。墓参りに行って詫びねばなるまい。

湯呑みを握りしめたまま、喉の奥から、くく、と笑いが漏れた。頬が緩んでいるのが自覚できた。

頭の中で繰り返す。俺は七十を前にして初恋をし、そしてついさっき、恋に破れた。なんとおかしなことだろうか。なんと奇妙で、愉快で、思いもかけないことだろうか。

一杯やりたい気分だったが、この部屋に酒は置いていない。仕方なく、湯呑みに残ったぬるい茶で乾杯をした。自分の初恋と、その終わりに。

人生は、なかなかどうして素晴らしい。

12

昇降口に移動して伊神さんに電話をかけた。どこにいるのか、伊神さんはなかなか出なかったが、出るとすぐに「どうだった?」と訊いてきた。

「伊神さんの言う通りでしたよ。解決しました。ありがとうございます」

——そこじゃないよ。肝心のところはどうだったの。

そこじゃないのか、と思いながらも答える。『花子さん』にしようと思ったのは、なんとなく、だそうです。言い方からして何かを隠してるふうにも見えませんでしたし、本当にその通りなんだと思います」

電話のむこうが、少しの間静かになった。伊神さんの後ろからは屋外の喧噪のようなものは一切聞こえてこないから、近所の図書館にでもいるのだろうか。

——本当に「なんとなく」だというなら、不可解だね。

「ですよね」

通常ならそんな話にはならないだろうが、今回はそうだった。三つの事件の犯人である三人が三人とも、まるで示し合わせたかのように一つずつ「市立《いちりつ》三怪」を演出した。

——もちろん、偶然起こりうる範囲ではあるけど。

伊神さんは、なるべく客観的に、中立的な立場から判断するつもりで聞いてほしいんだけど、と前置きした。

「……何ですか?」伊神さんにしては珍しい前置きをする、と思った。

——用務員室の事件のことを聞いて、気になったからね。ちょっと調べてみたんだけど。

「はい」伊神さんは最前「面白いこと」と言っていたが、その話らしい。

——「市立三怪」の「花子さん」は、市立が今の校舎になる前から噂されていた。場所は一階の女子トイレだ。当時の校舎は木造二階建てで、トイレは一階にしかなかったそうだけど。

「まさか……」

——そのまさかだよ。現在の校舎ができる前、校舎本館が建っている場所には旧校舎がそのまま建っていた。昔の写真と地図を見て確認したけど、建て替え前の旧校舎では女子トイレのあった場所に、現在の用務員室ができている。

思わず廊下を振り返った。一瞬、僕の見ている校舎の輪郭が揺らぎ、見たこともないはずの旧校舎と二重写しになったような錯覚を覚えた。

——君から見てどう？　これはただの偶然と考えるべきだろうか？　それとも、非常に馬鹿馬鹿しいながら、何かがあると仮定すべきだろうか？

「と……」

当然何かがある、と言いかけて、僕は携帯を持ったまま停止した。そう答えれば当然、それについて調べてみよう、という話になる。それでいいのだろうか？

いつもなら、「気になるから調べてみましょう」で済ませていただろう。だが今の僕には、それに疑いを持つもう一人の自分が斜め後ろにいることも自覚していた。

……もうこちらの事件は解決したのだ。これ以上首をつっこむ必要がどこにある？

やらなくてもいいことに手を出した結果、新たな事件に関わることになるかもしれない。せっかく平穏に戻ったというのに、そうなったら損ではないのか。必要がない限り、ごたごたの臭いがする場所には関わりあいにならないのが無難。それが世間一般の常識ではないのか？

そもそも口裂け女事件の時、小林君には「あいつなら首をつっこんで調べるから」と思われ、利用されたばかりではないか。次に似たようなことが起こったら、誰かを傷つける結果にならないという保証はどこにもないのだ。そうなった時に責任がとれるか？　僕は学習すべきではないのか。事件が寄ってくる体質だというなら、ごたごたのありそうなところからはさっさと逃げて、余計な面倒は避けるべきではないのか。

耳元につけていた携帯を離して、画面を見た。伊神さんは僕の返答を待っているようで、ずっと黙っている。

不思議ですけど、常識的に考えればただの偶然でしょう。触らぬ神にたたりなしです。余計なことはやめときませんか？　わざわざごたごたに関わることないし、何かあったら責任とれないし。

そういうふうに言おうと、一度は考えた。だが電話の相手が誰なのかを考え、僕は溜め息をついた。携帯を顔の前に持っていたから、溜め息の音が電話口から伝わったかもしれない。

……伊神さんは興味がないことには指一本動かさない人だが、興味があれば地球の裏側にも平気で行きそうな人だ。僕がそう言ったところで、ただ単に「じゃあ僕一人で調べるよ」と言うだけだろう。そしてその時、あの人はひどく興ざめな顔をする。電話だからそれを見なくて済むわけだが、見えようが見えなかろうが、「期待外れ」と思われることには変わりがない。

そうなった場合、伊神さんの中で、僕は「普通の人間」にカテゴライズされることになるだろう。常識的で事なかれ主義で、スクランブル交差点が青信号になった時、先頭になって横断歩道に踏み出すことすら嫌がる「普通の人間」。伊神さんがどんなに凄くても、「まあ、あの人は別世界の住人だから」と他人顔で見上げるだけのその他大勢。それでいいじゃないか、とも思う。わざわざごたごたに首をつっこむような「個性」なんて必要だろうか。その他大勢大いに結構。無難万歳。平穏が一番ではないか？

僕は携帯を握りしめた。

……嫌だった。平穏万歳とは思うが、自分から、伊神さんを「別世界の住人だから」と見上げるだけの立場に引っ込みたくはなかった。だいたい、伊神さんを別世界に置いてしまったら、柳瀬さんとも別世界にいることを認めることになってしまう気がする。

僕は携帯を耳に当て、言った。「偶然かもしれませんが、何か気になります。もう少し調べてみましょう」

責任云々は、何かあったらその時に善処する、ということで手を打とう。

――そうだね。

答える伊神さんの口調からは感情が窺えない。僕がそう答えたことを喜んでくれているのか、答えるまでに時間がかかったことを残念に思っているのか、それとも何とも思っていないのか。いずれなのかは分からない。

――それなら、市立の「花子さん」について調べたことを言っておこうか。

「あれって昔、全国的に流行《はや》った都市伝説ですよね？　市立に何か関係あるんですか？」

――それをいま話すんだよ。人の話は落ち着いて聞こうよ。

「すいません」

――調べたんだけどね。一九六〇年に事件が発生している。女子トイレから大量の血痕が発見された、ということらしい。

「女子トイレ、って……」

――当時の新聞にも載っているよ。「六日午前十時半ごろ、市立蘇我《そが》高校校舎内の一階女子便所個室内にて生徒が大量の血痕を発見したため教師が通報。県警は殺人事件として捜査開始。五日下校時には血痕はなかったといい、同日夜の犯行とみられている」。

「ちょ」さっき言われたばかりだが、つい口をはさんでしまう。「つまり、殺人事件があったってことですか？　市立《ウチ》の旧校舎で？」

――死体は出ていないけど、当時の警察はそう判断した。事件は未解決のままのようだね。一九六〇年頃だと殺人事件の認知件数も今の倍近かったから、死体が出ないままじゃ今ほど騒がれなかったかもしれない。

肩から背中のあたりにかけて、冷たいものが走った。殺人事件があったというのか。五十年前に、ここで。

周囲を見回す。薄暗い廊下の湿っぽい空気。その中に血の臭いが混じっているような錯覚を覚え、つい嗅いでしまう。

――で、ここにもう一つの記事がある。

電話口のむこうでがさりと音がした。伊神さんは図書館でコピーした縮刷版か何かを見ているらしい。

——その九年後、一九六九年になって、隣の市の山林で子供の白骨死体が埋められているのが発見されている。埋められてから十年近く経過していて、八歳か九歳くらいの女の子とみられるそうだよ。記事を読む限りでは手足を切断して折り畳んだ上で布にくるんで埋めたみたいなんだけど、新聞には続報がないから、身元が判明したかどうかは分からない。

「その死体が、市立のトイレで殺された人のものだと？」言いながら考える。もし、そうだとするなら。「……八、九歳っていうことは、つまりその子が花子さんですか？　市立の花子さんは実在していて、五十年前に殺されたその子が元になったっていうことですか？」

——超研の〈エリア51〉は持っているね？　それを読んで、「花子さん」の噂の内容を確認してごらん。

「いえ、でも」僕はバッグを床に下ろし、膝をついて探りながら携帯に言う。「それ、場所が近いだけで無関係の死体じゃないですか？　小学生の子供が、どうして高校のトイレで殺されるんですか？」

——さっきの記事に書いてあることがすべて正確なら、市立のトイレで殺されたのは子供だと考えられる。

「えっ。……そうですか？」

手を止めて考える。伊神さんの話では、さっきの記事にあったのは「大量の血痕が発見された」ということだけで、被害者の年齢については何も書かれていなかったはずだ。

「あの記事からはむしろ、学校関係者の……生徒か教職員だと思えますけど」

——なんだ。君、人の話ちゃんと聞いてなかったね？

「えっ？」

いきなり予想外のことを言われた。溜め息の音がもろに電話口から聞こえてくる。

——いいかい？　トイレの個室の中には「大量の血痕」があった。にもかかわらず、発見されたのは翌朝の午前十時半。発見者は生徒なんだ。これはつまりどういうこと？

「つまり、その個室を使おうとしたら、中に血が……」言いながら思わず情景を想像してしまい、胃のあたりが苦しくなった。「……変ですか？」

——変だよ。個室内の血痕は死体がないにもかかわらず「殺人事件と」断定されるほど「大量」だったのに、生徒が個室の戸を開けるまで発見されなかったっていうことでしょ。つまり、個室の外には何の異状もなかったんだ。個室内で殺人があって、それだけの血痕が残っていたというなら、個室外のどこかにもそれ相応に血痕がなきゃおかしいでしょ。

「……つまり、犯人が掃除したってことですか？」

——だとすると犯人は、個室の外は全く異状がないほど綺麗に掃除したのに、中は一発で殺人事件があったと分かるほどの状態でそのままにしておいたっていうことになるけど？

「……確かに、変ですね」

だが、掃除をしなかったとしたら、外に血痕が残らなかったのはなぜだろう。犯人はそんなに手際よく死体を運び出すことができたのだろうか。普通は運び出す過程で、ある程度は周囲を汚すものではないのか。

「……いや、そうか」

――そうだよ。

伊神さんが、呆れ混じりの声で言う。

――犯人がそれほどまでに手際よく死体を搬出できたっていうことは、死体は持ち運べるサイズだったってことでしょ。外に血痕がないなら、犯人は個室内で被害者を袋か何かに詰めて持ち出したんだ。だとすれば体格的に、八歳か九歳くらいの子供というのは充分ありうるでしょ。

「そうですね……。でも、どうして子供が高校に？　連れ込まれたっていうことですか？」

――校舎内は声が響くし、どこに職員がいるか分からない。当時、まだ市立のまわりは真っ暗な原っぱだったんだから、校舎内に連れ込む必要はないね。子供の方が、助けを求めて逃げ込んだんだろう。当時は宿直もいたしね。

「市立の女子トイレに逃げ込んで、そこで犯人に見つかって殺された。それで、隣の市の山に埋められた……」

――折り畳まれてね。

胃のあたりで生温かいものが躍った。「……それが花子さん、だと？」

――死体が出たのは一九六九年になってからだから、市立の血痕と結びつけた人間は少なかったかもしれない。にもかかわらず市立の「花子さん」が残っているっていうことは、血痕が出た当時、近所では噂になっていたのかもしれない。あそこのあの子がいなくなったそうだけど、高校の血痕はあの子じゃないだろうか、っていう具合にね。あるいは、その子が持っていた人形か何かが発見されたとか。

確かに市立版の「花子さん」には人形が登場する。……いや、それだけではない。

鞄から出した〈エリア51〉をめくる。

「花子さん、遊びましょ」と呼ぶと、時々「花子さんはいません」という返事が返ってくる。

市立の「花子さん」は少しおかしい。普通の「花子さん」なら、「遊びましょ」と呼ぶと元気に「はあい」と返事をするものなのに、こちらでは「花子さんはいません」と答えている。

……それはつまり、花子さんがノックする相手から隠れていたという意味ではないだろうか。

「じゃあ、やっぱり市立では、『花子さん』の元になる事件があったっていうことに……」

――「花子さん」だけならいいけどね。

伊神さんの返答を聞いてはっとした。……「市立三怪」。

「まさか」僕はつい大きくなる声で携帯にそう言いかけ、ひと呼吸置いて言い直した。「いえ、これからちょっと、他のも調べてみます」

――そうしてほしい。僕もこれから学校に戻る。

電話を切り、僕は本館の廊下を駆け上がった。雨が降ってきたようで、踊り場の窓ガラスがびたびたという音をたてて濡れている。

13

放送室の戸を開けると正面、窓際の壁にもたれていた柳瀬さんがおっ、と言ってこちらを見た。「帰ってきた。……どこ行ってたの？」

さっき用務員室でした会話のせいか、見慣れているはずの柳瀬さんがなんだか眩《まぶ》しく見える。僕は落ち着かなくなったが、今はそれどころではないのだ、と自分を奮い立たせて中に入った。円城寺さんたちはもう帰ったようで、柳瀬さん以外には青砥さんと辻さんが残っているだけだったが、とりあえずはそれで充分だった。

「ごめん辻さん。まだ訊きたいことがある」

僕が言うと、操作卓に腰かけていた辻さんはぎく、と背筋を伸ばして卓から下りた。「……何？」

もうこちらの事件は終わっているのだから、あれこれ詰問する気はない。僕は「ちょっとしたこと」という雰囲気が出るよう、簡単に聞いた。「市立《いちりつ》七不思議のうちから『カシマレイコ』を選んだのって何か理由ある？『カシマレイコ』について何か知ってるとか」

「えっ……」辻さんは目を見開き、困った様子でえっと、と漏らした。

「……別に、その……なんとなく、だけど」

「じゃあ『カシマレイコ』について何か、放送委員の中で噂になった、とかもない？」

「ないけど……」

辻さんは自分の答えが不十分なものでないか、と心配している様子なので、僕はさっさと
「いや、それならいいんだ。ありがとう」と質問を打ち切った。

柳瀬さんがもたれていた壁から離れた。「何の話？」

僕は単刀直入に言うことにした。「市立七不思議ですが、『花子さん』の噂には、元ネタになった事件が実在するみたいなんです。『カシマレイコ』もそうかもしれないと思ったので」

「……実在？」

僕は花子さんの事件について、三人に簡単に話した。柳瀬さんにはあとでもう一度ちゃんと話すつもりだったが、とりあえず犯人が徳武さんであることを告げ、動機は「ちょっとした悪戯《いた》のつもりだった」とだけ説明しておいた。予想通り、柳瀬さんは「えええ」と言って驚愕していた。「御隠居、やんちゃすぎでしょ」

あの人の本心については言うまい。そこをつっこまれている場合でもないので、僕は話題を移した。「カシマレイコっていう人、もしかして市立にいませんかね？」

柳瀬さんたち三人はなんだか似たような仕草で腕を組み、それぞれに首を振ったが、椅子に座っていた青砥さんがさっと立ち上がり、さっき塚原君が挟まっていたロッカーを開いた。

「昔の活動報告があるから、見てみようか」

辻さんが僕に訊く。「『カシマレイコ』って、いつ頃流行《はや》ったの？」

「市立では、『口裂け女』や『花子さん』とセットにされてた。『壁男』より前だし、『口裂け女』が七〇年代だと思うから、七〇年あたりから探せばいいと思うけど」

青砥さんが頷き、古いファイルを抱えて出し、机に積んでくれた。適当に上から手に取って開く。放送委員の活動報告は当然ながらすべて手書きのコピーで、黄ばむどころか茶色くなっているものもあって取り扱いが怖かったが、七〇年代のものまでちゃんと保存されていた。

四人で机を囲み、ファイルをぱらぱらめくる音だけが続く。昔の紙はインクが不鮮明になっており、またよれよれになっていて弱く、辻さんが一度破いたが、字の判読に支障はなかった。破ったページをセロテープで貼り合わせ、めげずにまたページをめくり始めていた辻さんが突然、四つ葉のクローバーでも見つけたような調子で声をあげた。「……あっ！　あった！」

まわりの三人が一斉にそちらに頭を寄せ、青砥さんが同時に身を乗り出した辻さんと頭突きをしあった。「あいたっ」

その間に柳瀬さんがファイルをひったくる。僕はそれを横から覗き込んだ。「昭和四十六年放送委員」と書かれ、メンバーの名前が並んでいる。

顧問　鹿島玲子先生（英語科）

……本当にいた。「カシマレイコ」だ。

柳瀬さんが顔を上げ、僕を見た。「昭和四十六年って西暦何年だっけ？」

距離が近いので少し引く。「一九七一年ですね。カシマレイコって、漢字で書くとこういう名前だっていう説があったような……」

他の情報を探そうということらしく、柳瀬さんがばらばらとファイルをめくり始めた。

「ちょっ、……知らなかったんだけど。本当にいたなんて」辻さんが弁解口調で言う。「あたし、ただなんとなく」

「むー、名前しか載ってないなあ」柳瀬さんが悔しそうにファイルを置く。それからぱっと顔を上げ、なぜか僕を指さした。「あ、そうだ。昔の卒業アルバムなら顔とか載ってるよね?」

「それです」僕もつい、柳瀬さんを指さしていた。「図書室に昔の卒業アルバムが残ってるはずです。行ってみましょう」

「うん」柳瀬さんはさっとバッグを肩にかけ、ファイルを覗き込んでいる二人に言った。「辻に青砥。あんたたち、そこにあるパソコンで何か事件がなかったか、調べて」

「はい」二人はさっと背筋を伸ばす。敬礼せんばかりの勢いであり、放送委員時代の柳瀬さんがどういう委員長だったのか、これだけでなんとなく分かる。

「えっ、あの、でも」辻さんがあたふたした。「あたしちょっとトイレ行きたいんですけど」

「行ってきなよそれくらい」柳瀬さんは腰に手を当てた。「じゃ青砥、頼むね」

「はい。一九七一年を中心にして、『カシマレイコ』の元になるような事件の記事を探せばいいんですね」青砥さんは対照的にしっかりしている。「地方新聞の縮刷版とか、ネットで見られるかもしれませんから、探してみます」

「任せた」柳瀬さんはさっと敬礼してみせ、僕の袖を掴んで廊下に引っぱった。「図書室行ってみよう。なんか面白くなってきたね」

……面白く、ですか。

トイレに行く辻さんと別れて階段を下りる。柳瀬さんに掴まれたまま歩く僕は、さっきの自分の逡巡《しゅんじゅん》は何だったのだろう、と首をかしげざるを得なかった。

「……昔の卒業アルバムね。何年の？」

「ありったけ見たいんです。一九七一年とえーと、そこから五年間ぐらい」柳瀬さんは司書の先生に詰め寄るようにして言う。

「それはいいけど……何に使うの？」

「親戚のおばさんが亡くなって、無宗教で『お別れの会』やるんですけど、生前に家が火事になっちゃったせいで写真が全然ないんです。市立の卒業生だって聞いてたし、写真なしじゃ寂しいから、使えるのがあったらスキャンして持ってってあげたいんです」

柳瀬さんがそう言うと、司書の先生はうんうんと頷いた。「そうね。……そんなに引き伸ばせるようなのはないと思うけど、探してごらんなさい。昭和四十六年から五年間ね？」

「すいません。何年卒かちゃんと聞いてこなかったんで」

「いいわよ。なかったら他の年のも出してみるから、言って」

「はいっ。ありがとうございます」

柳瀬さんはぱっとお辞儀をし、先生が書庫に消えるとぐっと拳を握った。本当のことを説明してもなかなか司書の先生の協力を得られないだろう、ということは分かっていたが、よくこまですらすらと嘘を並べられるものだ。なんだかえらく好印象になってしまったようで、先生には申し訳ない。

司書の先生は見かけによらず力持ちらしく、手伝う間もなく六、七冊の卒業アルバムを重ねて持ってきてくれた。柳瀬さんと並んで机につき、楽しみにしていたシリーズものの新刊でも読むように広げる。

「とりあえず、一九七一年から見ようかな。顔を見たいし」

「では僕は翌年から。何か事件があったなら、そのことが載っているかもしれません」

もともと卒業アルバムのページ数はそれほどない上に、見るべきところは限られている。僕と柳瀬さんはすぐに、ほとんど同時に声をあげた。

「いた！」

「あれっ？」

お互いに隣から違う反応を聞き、顔を見合わせる。

「……柳瀬さん、いました？」

「いたよ。こいつ」こいつ、はないだろうが、柳瀬さんは末尾の「教職員一覧」を開き、アルバムをずい、とこちらに押してくる。「下の段。英語科のとこ」

柳瀬さんの指が指すところに、白黒で女性の顔写真があった。——「英語科　鹿島玲子」。

「けっこう美人じゃない?」

「そうみたいですね」

実在した鹿島玲子先生はまだ二十代と思える若い人だった。時代のせいもあってもっさりした髪形をしているが、隣のページの集合写真を見る限り、身だしなみのきっちりとした真面目そうな人だ。今の卒業アルバムと違って皆、睨みつけるようなきつい顔で写っているのだが、特に怖い印象はない、普通の女性だった。……この人が「カシマレイコ」。

「で、そっちは?」柳瀬さんが僕の袖をつつく。「さっきの変な声の理由は何」

「あ、これなんですけど……」

僕は柳瀬さん同様、最後の「教職員一覧」のページを開いてみせた。柳瀬さんがなになに、と覗き込む。

「この年も、英語科のところにいますよね。鹿島玲子先生」

「うん」柳瀬さんの方が早く見つけたらしく、七一年のものとさして変わらない鹿島玲子先生の写真を指している。

「ところがですね」僕は隣のページの集合写真を指さした。「いないんですよ。こっちには」

柳瀬さんは集合写真のページに額をくっつけるようにして凝視し、眉をひそめた。「あれっ?」

それから前のページをめくり始めた。「他のページは?　放送委員の集合写真のところにはいた?」

「いました。ただ、二年二組のクラス写真には顔写真が載っているのに、集合写真には他の先生が載ってるんです」

「……どういうこと？」柳瀬さんはページをめくりながら首をかしげる。

前の方にある、クラスごとに一人一人の顔を載せているページには、二年二組の担任として鹿島玲子先生の姿はあった。だが、そのページにはなぜか「担任」としてもう一人「由井《ゆい》」という、背の高い男性教師が載っていた。そして、集合写真の方に載っているのはその由井先生一人だった。

柳瀬さんはページを繰りながら、不思議そうに呟く。「集合写真撮る日にいなかったってこと……？」

「でも、だとしたら二年二組にもう一人、由井って先生が写ってるのはどうしてでしょう？」

「つまり、途中で交代したってこと？ 産休とかで」

「そのわりには代替教員のことが書いてないわけでして……」

柳瀬さんがページを繰る手を止めて沈黙した。僕も黙ると放課後の図書室は静かになり、窓の外の雨音がじわりと蘇ってきた。時計の秒針が動く音がする。

「つまり何かの事情で、途中で……」

僕が言うと、柳瀬さんが続けた。「……いなくなったっていうこと？」

再び顔を見合わせる。

その途端に柳瀬さんの携帯が何やら優雅な曲を奏で始めた。

「……何の曲ですか？」
『刑事コロンボ』のテーマ。ネットで聞いてみたらなんか気にいっちゃった」柳瀬さんは司書の先生を含めて周囲に誰もいないのをいいことに、座ったまま携帯を取った。「もしもし。どうしたの？」

電話の相手は青砥さんらしかった。僕は黙って横で待っていたが、途中から、柳瀬さんの表情がすっと厳しくなかったのが分かった。

「うん。分かった。ごくろうさま」

柳瀬さんは携帯を切ると、椅子をがぎぎ、と激しく鳴らして勢いよく立ち上がった。

「青砥さんですよね？　何て言ってました？」

「なんだか、本気でやばい話になってきたかも」柳瀬さんはさっさとアルバムを閉じた。「青砥、失踪者の情報提供サイト見てみたらしいんだけど」

「ああ、なるほど」

家族が失踪者のプロフィールを載せ、有償、または無償で情報を募るサイト、というものがある。そういったサイトでは、数十年前の失踪者の情報も未だに載っていたりする。

柳瀬さんは僕を見た。「あったんだって。『鹿島玲子』。一九七二年六月に市立《職場》を出たっきり失踪、だって」

それを聞いた僕は、アルバムのページに目を落としたまま数秒、静止していた。アルバムの中の鹿島玲子先生は、生真面目そうな顔でこちらを見ている。

……この人が、消えた。カシマレイコも殺されていたのだろうか？

だが次の瞬間、僕の脳裏に浮かんだのはカシマレイコのことではなかった。「市立三怪」にちなんだ事件は、もう一つ起こっている。

周囲を確認し、司書の先生がまだいないのを見て携帯を出した。小林君の番号をアドレス帳で探してかける。横から僕の携帯を覗き込んでいた柳瀬さんはそれを理解したらしく、僕の広げた卒業アルバムをさっさと片付け始めた。

幸い、小林君はすぐに出てくれた。「もしもし小林君？　急遽《きゅうきょ》、訊きたいことがあるんだけど」

——えっ、ん？　何？

こちらの剣幕が伝わったか、ややあたふたした調子の小林君に言う。「小林君、市立の『口裂け女』の話、どこかで聞いたことあるの？　元になるような事件があった、とか」

——え。いや、それは……。

超研の〈エリア51〉には、そのような話は書いてなかった。だが、あの冊子に花子さんや鹿島先生の存在すら書いてなかったということから考えれば、超研の方は「市立七不思議」がどんな内容で流行っているかを紹介するのが主目的で、噂のルーツに関してはそれほどちゃんと取材していたわけではなかったのだろう。

——いや、まあ……ちょっと、聞いたことがあったから。なんとなく。

またもや「なんとなく」の単語が出てきて、おかしな話だが、僕はそれで確信した。「聞いたことがあったって、誰から何を？」

——うちのお袋、市立の卒業生なんだよ。超研の冊子見せたら、昔……七八年だか七九年だか？　あたりに、市立のまわりでも口裂け女が出たことがあったって言ってた。

「出た？」横から目で尋ねてくる柳瀬さんに頷きかける。「どんな事件？」

——いや、それが本当に、超研のやつに載ってる「口裂け女」そのままだったらしいよ。マスクしてて、「わたし　きれい？」って聞いてくるっていう。殺された人はいないらしいけど、生徒とか近所の人が鎌で切られて怪我したとかで、一時期はけっこう騒ぎになってたって話。

僕は机の上に鞄を引っぱり上げて開け、〈エリア51〉を出して、そこにある内容を読んでみせた。僕が切迫した調子で喋りすぎたせいか、小林君は「何があったの？」と不安そうにしていたが、僕が読み上げた「口裂け女」の内容に関しては、すべてその通りらしい、とはっきり答えた。

「……ちなみに、これって犯人は捕まった？」

——いや、分かんないままだって。マスクで顔隠してたし、近づいてよく見た人もいないから、似顔絵も作れなかったらしいけど。

「そう」頭の中に重いもやが一つ増えた。「……ありがとう。明日、事情を説明するから」

電話を切ると、半ばは会話を理解している様子の柳瀬さんが、確かめるように僕を見た。

僕は頷いた。「……実在したそうです。口裂け女も」

自分で言っておきながら、言っている内容が信じられなかった。周囲を見回す。目の前の机と椅子。周囲を囲む本棚。貸出カウンターと束ねられた貸出カード。図書委員が作った「今月のテーマ読書」のポスター。それら図書室の光景が急に嘘くさくなり、もやもやと揺らいでいるように感じられた。

……市立七不思議の怪異は、すべて実在する。

頭の中で反芻《はんすう》してみる。――「壁男」と「〈天使〉の貼り紙」の事件には、僕が現実に関わっている。「口裂け女」は実在したという。「フルートを吹く幽霊」や「立ち女」に至っては本人と知り合いで、「花子さん」の元になる事件も、五十年前に起こっていた。そして、「カシマレイコ」先生も、一九七二年に行方不明になっている。

……一体、この学校は何なんだ？

「……くん。葉山くん」

横を見ると、柳瀬さんが僕の腕をつついていた。「早く放送室、行こう。鹿島先生のこと、ちゃんと確認しなきゃ」

「……ですね」

知らず現実から遊離していた自分に気付く。だが、司書の先生に礼を言ってアルバムを片付け、廊下に出てからも、僕はまだ自分が現実の、毎日通っている高校の校舎を歩いているという気がしなかった。

窓の外を見る。先刻よりさらに強まった雨の滴が、窓ガラスを通って入り込もうとしているかのように、びたびたと音をたてててはじけていた。

柳瀬さんに引かれるままに薄暗い廊下を進む。前の方から足音が響いてきた。

「伊神さん」

柳瀬さんが手を挙げた。来客用のスリッパをぱたぱた鳴らして、大急ぎで図書館から戻ったらしい伊神さんがこちらに歩いてくるところだった。

「どうだった？」

開口一番そう訊いてくる伊神さんに対し、僕はこれまで分かったことを話した。鹿島玲子という教師が存在し、一九七二年に突然失踪していること。小林君の母親が在籍していたという一九七八年か七九年の間に、近隣に鎌で切りつける口裂け女が出没していたこと。

「……七八年か七九年、ね」伊神さんはなぜか、「口裂け女」の話のそこに反応した。「ちなみに、カシマレイコの殺害は七二年で間違いないね？」

「はい。ただ、失踪しただけなので……」

「いや、『殺害』だろう」伊神さんは断言し、かけていた鞄からファイルを出して開いた。「新聞記事で過去の事件を検索していたら、十年ほど前の事件を見つけてね。市内の林から成人女性の身元不明死体が見つかっている。死体は白骨化していたが、両脚を切断されて折り畳まれ、布にくるまれた状態で発見されたそうだ」

「両脚を……」柳瀬さんと顔を見合わせる。全国に伝わる「カシマレイコ」の噂には様々なヴァリエーションがあるが、「脚がない」という点だけは共通している。

「ついでに言えば、七八年か七九年に現れた口裂け女も、発覚していないだけで殺人を犯している可能性がある。市立の『口裂け女』は『鎌で首を刈り取って殺す』と、少し具体的になっているしね」

「……うちの学校、どうなってんの？」柳瀬さんが気味悪そうに周囲を見回す。「殺人鬼だらけの学校ってこと？　そういう土地柄なの？」

「確かに、ちょっとおかしいですよね。口裂け女も含めて、異常者がそんなに何人も……」

凶悪犯を生み出す土地柄、というのがあるのだろうか？　それともこの学校がそうなのだろうか。

廊下の先に目をやった。消された蛍光灯が一定間隔で連なっていて、その彼方は鼠色の薄闇に沈んでいる。……呪われた土地。呪われた場所に建つ学校。

「いや、常識的に考えればそうじゃないよ」伊神さんはぱたりとファイルを閉じ、視線を上げてこちらを見た。「手当たり次第に通行人に切りつける異常者だの、死体を解体する殺人鬼だの、そんな連中は日本全国でもそうそういるものじゃない。ましてこの市の近隣に三人もいるなんて、裏山の林でニホンオオカミに出会うよりありえないよ」

「えっ。……っていうことは」

「花子さんを殺害し、解体して布にくるみ、山に埋めた犯人。カシマレイコを殺害し、両脚を切断して布にくるみ、林に埋めた犯人。さらには、口裂け女に扮して通行人を切りつけていた犯人も、七不思議の内容からすると、殺人を犯して死体を解体している可能性がある。これら三件の犯人は、いずれも逮捕されていない」

「それじゃ……」唾を飲み込む。「すべて同一犯だと？　つまり、花子さんとカシマレイコは、どちらも口裂け女に殺されたっていうことですか？」

自分で言いながらも、驚くような話だ。隣の柳瀬さんも「うそ？」と呟いている。

だが伊神さんだけは落ち着いて頷いた。

「現実的に考えればそうなる。この学校の周辺には殺人鬼がいて、数十年にわたって犯罪を繰り返している。あるいは」伊神さんは廊下を振り返った。「内部かもしれない。被害者は市立の関係者が多い、ということを考えるとね」

「市立に、殺人鬼が……？」

柳瀬さんがすぐに言った。「いや、もういないでしょ。三十年前とかだよ」

確かにそうだ、と気付き、僕は少し落ち着いた。

「ちなみに、市立の花子さん事件は一九六〇年。カシマレイコが一九七二年。口裂け女が出たのは一九七八か七九年で間違いないんだね？」

「……はい」

「詳細は不明だけど、日本全国で『花子さん』の噂がブームになったのは八〇年代。『カシマレイコ』に関しては、脚のない『カシマさま』の噂はもっと昔からあったらしいんだけど、問いかけてくる女性の怪異としてはっきり『カシマさん』と呼ばれたのは、一九七二年あたりが最初。同様に、確認された最も古い『口裂け女』の噂は、一九七八年十二月頃から囁《ささや》かれ始めたものと言われている」

「えっ、それって」一瞬、体が冷えた気がした。「まさか、三つとも……」

「市立が発祥、と考えたら面白いけど」伊神さんは僕の言葉を先取りして腕を組む。「『花子さん』に関しては戦後あたりからすでに騒がれていたらしいし、『口裂け女』も、発祥は岐阜だろう、ということがはっきりしている。過去、市立にいた殺人鬼が『花子さん』『カシマレイコ』『口裂け女』すべての元になった、なんて考えるのは無理があるし、飛躍しすぎだよ」

まさか、とは思っていたが、ほっとした。

伊神さんは腕を組んだまま続ける。「むしろ、それら怪談の流行に触発されて行動を起こす殺人鬼、という犯人像が想像できる。『トイレで惨殺された幼い少女』とか『両脚を切断された女性』といったモチーフに異常な興味を抱くとか、日本中の子供たちに怖がられている『口裂け女』になって人を切り刻みたい、と考えるとか、そういう歪《ゆが》んだ人格の人間が当時、日本国内に一人もいなかったとは言いきれない」

そういえば、有名な「切り裂きジャック」にも模倣犯が発生したという話がある。

「ただね。問題なのはそこじゃないんだ。君ら、気付いてないみたいだけど」

「えっ」

「何ですか？」

僕と柳瀬さんはほぼ同時に反応した。柳瀬さんの方も、伊神さんの言った言葉の意味は分からないらしい。

伊神さんは僕たちを交互に見ると、少し声を抑えて言った。

「死体を解体する殺人鬼が、数十年にわたって市立の近くにいて、花子さんとカシマレイコを殺し、さらに口裂け女となった。そして未だ逮捕されていない。だけど、その口裂け女が起こしたのは、本当にその三件だけなんだろうか?」

「それは、まあ……」僕は頷いてみせた。「発覚していないだけで、他にもあるかも」

「あるかも、じゃないんだよ」伊神さんは抑えた声のまま言った。「市立七不思議の中には、体を切断されて殺された人間の話はもう一つ、、、あるでしょ。しかも、それも犯人が捕まっていない」

一瞬、僕の思考が停止した。隣の柳瀬さんが何か呟くのが聞こえ、僕の脳裏にもそれが浮かんできた。

現在封鎖中の芸術棟に出ると言われている怪異。殺されて首を切られ、壁に塗り込められた男子生徒で、自分を殺した人間を捜すため、夜になると壁から出て周囲を徘徊する。……

※この話は現実のものとなった。今年一月、芸術棟から本当に男子生徒の首なし死体が出てきたことは記憶に新しい。死体の頭部はまだ発見されていないし、彼を殺した犯人も未だ捕まっていない。

……「壁男」?

僕より先に柳瀬さんが口を開いた。「まさか、壁男も口裂け女に殺されたっていうんですか？」

「いや、そうだ……」僕は手に持っていた〈エリア51〉の表紙に視線を落とし、頭の中を整理する。「殺人鬼が何人もいるのがおかしい、っていうなら、壁男を殺したのも口裂け女と考える方が自然だ。死体を解体して、埋めて隠すっていうところも同じだし……」

それまで「過去の話」だと思って遠ざけていた怪異に、服の裾を捉まえられた気がした。僕は壁男本人を見たことがある。あれに関しては、僕が直接関わっているのだ。

世間的にも、あの事件はまだ「過去」ではない。犯人は捜索中だし、死体が出てきた芸術棟はまだ立入禁止のままだ。殺された仙崎宗一さんの遺族はまだ犯人逮捕を待ち望んでいるし、仙崎さんの周囲の人間もまた、宙ぶらりんのまま暮らしている。

だとすれば、このままではいられない。しかし、本物の殺人事件を相手にして、僕に何ができる？

その時、脳裏にある人の姿が浮かんだ。古い映画のフィルムにちらつく影のように一瞬で、陽炎《かげろう》のようにはっきりしない像。だが誰なのかは分かった。「壁男」と「市立三怪」という二つのキーワードがその人を連想させた理由も、すぐに理解した。

僕は鞄をかけ直し、伊神さんの横を抜けて歩き出した。「菅家先生に会ってみます。何か知っているかもしれない」

柳瀬さんが追ってくる。「菅家先生？」

湿気で滑る廊下を職員室に向かって歩きながら、彼女を振り返る。「柳瀬さん、ひっかかりませんでしたか？　菅家先生、僕たちが『市立三怪』を調べてることについて、いい顔をしなかったでしょう」

「ああ、そういえば」

「それに菅家先生は、僕に『二年三組の葉山君ね？』って呼びかけた。つまりあの人は、僕の顔と名前を知っていたんです」今いる場所がちょうどそのあたりである。あの時はなぜ呼ばれたのか分からず、気になっていたのだ。「僕は菅家先生の授業を受けていないし、接点がありません。生徒である僕が教師の名前を思い出せないくらいに接点がないのに、どうしてあの人の方は僕が『二年三組の葉山』だと分かったんでしょうか？」

伊神さんが後ろから言う。「君、何かやらかして新聞に載ったりしてない？」

「載ってませんよ」振り返るまでもない。「僕は柳瀬さんみたいな有名人じゃないんです。僕の名前が職員間で知れ渡る理由なんて、『壁男を発見したこと』くらいしかないです」

伊神さんはそれだけでもう、事情を承知した様子である。「壁男——仙崎宗一が失踪したのはたしか、二十五年くらい前だったかな」

「菅家先生はその当時、在籍していたはずです。きっと壁男に関して、何か特別な事情を持ってるんですよ。それで『発見者』である僕に何か言おうとした」

職員室の戸は閉まっているが、当然のことながらまだ先生はいる。英語科教官室の方にいるのかもしれなかったが、まずはここだ。

「とにかく、菅家先生の中では、『市立三怪』と『壁男』が関連付けられているのがたしかなんです。僕たちですらようやく今、その関連性に気付いたっていうのに。……失礼します！」

戸を開ける手に力がこもってしまったので、中にいる先生方が一斉に振り返った。中ほどの島に菅家先生の姿があった。僕は大股でそちらに近づき、お話があります、と言った。

先生はテストの問題か何かを作っていたらしく、さっとパソコンの画面を閉じて振り返った。

「何？」

「伺いたいことがあります。長くなるかもしれませんし、個人的な話なので、どこか、人のいないところに来ていただきたいんですが」

「は？　な……ちょっと、何？」

正直なところこちらには、先生の反応を見たくてわざと大仰な言い方をしてみた、という部分もあった。だが、菅家先生は単に驚いているだけで、表情に不安や後ろめたさのようなものは窺えなかった。もちろん、この先生の年齢からすれば壁男以外の事件に関与しているということはありえないから、口裂け女がこの人のはずがないのだが。

向かいに座る田中《たなか》先生が積み上げられた資料の陰から顔をのぞかせ、くすくす笑いながら言った。「菅家先生、行ってあげてはいかがですか」

何か勘違いされている様子だがこの際それでもいい。椅子の背にかけてあったカーディガンを羽織って立ち上がった菅家先生を連れ出して、外で待っていた伊神さんたちと一緒に昇降口前の中央階段まで移動する。

「お仕事中すみません。どうしても伺いたいことがありまして」僕は階段の下で振り返り、菅家先生をまっすぐに見た。「先生、壁男に……いえ、仙崎宗一さんについて、何かご存じですよね？」

菅家先生は目を見開いた。だが、見る限りではやましい雰囲気はない。

僕は続けて言った。「というより、仙崎さんの殺害された事件と、『市立三怪』について何か関係がある、ということをご存じなんですよね。それってどういうことですか？『市立三怪』の元になる事件を起こした殺人鬼が、仙崎さんを殺害した、ということらしいですが、それに心当たりがあるとかですか？」

婉曲《えんきょく》な訊き方や誘導尋問は苦手なので、僕は単刀直入に言った。反応を見ようというのか、伊神さんと柳瀬さんが僕を挟むように立って先生と向きあう。

だが、菅家先生は何か隠すふうでもなく、ひどく驚いた様子を見せた。

「……ちょっと、どういうことなの？『市立三怪』の元になる事件って何？」

身を乗り出しかけた菅家先生は、自分が教師らしくない態度をとっていると気付いたのか一瞬、戸惑った様子を見せたが、今はそれでもいいと思ったらしい。早口で答えた。

「私は仙崎君とは友達だった。でも、あなたが今言ったのはどういうこと？　やっぱり仙崎君は、『市立三怪』に関わったせいで殺されたの？」

「『やっぱり』？」今度はこちらが驚く番だった。「どういうことなんですか？　仙崎さんが『市立三怪』について調べていたっていうことは」

「葉山君あなた、仙崎君についてどこまで知ってるの？」

「僕が知りたいのがそこなんです」

「『市立三怪』を調べてたのはどうして？」

「僕もそこが……いてっ」

伊神さんが僕の側頭部を指で突き、同時に柳瀬さんが菅家先生の顔の前に掌《てのひら》を突き出していた。

「君、ちょっと落ち着こうよ」

「先生もちょっと落ち着きましょう」

側頭部を押さえる僕の前に、ずい、と伊神さんが出て、これまで調べたことを菅家先生に説明した。「市立三怪」の三つの事件。その犯人が同一人物であり、壁男——仙崎宗一さんを殺害したのもその口裂け女である可能性が大きいこと。自分で調べた僕ですら未だに現実感がないくらいなのだ。初めて聞く人にとっては突拍子もない話のはずだったが、伊神さんは順序立てて、時には鞄から出したファイルを見せながら丁寧に説明していったおかげで、荒唐無稽な印象はなかった。

話が終わるまで、先生はほとんど動かなかった。目はまっすぐに伊神さんを見たままで、一言たりとも聞き逃すまいとしているようだった。最初開かれていた先生の両手は、伊神さんが話し終えた時には固く握られていた。

伊神さんが話し終えると先生は俯《うつむ》き、そのまま何も言わなかった。

「菅家先生」ファイルをしまいながら伊神さんが問う。「あなたは仙崎宗一さんの失踪——つまり壁男事件について、何かご存じなのではありませんか？」

菅家先生は何かをこらえるように俯いていた。手で自分のスカートを握り、離した。

「……知らなかった」

14

僕たちは三人とも、何も言わずに次の言葉を待った。

「……知らなかったのよ、あの時は。そもそも、仙崎君は殺されたのかもしれない、なんていう可能性自体、本気で考える人はいなかった。皆、家出だろう、で済ましていたの。自分たちが知らないところで、何か悩みがあったんだろう——そう思って、それ以上は調べるどころか、考えようともしなかった」

当たり前の反応だ、と思う。高校生が一人、いきなり消えた。周囲の人からすれば、最初はただ「学校を休んだ」だけに過ぎないだろう。今だったらメールの一つも送って、返信がなければ少しは心配するかもしれないが、それだけだ。まして二十五年も前のことだ。ことの深刻さが分かるまでには三日四日かかるだろうし、本格的に騒ぎになるまでにはもっとかかるだろう。そしてその時点ですでに、その人の存在は「過去」になりつつある。

「私はあの時、おかしいと思っていた。仙崎君に家出をする理由なんて考えられなかったし、どこかに一人で出かけるような話も聞いていなかった。何かに巻き込まれたんじゃないか、誘拐されたんじゃないか、というくらいは考えた。でも、『まさか』と思う気持ちの方が強かったの」

伊神さんが訊いた。「あなたには心当たりがあったのですか？」

「頭に浮かんだことはあった。でも、あまりに馬鹿馬鹿しい話だと思って、言いだせなかったのよ」先生は顔を上げ、伊神さんを見た。『市立三怪《いちりつ》』「仙崎君は新聞部だった。失踪直前に何かいつもと違うことをしていたか、といえば、『市立三怪』について、精力的に取材をしていたことくらいしかなかった。一人で調べていたようだったし、彼がどこまで取材していたのか、詳しくは知らないけど……。確かに言っていた。『市立三怪』には元になった事件があるみたいだ、って」

「それって、つまり……」僕は、口に出して確かめずにはいられなかった。「仙崎さんは、『市立三怪』のことを嗅ぎ回ったせいで殺された、っていうことですか？」

「知らなかったのよ。その時は。あなたたちが今、教えてくれたことなんて、何も」

「でも、警察とか来なかったんですか？　その時に……」

そこまで言ってしまってから、僕はふと考えた。もし現実に、僕のまわりで「いなくなった人」が出たとして、普通、そんな突飛な可能性を誰かに話したり、調べたりするだろうか？ここにいる二人――伊神さんや柳瀬さんならそうするかもしれない。あるいは僕も、そうかもしれない。だが、これまで非日常の、事件とは無縁の生活をしてきた人ならどうだろう。いくらなんでもあまりに突拍子もない、と思って、考えるのをやめてしまうのが普通ではないのか。

「ご両親は捜索願を出したそうだけど、警察は来なかった。きっと、ただの家出だと思われたんでしょう」

その時までに市立の近所では、花子さんの血痕が発見された事件も、鹿島先生の失踪事件も起こっているし、口裂け女の事件だって起こっているのだ。もし先生がそのことを話していれば、警察だって動いてくれたのではなかったか。

だが、当時生徒だった菅家先生はそれをしなかった。彼女は「市立三怪」の裏の事情を知らなかったし、調べようとしなかった。

「どんなに馬鹿馬鹿しい想像でも、話してみるべきだったのね。……でも、あの時の私はそうしなかった。あの時の私にはその勇気も、行動力も欠けていたから」

先生は小さく溜め息をついた。

「本気で騒ぎ始めてしまえば、仙崎君が犯罪に巻き込まれて……もしかしたらもう死んでいるかもしれないっていうことを、認めることになってしまう気がしたの。縁起でもないことは言わない方がいい。落ち着いて待っていれば、そのうちひょっこり帰ってくる――まわりの雰囲気はそんな感じだった。私もそれに任せて、考えるのをやめていた」

「悪しき言霊《ことだま》信仰ですね」伊神さんは容赦なく言った。「ありえないことを一つ一つ除いていけば、最後に残ったものは、どんなにありそうにないことでも真実ですよ。あなたは、最悪の事態を想定して考えてみるべきだった」

厳しい言い方だった。先生は沈黙した。

静かになった廊下を包み込むように、雨の音が一定の音量で響いている。

「……そうね」

先生は吐息とともに言った。「伊神君。柳瀬さん。それに葉山君。もしあの時、私ではなくてあなたたちがいてくれたら。……もしかしたら、犯人は捕まっていたかもしれない」

「でも、それなら」僕は先生を見て言った。「少しでも心当たりがあるなら、今からでも警察に行って話した方がいいんじゃないですか？」

「もう、遅いのよ。……今更気付いたって」先生は僕の方を見ず、斜め下を見ていた。「事件発生からもう二十五年経ってる。とっくに時効なのよ」

「あれ、でも殺人事件の時効って」

「ないよ。現在では」伊神さんがかわって答えた。「ただ、二〇〇五年までは、殺人の時効は十五年だった。改正法は、施行以前に時効が完成してしまっている事件には適用されない。壁男事件に関してはおそらく、二〇〇五年改正で殺人事件の公訴時効が延長される前に、時効が完成してしまっているんだろう。民法上の除斥期間もすでに経過している。したがってこの犯人を、法で裁くことはできない」

「……そんな」

伊神さんは不快そうに言った。「昔のこの国では、死んだ人間は十五年すれば生き返ることになっていたんだろうさ」

柳瀬さんが唸った。「最初の事件が五十年前ってことになると、口裂け女、生きてたとしても今頃ババアだね」

「まあ、だからといって何もできない、とも限りません」伊神さんは口調を変えて言った。「公訴時効が成立したからって、犯罪の事実が消えてなくなるわけじゃない。口裂け女の存在は白日の下にさらされるべきです。違いますか?」

「でも」先生は顔を上げたが、困ったように眉をひそめた。「今更、どうしようもないでしょう。犯人が誰か、なんて、分かるわけがないわ」

正直なところ僕もそう思っていたのだが、伊神さんは違うらしい。首をぐるりと回すと踵《きびす》を返した。「そうでもありませんよ。情報は出揃っている。……確実ではないにせよ、犯人は特定できます」

「伊神さん、どこに行くんですか?」僕は後を追って廊下を歩いた。

「図書室だよ。当時の卒業アルバムを見せてもらう」伊神さんは前を見据えたまま答えた。「拝ませてもらおうじゃないか。この学校に取り憑いた、殺人鬼の顔を」

「卒業アルバムってことは……」カウンターの奥、司書の先生が消えたドアのむこうを睨みながら、菅家先生が伊神さんに訊いた。「市立の教職員ってことなの?」

「おそらく」伊神さんも同じ方向を見たまま頷く。「口裂け女は殺害した仙崎さんを芸術棟の壁に塗り込めたんです。完成直後の芸術棟が、そういうことができる状態にあったと知っていたのは教職員か、施工業者ぐらいでしょう」

「確かにそうですね」僕も頷いた。「仙崎さんが『市立三怪』のことを嗅ぎ回ったために殺された、というなら、僕たちがやったみたいに、昔のことを知っていそうな教職員に話を聞きにいったと思います。そこで運悪く、当の犯人に聞き込みをしてしまったのかもしれません」

伊神さんが頷く。「花子さんの殺害時期から計算すれば、犯人の年齢は若くても四十代ということになる」

今度は菅家先生が一緒なので、理由を聞かされていない司書の先生は、首をかしげながらも仙崎宗一失踪の年の卒業アルバムを持ってきてくれた。受け取った僕が机に移動して開き、周囲の椅子に皆ががたがたと座る。

教職員の顔は最後のページに載っている。その中に、まだ逮捕されていない殺人鬼が交じっているのだ。そう思うと力が入ってしまい、なかなか狙ったページを開けなかった。四十歳以上の女性教員となれば、当時の高校には少なかったはず。ページを開けば、その瞬間に犯人が特定できるかもしれないのだ。

指がようやくうまく引っかかり、「教職員一覧」のページが開けた。さすがにこの年のものはカラー写真であり、教職員の顔写真が名前付きで並んでいる。

だが僕は、ページを開いたまま動けなくなった。

「……いませんよ。一人も」

当時の教職員の中に、四十代以上の女性はどう見てもいなかった。そもそも女性の教職員自体が六人しかおらず、顔を見る限り半分は二十代、残りの半分もせいぜい三十ちょっとといったところで、花子さん事件の時には被害者より年下だったような人ばかりだったのだ。

期待と緊張で震えていた僕は、脱力して手を下ろした。仙崎さんが最後に取材した相手は教職員ではなかったのだろうか。それとも、卒業アルバムに載らないような臨時の職員か何かだろうか。

「うーむ……」柳瀬さんが僕の隣で唸り、身を乗り出して教員の一人を指す。「この人とか、実は四十過ぎてるんじゃない？　こういう顔って若く見えるよ」

「……いえ、いくらなんでも無理ですよ」柳瀬さんが指した人は三十歳程度に見える。

「じゃ、こっちは？　写真だから分からないだけで実はこの人の顔が厚塗りっていうか壁で、剝がすと見るも無残に」

「いえ、それはもっと無理」

「いや、見つけたよ」

向かいに座る伊神さんがそう言ったので、僕と柳瀬さんは顔を上げた。

「……どっちですか？」

「どっちでもない。見ての通りだよ。四十以上の女性なんて一人もいない」

「それじゃあ……」

伊神さんはふう、と息を吐いて、椅子の背もたれをぎしりと鳴らした。「僕がいつ口裂け女は女だ、と言ったの」

柳瀬さんと菅家先生が、一時停止のボタンを押されたように、かくん、と動きを止めた。

「口裂け女と間近で会話をした人間はいないし、『彼女』はマスクで顔を隠し、長いコートを着て体型を隠している。きちんとした会話をするならともかく、通行人に一言、話しかける程度なら、男でも充分女声が作れるしね」

「ってことは……」柳瀬さんが呟く。「……『口裂けオカマ』？」

「『口裂け男』でいいよ。素性を隠すために一時的に女装しただけの人間は、オカマと呼ぶに値しない」伊神さんは横目で僕を見た。「文化祭の時の葉山君みたいなものだよ。外見上どんなに完璧に女装しても、本人に『女性になる』という確固たる意志が感じられなかった。志が低いことといったらない」

「なんで僕が出てくるんですか」どこまで本気なのだ。

菅家先生が、脱線した話を力一杯元に戻そうとする様子で伊神さんに念を押す。「……男の教職員、なのね？」

「むしろ、そう考えた方が納得がいきますよ」伊神さんは人差し指で机をとん、と叩いた。「口裂け女は成人女性であるカシマレイコの死体を運搬し、解体している。それに『異常なほど足が速い』。追いかけられた人間の心理を考えればそう感じられるのも理解はできますが、もし女だと思っていた相手が男の脚力で追いかけてきたら、追いかけられた人間からは『異常に足が速い』と感じられると思いませんか？」

「あ、確かに」柳瀬さんが頷く。「例えば葉山くんが男並みの脚力で追いかけてきたりしたら、私絶対『異常に足、速かった！』って友達に言っちゃいそう」

なぜ僕が出てくる。「男ですよ僕は」

「それに口裂け女には、なぜか『ポマード』と唱えるだけで逃げていく、という奇妙な性質がある」

「それ……確かに、何なんでしょうね」そういえば、あれは理由がはっきりしない。

「私、聞いたことあるよ」柳瀬さんが手を挙げた。「口裂け女の口が裂けたのは美容整形の失敗で、ポマードが苦手なのは、手術をした医者がポマード臭くって、ずっと手術中、我慢してたからなんだって」

「どんなミスをすれば美容整形手術で口が耳まで裂けるの」伊神さんが肩をすくめた。「口裂け女が女装した男だと考えれば、『ポマード』と言うだけで逃げた、というのも分かりそうなものだよ。完璧に女装したつもりの犯人が、自分に向かって『ポマード！』と言われたら、男の整髪料であるポマードの臭いが残っていることを指摘された、と思って逃げるのも納得がいく」

「……なるほど」

「美容整形の失敗っていう説はいかにも現実味がありそうに見えるけど、実際のところは、美容整形というものに忌避《きひ》感を持つ人間の意思が働いて生まれた説に過ぎないんだろう」伊神さんは講義する口調になって僕たち全員に視線をやった。「コーラやハンバーガーの材料に関するデマもそうだし、昔流行《はや》ったっていう『ゲーム脳』の話にしてもそう。大衆の中に密かに『それにはまって楽しんでいる人間を馬鹿にしたい』という願望がある。だが、おおっぴらに馬鹿にすれば批判を受ける。そういったものが、いわば代償行為として都市伝説のネタにされる。昔のホラー映画で、ちゃらちゃら遊んでいる奴が決まって最初に死ぬのと同じ理屈だよ」

「そういえば『口裂け女』ってちょっと前、韓国で流行ってたんですよね」柳瀬さんが頬杖をついた。「あっちは整形多いっていうし、風当たり強いのかな」

「詩的な言い方をすれば、そうした悪意がどこかで凝縮されて生まれた怪物と言えないこともない」伊神さんは腕を伸ばし、卒業アルバムのページを指で叩いた。「この『口裂け男』は」

その動作で、全員が卒業アルバムに注意を戻した。

柳瀬さんは椅子から腰を浮かせ、「教職員一覧」のページを覗き込む。「っていうことは、四十以上の男で、頭がポマードべったりなやつが犯人」

柳瀬さんの言葉で、僕と菅家先生もページを注視した。

が、数秒後に三人とも脱力して椅子にもたれた。

「……ほとんど全員じゃないですか。ポマード頭」

「教職員一覧」のページを見て、再びがっかりさせられた。四十以上に見える男性は十人以上いたが、そのうちの大部分——八人までもが、ポマードで固めた髪形をしている。

「当時の中年男性には多かったんだろうね。特に教員のような固い仕事には」伊神さんは最初からこの結果を知っていたらしく、平然としている。

「でも、八人なら……」菅家先生が言った。「このうちの誰かなんでしょう。なんとか、全員調べれば……」

「その必要もおそらくありませんよ。集合写真を見れば、怪しいのが八人のうち誰なのかが分かる」

「……え？」

僕たち三人は同時に言い、同時に身を乗り出して教職員の集合写真を見た。だが、僕だけでなく柳瀬さんも菅家先生も、八人の中からこれは、という人間を見つけることができなかった。

「花子さんにしろカシマレイコにしろ、口裂け男の被害者はいずれも体を解体されていた。解体する理由は猟奇的な異常心理というよりはむしろ、運搬の便や収納性といった実際的なもの。そして解体されたとはいえ、二つの事件ではいずれも、発見された死体に欠損はない。まあ、二ヶ所以上に分けて処分しようとすれば、やることがそれだけ多くなって危険だしね」

伊神さんが言うと、僕たちはまた椅子に座り直した。容疑者たちの集合写真と睨めっこするより、この人の話をちゃんと聞いた方が明らかに結論が早いということを、皆分かっている。

「だけど、仙崎さんの時はどうだろう？　口裂け男はどうして彼の頭部を切断したと思う？　しかも、それまでとは違って切断された頭部が見つかっていないということは、なぜか今回に限って、口裂け男は死体の一部を別にして処分しているんだ」

伊神さんは手加減なしに生々しい言い方をする。大丈夫なのかと思って菅家先生を見たが、先生は嫌悪感を顔に出すことはせず、伊神さんの言葉を咀嚼《そしやく》している様子で考えている。

「……身元が分からないようにしたんでしょう」

菅家先生はそう言ったが、伊神さんは首を振った。

「それならこの学校の校舎に、しかも着衣までそのままに塗り込める必要はなかったはずです。犯人は明らかに、頭部が発見されないことを前提として隠している」

「でも、何か実際的な理由のはずですよね」僕が続けて言った。「……遺体に何か、犯人が分かってしまうような痕跡が残ってしまったとかじゃないですか？　頭のところに」

「焼いたりそぎ落としたりするだけじゃ駄目なんだろうか。頭部を切断しなければ消せないような『痕跡』って何だと思う？」

「あの伊神さん、もうちょっと、その」僕は手で伊神さんをとどめる。菅家先生がいるのに、いくらなんでも直截に過ぎる。

しかし、菅家先生の方は唇を引き結び、黙って考えていた。あるいは、今は感情のスイッチをオフにして考えるべきだ、と心に決めているのだろうか。

「そぎ落とすこともできないというなら、頭蓋骨に残った痕跡ということになる」伊神さんが言った。「では頭蓋骨に残った、犯人にとってまずい痕跡とは何？」

「頭蓋骨……」なんとなく自分の頭を触る。

痕跡、と言うからには傷のことだろう。だが、犯人にとって都合の悪い頭蓋骨の傷とは何だろう。犯人を特定してしまうような傷。そんなものがあるのだろうか。

……いや。

「体格、ですか?」僕は視線を上げ、伊神さんが小さく頷くのを確認して斜め前の菅家先生に訊く。「先生、仙崎さんの身長ってどうでしたか? 高いか低いか」

「身長……」菅家先生は僕を見た。「普通……だったと思う。少し小さかったかしら。たぶん、あなたと同じくらい」

まあ、僕は小さい方だ。だが百六十台ではある。「だとすればたぶん、犯人が隠したかったのは傷の位置です」

視界の隅で伊神さんが頷くのを確認しつつ、菅家先生の方を見て言う。

「犯人は鈍器で被害者を殴ったんじゃないでしょうか。その時に、もし頭頂部に当たってしまったらどうでしょう? 背の高さがたいして変わらない相手の頭頂部を打つのは、けっこう難しいはずです。被害者がそう背が小さいわけでもないのに、頭頂部に傷が残ってしまったら、犯人は不安になるんじゃないでしょうか。仮に遺体が白骨化しても、頭蓋骨の頭頂部の傷は残ってしまう。そうなれば、犯人は背の高い人間だということがばれてしまう。だから口裂け男は、遺体の頭部を持ち去ったんじゃないですか?」

「おそらく、そうだろうね」伊神さんが腕を組む。「口裂け男は背の高い男だ。それも客観的に高いというものではなくて、自分で、あるいは周囲の人間から『背の高い人』と認識されているような男だろう。もし後になって死体が発見されたら、当時の教職員は全員が容疑者になる。その上、頭頂部に傷がついていたら、犯人は背の高い自分だと、すぐにばれてしまう。……口裂け男が恐れたのは、おそらくこれだよ」

僕は卒業アルバムの集合写真を見た。隣の柳瀬さんもそうしていた。背の高い教職員イコール自分、と、すぐに連想される男。つまり、教職員の中でも明らかに一人だけ背の高い男。

……集合写真では、その男はひと目でわかった。後列の右の端に髪をポマードできっちりと固め、無表情でカメラを見ている男がいた。立ち位置からしても、この男は自分を「背が高い」と認識している。

四十代後半と見えるその男には見覚えがあった。――国語科、由井博《ひろし》。

一九七二年のアルバムに、鹿島玲子先生の代理で二年二組の写真に写っていた男だった。市立の学校は異動が少ないから、まだこの学校にいたのだ。……いや、居座り続けたのだろうか？　巣穴から出ないある種の生き物のように。

「……こいつか」柳瀬さんが低い声で呟いた。

菅家先生もその写真を凝視している。「由井先生……」

写真の中の由井博は、こうして見る限りでは、どうみても普通の男だった。目つきが鋭いわけでもないし、どこにでもいる普通の公務員だ。この男はこの顔で、花子さんも鹿島玲子も、仙崎宗一も殺して解体したのだろうか。体にぴったりとつけているこの手。この手で、この指で、この男は本当に人を殺してきたのか。

伊神さんが音もなく立ち上がった。「菅家先生。この男の居場所は分かりますか？」

「……いいえ」菅家先生は写真の由井博を見たまま動かない。「あのすぐ後に転任したし、もうとっくに退職しているはずよ」

「それなら、警察に調べてもらいましょう」伊神さんは鞄を肩にかけた。「西署に多田《ただ》刑事という知り合いがいます。殺人事件を扱う部署ではありませんが、壁男事件の時には市立に来ている。熱心な人ですし、話は聞いてくれるでしょう」

「でも、今更……」

かすれた声でそう言いかけた菅家先生は、すう、と息を吸うと、勢いよく立ち上がった。

「いえ、行きましょう。信用してもらえるかは分からないけど、私も証言する」

隣の柳瀬さんも立ち上がったので、僕も立った。

しかしその前に、確認しなくてはいけないことがあった。「伊神さん、いいんですか?」

伊神さんは無言で僕を見る。

「信じてもらえたらもらえたで、これ、大きなニュースになります。そうなれば……」

僕は一月の、壁男が発見された時の騒ぎを思い浮かべていた。「市立は今度は、殺人鬼が勤務していた学校として、日本中に知れ渡ることになってしまいます」

市立は僕たちだけの母校ではないのだ。他に数百人の生徒が通い、教職員が勤めている。その全員に家族や父兄がいる。そしてその数十倍にのぼる卒業生がいる。

その人たちはどんな気分になるだろう。自分の母校が「殺人鬼の学校」と呼ばれることになったら。

だが、伊神さんは冷たい無表情で言った。「現実に殺人鬼の学校なんだ。隠蔽《いんぺい》したところで何になる?」

「いいんじゃない？　どうせもう騒がれてるよ。『死体の出てきた学校』っていって」柳瀬さんが、後ろからぽん、と僕の肩を叩いた。「それにあれ以来、みんな口には出さないけど、なんとなく不安そうにしてたとこもあるんだよ。死体が出てきたのに犯人が分からないままだから、もしかしてまだその辺にいるんじゃないか、ってね」

僕は自覚していなかったが、そういえば、超研の「七不思議」にあんなに耳目が集まったのも、皆の中に不安感が潜在していたからかもしれない。

「葉山君。悪いけど、私はこれを公表したい」菅家先生が僕をまっすぐに見て言った。「そうじゃないと決着がつかないのよ。仙崎君のご両親だけじゃない。あの時、この場所にいた人間は全員」

菅家先生は僕を見ていた。視線を移すと、伊神さんも、柳瀬さんも僕を見ていた。

僕は無言で頷いて、アルバムを閉じた。静かな図書室に、ぱたん、という音が小さく跳ねて、消えた。

……これから警察に行く。決着をつける。ずっと昔から、この学校に取り憑いていたものに。

エピローグ

窓の外は雨が降っている。地面を見下ろすと黒く濡れたアスファルトの一角に大きな水溜まりができていて、灰色の空を映し込んだ水面が、降り落ちる滴の起こす波紋で音楽的に揺れている。

僕は芸術棟の三階、階段脇の窓から外を見ている。月曜からずっと、雨が降ったりやんだりを繰り返す中途半端な天気だった。今日は土曜だから、結局、今週は丸ごとこんな天気だったことになる。

窓にはりついて、落ちてくる雨滴を観察する。家を出た時に比べて粒は小さくなっているようだが、降り落ちる音と湿気からくる閉塞感は少しも変わっていなかった。蓋をされたような息苦しい空模様もすっかり定着してしまっている。もしかして自分が忘れていただけで、この街は何十年も昔から、こうして雨雲に閉ざされたまま時を過ごしてきたのではないか——と、そんな想像までしてしまう。青空というのはどんな色だっただろうか。夕焼けは。夜空の星や月は。

昨日の放課後、僕たちは市立に何十年も巣食っていた「口裂け男」――由井博を告発した。警察署の応接室で多田刑事と会い、伊神さんと菅家先生がこれまでのことを説明した。壁男事件の時に犯罪者をとっ捕まえたことがあるためか、多田刑事は伊神さんのことを信頼しているらしく、初めて聞く人には突飛な印象にしかならないはずの話を、黙って聞いてくれた。というよりも何か、初めからすべて了解しているような様子だったので、僕の方が少し訝《いぶか》しく思ったほどだ。

その理由はすぐに分かった。多田刑事によれば、警察は被害者である仙崎宗一の身元が判明した直後から教職員の犯行を疑っており、由井博は数名いる容疑者の一人だったらしい。

多田刑事は僕たちの報告を聞き、大変に参考になりました、と言った。警察の捜査では、数名の容疑者を絞るところまでいったもののそののちの決め手がなく、事実上、行き詰まっていたらしい。もとよりすでに時効が成立している事件であり、捜査本部を設置したり専従捜査員を置いたりすることもなく、所轄の捜査員が手の空く範囲でばらばらに調べていたにすぎなかった、とのことである。

その後、多田刑事は静かに言った。由井博は昨年、心筋梗塞で死亡していた。

結局、口裂け男本人に責任をとらせることはできなかったのだ。どうしようもないこととはいえ、その事実は僕の胸にもやもやしたものを残した。だが時を巻き戻すことができない以上、このもやもやは、抱えたまま進んでいくしかない。

それに、多田刑事が言っていた。立件することはできなかったが、それでも分からないままよりはずっといい、と。遺族に対しても報告ができるし、関わった捜査員たちは仕事に区切りをつけ、次へと進める。そう言ってくれた。

疲労でぐっすり眠り込んだ昨日の夜が明け、昼過ぎまで寝ていた僕は今日、また学校に来た。警察内部でこれから情報の確認と整理をするので、報道されるとしても明日の夜のニュースからになるだろう——そう多田刑事が言っていた通り、五十年前に花子さんを殺し、その十数年後に鹿島玲子を殺し、口裂け女になって通行人に切りつけ、そして仙崎宗一を殺した殺人鬼の存在は、まだ世間には知られていない。今日の市立《いちりつ》高校はテスト前の休日ということもあって、いつも以上の静けさだった。ただ、捜査を手伝ってくれたミノと辻さん、それに秋野や青砥さんといった「関係者」の人たちには、家を出る前、柳瀬さんと手分けして一人一人に電話し、事件の顛末《てんまつ》を説明した。話自体はそう長くならなかったが、ミノや辻さんからいろいろ質問され、けっこう時間がかかってしまった。

立入禁止なので明かりをつけられないため、今、僕が立つ芸術棟の廊下は薄暗い。だが僕は、周囲の空気がこころもち軽くなったように感じていた。この学校から「何か」が除かれたからなのか、そもそも最初から、重く感じていたことが気のせいだったのか、それは分からない。

窓から離れ、コーンとテープで囲まれた壁の一角に向きあう。一月に僕はここで壁男を発見した。もちろん今は遺体も茶毘《だび》に付され、壁には黒々とした穴が残っているだけだ。だが、足元には透明な瓶が置かれ、菊の花が数本、挿されていた。

瓶の前にしゃがみ、持ってきた花を菊の間に足し、思う。

……終わりました。

仙崎宗一さん、終わりました。犯人は分かった。今夜、報道されます。

でも、あの男に法の裁きを受けさせることは結局、できませんでした。……遅すぎた。

僕は手を合わせ、心の中で仙崎宗一に謝罪した。ごめんなさい。遅くなってごめんなさい。

階段の方から、こつん、という足音が聞こえ、僕は立ち上がってそちらを見た。数本の切り花を束ねて持った菅家先生が、僕を見つけてあら、と声をあげた。

「葉山君。立入禁止よ」

「先生もそうでしょう」

「そうね」先生は静かに言うと、かすかに微笑《ほほえ》んで「冗談よ」と言った。

先生が瓶の花と水を入れ替え、壁の穴に向かって手を合わせるのを、僕は黙って見ていた。

先生の方もそれを分かっているみたいに、何も言わなかった。

「……葉山君」先生は合わせていた両手を下げると、隣に立つ僕を見た。「前から言わなきゃ、と思っていたことだけど」

「はい」

「……ありがとう」

先生は小さく頭を下げると、また壁の穴の方を向いた。

「あなたが見つけてくれなかったら、仙崎君は今もずっと壁の中だった。こんな暗い、寒いところでずっと。……ありがとう」

「いえ。……解決したのは伊神さんです。前の時だってそうでした。僕はただ、首をつっこんだだけで」僕は先生と並んで壁の穴を見た。「今回だって正直、けっこう反省してる部分もあるんです。他人事《ひとごと》に首をつっこんで、いつもいい結果になるとは限らないし」

先生は沈黙した。僕の顔を窺うように見たようだったが、前を見ていたのでよく分からない。

「私も一応教師だし、少し、お説教をしようかしら」

そう言われて、僕は横目で先生を見た。先生はこちらを見ていた。

「あなたがこれまで、どこでどういう経験をしてきたのかは知らないけど。あなたは、あなたの不注意以上のことに責任を負わないのよ。望ましい結果にならなかった時に、自分が首をつっこまなければ別の結果になっていたのに、なんて考える必要はないの。あなたが関わらなかったら他の誰かが関わって、もっとひどい結果になっていたかもしれない。いえ……あなたの注意深さを考えれば、きっと、そうなることの方が多いと思う」

先生は腰に手を当て、僕の全身をざっと観察するように視線を動かした。「私が見る限り、あなたは同年代の普通の子よりもだいぶしっかりしているし、周囲のことに配慮ができている。自信を持っていいわ」

先生は、おそらく普段の授業などこうやっているのだろう、というはきはきとした口調で言う。「日本人はとかく控え目なのを褒めたがるけど、問題が起こった時、対処する能力のある人間が遠慮して前に出ないのは、決して美徳なんかじゃない。まわりの人たちが困っているようなら、どんどん手を出していいのよ」

「はあ」頭を掻く。

「……なんて、自分にした方がいいような話だけどね」先生は苦笑した。「今回のことで、私も思い知らされたもの。反省しているのよ」

「……ありがとうございます」

先生と二人、雨の音が響く中でしばらく沈黙する。

僕は鞄を肩にかけ直し、先生に会釈した。「じゃ、これで失礼します。テスト前だし、そろそろ帰って勉強しないと」

頷く先生を残し、僕は芸術棟の廊下を歩いた。階段のところで一度振り返ったが、先生はまだ壁に向かって、じっと動かずに立っていた。

芸術棟の玄関を出ると、風がびょう、と吹いて僕の顔にぶつかってきた。滴が当たる感触がないので、雨はやんだらしい。僕は開きかけた傘を巻き直し、本館の横を抜けて坂を下った。

正門を抜ける時にもう一度、終わったな、と思った。五十年も昔からこの学校にかけられていた、呪いのようなもの。それが今、ようやく終わった。

門の前の道を下る途中で立ち止まり、丘の上にそびえる市立の校舎を振り返る。そこで気付いた。校舎の周囲の空間が、まるで幕が開いてゆくように、明るく色を変え始めていた。

……雲が晴れたのだ。

いつの間にか、ずっと空を覆っていた灰色の雲が動いていて、地上に光が当たり始めていた。

雲の切れ間からまっすぐに陽光がさし、地上まで伸びたヤコブの梯子の足元で、灰色に見えていた校舎が照らされ、見る間に柔らかな橙色に姿を変えてゆく。

頭と肩に暖かいものが当たっていることに気付く。見上げると、僕の立っているあたりも雲が切れ始めていた。灰色の濃淡の狭間から、浅い青に変わり始めた夕方の空がのぞき、雲の縁が日の光で黄金色に輝いた。視線を下の家並に向けると、周囲のアスファルトが陽光を浴びてきらきらと輝き、家々や電線の影がむくむくと起き上がるように濃淡を濃くしている。

ふわり、と、柔らかく風が吹いた。これまでと違う、乾いてさっぱりとした南風だった。

空が晴れてゆく。雲の後ろに隠れていた夕刻の、澄んだ青が広がってゆく。見上げていると吸い込まれてどこまでも落ちていきそうな、高い空。

僕の後ろで、こつり、と足音がした気がした。振り返ったが、誰もいなかった。

だが、どこかで聞いた足音だな、と思った。僕は以前この足音を聞き、足音の主に会ったことがある、という気がした。

それから見つけた。道のむこう。丘の上にそびえる校舎の真上に青空が見えている。

その青空に、七色に光る虹が出ていた。

あとがき

お読みいただきましてまことにありがとうございました。著者の似鳥鶏です。今年の冬はまことに寒く、ノロウィルス等派手に流行りましたが、お元気で過ごされましたでしょうか。予想外の寒さに水道管を爆裂させたり、お散歩する王様ペンギンの行列が見えたり、凍結して足の裏がアスファルトにはりついたあげくアーノルド・シュワルツェネッガー元知事に撃たれて粉々になったりせずに乗り切れましたでしょうか。ノロウィルスどもは生命力が強いのでこの原稿を書いている二月の時点でもまだ油断がなりません。私は六畳一間に独居する身なので家族にうつすという心配はありませんが、私の部屋には夜中、誰もいないはずのトイレのドアをがりがり引っかく手とか、洗面所の鏡を見ると私の後ろをすっと通る何かとか、布団の中で目を覚ますと天井にはりついてこちらを凝視している血まみれの女とかも出るので、バイキンをうつして迷惑をかけたりしないようにしなければなりません。

私が頭の中で勝手に「依子《よりこ》さん」と呼んでいるこの血まみれの女は最近体調があまりよくな

いらしく、この間、夜中に目が覚めてトイレに行ったら部屋の方からどたん、というすごい音がしてきました。戸を開けたら天井から落っこちたらしい彼女がうつぶせで布団に突っ伏しておりました。そのままぴくりとも動かないし、「依子さん？」と呼んでも反応がないので、死んでるんじゃないかと怖くなりました。幸いなことに、どうやらつけっぱなしの暖房の熱気が上の方に溜まっていたようで、天井にはりついている彼女は暑さでのぼせてしまっただけらしいのですが、たまには布団で寝たい、と言いだして枕を抱え込むので困りました。今晩だけ替わってくれと言われましたがそれはどういう意味ですか。私に天井にはりつけということですか。あと枕が血まみれになるのであんまり抱え込まないでほしいんですが。

結局、十分くらい懇願《こんがん》したら溜め息をつきながらのそのそと壁を登って天井に戻ってくれたのですが、そういえばこの人の本名が何なのか聞けずじまいでした（天井にはりついている時は目をかっと見開いてこちらを見ているだけで、喋らないのです）。最初「依子さん？」と呼んだことに関しては「依子さんって何？」と訊かれましたが、じゃあ本名は何なんですかと訊き返してもなぜか目をそらして「怖がられるから言いたくない」とか「有名な名前だから絶対引かれる」とかもごもご言うだけでした。有名って何ですか、とつっこんだら俯《うつむ》いて小声で「カシマ」とかなんとか呟《つぶや》きましたが、カシマ何さんなのか分かりません。カシマ依子さんでいいんでしょうか。

さて、今回は都市伝説のお話でした。こういうお話を書くとホラーやお化け屋敷が得意な人間だと思われがちなのですが、私はオバケ系統がてんでダメです。それどころか恐怖のアンテナが妙な方向に向いているタイプの怖がりで、小さい頃はアニメに出てくるロード・ランナー（いつもワイリー・コヨーテに追いかけられているあの鳥）の「ミッミッ！」(1)という鳴き声が怖くて仕方がなく、画面にロード・ランナーが出てくると耳を塞いで炬燵《こたつ》にもぐっていました。

振り返ってみると自分でもなぜあれが怖かったのか分からないわけですが、何に恐怖を感じるかは人それぞれです。日本人形やピエロが怖いという人はたくさんいますし、カーネル・サンダースの像やヤギの目、はては可愛いはずのミッフィーやハローキティが怖く、「キティちゃんのあの無表情を見ていると、あの目の奥に広がる無限の虚無を覗き込んだような気がして怖い」と言う人もいます。もっとひどい人になると「なると」のぐるぐるが怖いそうです。目鼻がなくただぐるぐるしているだけというのが「意思疎通不能に思えて怖い」とのことですが、なるとなんかと意思疎通できてしまったらもっと怖いと思うんですけど。だって箸でつまんだら目が合うんですよ。口に入れると「やめてやめてお願い助けてやだやだやだやだぎゃあああああああ！　ぐぎっ！」と言い、噛むたびに「ぎゃあああああ」「ひぎいいいいい」「ぐぎゃあああああああああいいいいいひひひひひ！　ひひひひひひ！」とか口の中から聞こえてきたら食べられません。だからぐるぐるでいいんですよ。もちろん「いや、あのぐるぐるは要らない気がする」と言う人もいますが、なるとはどう見てもあのシュールなぐるぐるがチャームポイントであり、ぐるぐるがなくて一色のなるとなど見せられた日には、その違和感はたとえばマシンガンで戦うジャッキー・チェンとか、相棒を連れずに単独で悪人をバッサバッサと斬り伏せる杉下右京《すぎしたうきょう》さんとか、まあどちらかというと違和感の原因は相棒を連れていないということより悪人をバッサバッサと斬り伏せる点にある気がしますが、とにかくそういった卦《けっ》体《たい》なものに匹敵する水準であるといえます。

　そもそも、どことなく得体の知れないあのぐにぐにしたやつを「なると」たらしめているのは、紛れもなくあのぐるぐるなのです。たとえ外縁部がぎざぎざしていようと焼津《やいづ》産だろう(2)と最高級魚肉を使用していようと、あのぐるぐるがなければそれはただの「魚肉練り物」であり、ラーメンの上に「なるとでーす」という顔で乗っかっていたら「いやお前は違う」とつっこみたくなります。毎日テッポウと四股《しこ》を欠かさず、まわしをしめて大銀杏《おおいちょう》を結い語尾が「ッス」になる百五十キロ超の筋肉塊でも、特に相撲に興味なんかなくてデイトレードで生計を立てていたらそれは相撲取りではなくデイトレーダーである、ということと一緒です。逆にあのぐるぐるさえあれば、たとえぎざぎざしていなくても、ガムベースとかでできていても、アメリカのバースデーケーキのごときプラスチックブルーに染められていても、なんとか「なると」であり得るわけです。してみるとなるとを他のものから区別する本質《エイドス》はあのぐるぐるであり、ではぐるぐるとは何なのか、質量を持たぬ形相としてのぐるぐるをぐるぐるたらしめている要素は何か？　ということを考え始めるとなんだかロード・ランナーの鳴き声を聞いた時のような、あるいは無限の虚無を覗き込んだような恐怖感を覚えます。やっぱりなるとって怖いのかもしれません。ちなみにこのあとがきを執筆するため、実際になると一本をまるごと買ってきて眺

(1)　一応、自動車のホーンがたてる“Beep! Beep!”が元になっているらしい。
(2)　日本のなるとは九割が静岡県焼津市で生産されている。

めているのですが、この、ぐるぐるしてぎざぎざしているやつがまな板にでーん！　と乗っかっているところというのは、実際に見てみるとやっぱりちょっと不思議です。この不思議さはナマコ・ウミウシ等海のひとたちを見た時に感じる「不思議可愛い」に近い不思議さであり、おそらくはナマコ・ウミウシ等と同様、上下の別が曖昧《あいまい》な点に由来する不思議さだと思うのですが、そういうところをみるとやっぱりなるとって海のものなんだなあ、と妙に納得がいきます。

あとがきからお読みになられる方のためにお断りしておきますが、本作にはなるとはどこにも出てきません。また本編をお読みいただいた方にもお断りいたしますが、作中に出てくる「某市立高校」は著者の卒業した千葉市立千葉高等学校とは全く関係がありません。市立千葉高校にこんな○○（注：ネタバレ防止のため伏せています）はありません。前作のあとがきで「千葉市立千葉高等学校を参考にしています」と書いてしまったそばからこういう原稿を書いてしまい、なんたるタイミングの悪さ、と悔やんでおります。それと、このシリーズはなぜか一冊出すごとに「今回で完結？」と誤解されるのが恒例になっており、今回に至っては担当K原氏にまで「今回でシリーズ完結ではないですよね？」と訊かれてしまったという体たらくなのですが、そういうことはありません。膝の上で猫が寝ている等の非常事態で私が動けなくなってしまう可能性は完全に否定しきれるものではありませんが、そうでなければわりとまじめに仕事をいたしますので、おそらくシリーズは続きます。葉山の○○とか、柳瀬の○○とか、まだいろいろ書くことがありますし、猫も飼っていませんので。

というわけで、今回は余りの頁が少ないのでこのあたりで失礼いたします。最後になりましたが、いつもお世話になっております担当K原氏ほか東京創元社の皆様、岩郷重力先生、さらには印刷・製本・流通業者様に厚くお礼申し上げます。toi8先生、全国書店の皆様、今回もよろしくお願いいたします。本になった自作の表紙を旅先で見た時など、しみじみ幸せになります。ありがとうございます。

そして本書を手にとって下さいました読者の皆様、ありがとうございました。皆様に読んでいただけることが、当方にとって一番の報酬です。次回作でまたお会いできるよう、精進いたします。

似鳥 鶏

http://nitadorikei.blog90.fc2.com/（blog）
https://twitter.com/nitadorikei（twitter）

本書は文庫オリジナル作品です。

検　印
廃　止

著者紹介　1981年千葉県生まれ。2006年，『理由あって冬に出る』で第16回鮎川哲也賞に佳作入選し，デビュー。著書に『さよならの次にくる〈卒業式編〉〈新学期編〉』『まもなく電車が出現します』『いわゆる天使の文化祭』『午後からはワニ日和』『戦力外捜査官』がある。

昨日まで不思議の校舎

2013年 4月26日　初版
2013年 6月 7日　再版

著者　似《にた》鳥《どり》　鶏《けい》

発行所　（株）東京創元社
代表者　長谷川晋一

162-0814/東京都新宿区新小川町1-5
電　話　03・3268・8231-営業部
03・3268・8204-編集部
URL　http://www.tsogen.co.jp
振　替　00160—9—1565
モリモト印刷・本間製本

乱丁・落丁本は，ご面倒ですが小社までご送付ください。送料小社負担にてお取替えいたします。

ISBN978-4-488-47306-8　C0193